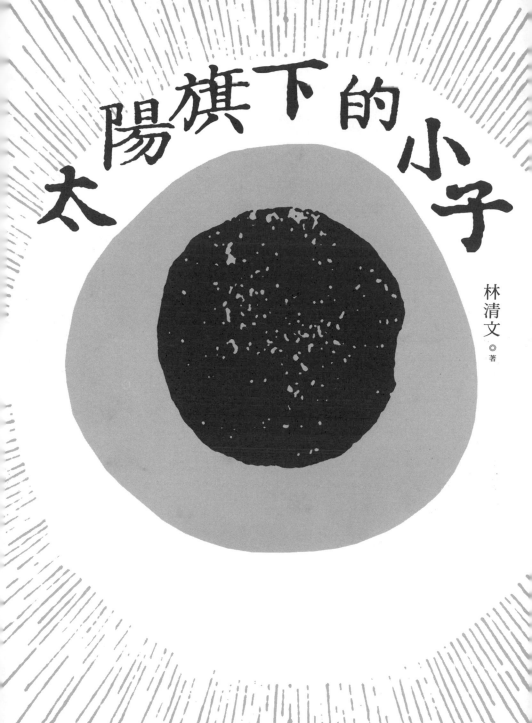

太陽旗下的小子

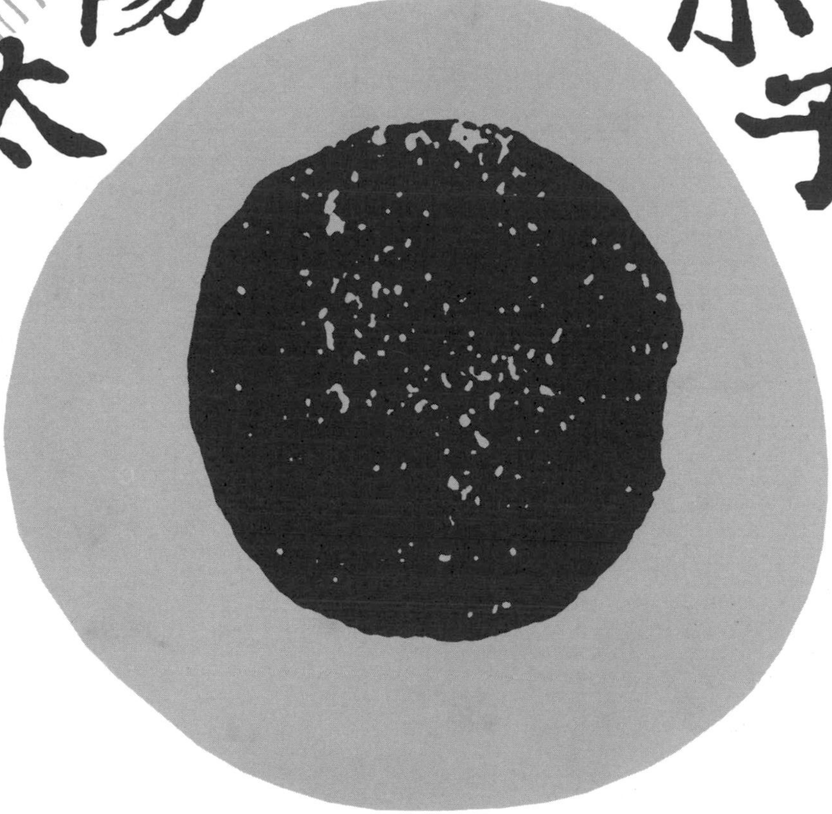

林清文◎著

局長序

臺南繁花盛開　文學盡訴衷曲

臺南是一座屬於自然的城市：燦爛奪目的陽光照耀大地，盛開的蓮池飄散著清甜幽香；萬紫千紅的蝴蝶蘭綻放飛舞，隨著水雉展翅翱翔天際。

臺南是一座處處有情的城市：無論是鳳凰花開的離別衷曲，或是晚秋雨中的詩意採菱；冬夜漁家的揚帆滿載，還是稻香大地的揮汗淋漓，臺南斯土斯民、豐榮物產，透過文學的魔力，都成為這座城市最美好的風景。

臺南是一座萬紫千紅的城市，適合人們作夢、幹活、戀愛、結婚、悠然過生活。落花水面、好鳥枝頭、豐饒物產、人文風情，在在都撩動文人的心思，將書頁上的文字揮灑於吹拂的南風中，走過一頁頁歌詠的篇章。

致力發揚文學魅力的《臺南作家作品集》，每輯都嚴選作品、邀請在地優秀作家創作，為城市中的文學多元樣貌打造更安身立命的生長環境。本次第八輯收錄三位作家作品及四位推薦邀約作品，合計七部優秀的臺南文學作品集，文類跨越詩、散文、小說、兒童文學，承襲以往各輯的兼容並蓄。

本輯徵選作品中，謝振宗《臺南映象》以臺南地景人文發抒，詩作深入淺出、極富意象；陳志良詩集《和風 人隨行》意境高遠，語言和表達手法富創意，讀來頗有興味；林柏維《天光雲影【籤詩現代版】》以寺廟籤詩與作者四行小詩對比打造現代版籤詩，構想傑出、別具匠心。推薦邀約作品方面，則有對臺灣文學研究與翻譯極具奉獻的《落花時節：葉笛詩文集》；治史嚴謹且懷抱人道精神的《許達然散文集》；一生奉獻臺灣新劇的日治文學創作家林清文所著小說《太陽旗下的小子》；熱愛兒童文學因此創作豐富多彩的《陳玉珠的童話花園》。

今日的選輯，許多早已膾炙人口，更為明日本土經典生力軍。臺南文學永續耕耘，期待才人輩出、代代相承，一朝風采昂揚國際，盡訴古都衷曲。

臺南市政府文化局
局長 葉澤山

總序　文學森林的新株

文／李若鶯

臺南，文學藝術的城市，與文學相關的活動、文學的人才、文學的刊物，在國內都能引領風騷，堪稱一座文學的森林。在這座森林裡，有個區塊，是文化局兢兢業業經營的，自闢地以來，持續開墾，蒐尋適合種植的樹木，每年選種幾棵新的樹，掖肥使其根深枝茂長大成蔭，這就是「臺南作家作品集」。

一〇七年度「臺南作家作品集」第八輯，經編審委員多次開會討論審核，出版書單如下表：

編號	作品名稱	作者／編者	類別	備註
1	太陽旗下的小子	林清文 著 李若鶯 校並序	長篇小說	推薦邀稿
2	落花時節：葉笛詩文集	葉笛 著 葉蓁蓁／葉瓊霞 合編	詩文選集	推薦邀稿

編號	作品名稱	作者／編者	類別	備註
3	許達然散文集	許達然 著 莊永清 編	散文選集	推薦邀稿
4	陳玉珠的童話花園	陳玉珠 著	兒童文學	推薦邀稿
5	和風 人隨行	陳志良 著	現代詩集	徵選
6	臺南映象	謝振宗 著	現代詩集	徵選
7	天光雲影【籤詩現代版】	林柏維 著	現代詩集	徵選

從書單看起來，可以觀察到二個現象：一、現代詩佔了二分之一，其中徵選來的，都是現代詩。二、作者不是已經謝世，就是已年逾花甲。

作家作品集的設置，原本就有向本地卓越或資深作家致敬、流傳其作品的用意，表列前三位的專書，更是基於這樣的意涵。

林清文（1919-1987）是跨越語言一代的鹽分地帶代表作家之一，名列「北門七子」，其哲嗣林佛兒（1941-2017）也是臺灣著名作家。林清文最為人稱道的是曾經為臺灣早期舞台話劇的旗手，編導演之全才，以「廖添丁」一劇風靡全臺，惜劇本散佚，傳世作品只有寥寥幾首詩和一冊長篇小說。小說初以「愚者自述」為名，在《自立晚報》連載，增刪修改後改題「太陽旗下的小子」出版，早已絕版，今重新梓刊，由其媳婦李若鶯校編。日本殖民時期的臺灣人，因為族群、居住空間、殖民身分的時間長短、教育程度等等諸多不同因素的制約，對殖民者日本的感情十分複雜，感恩愛戴、懷恨憎惡的皆有之。林清文屬於一心向漢、敵視日本者，本書由作者出生追述到二十歲，對日治時期的農村、教育、個人生活與情感的糾葛等等，都作了告白式的敘述。

葉笛（1931-2006），如果你的時代、你的活動空間和葉笛重疊，如果你也喜歡文學，而你不曾和葉笛有交集，錯肩如陌路，那真是一種損失。因為他的作品，都是人品的印證、生命的履跡。我常懷想他辭世前二、三年，我和林佛兒與葉笛夫婦時相過從、縱歌放論的快意時光。葉笛的創作，雖然以散文和詩為主，他晚年一系列對臺灣早期作家的論述，篇篇擲地有聲，是研究臺灣文學非常重要的文獻。本書由葉笛哲嗣葉蓁蓁與葉瓊霞教授合編，精選其散文與詩作佳篇，希望讀者讀的不僅是作品，也能由其中看見一位人格者的內在風景。

許達然（1940-），國際知名清史和臺灣史研究學者，臺灣當代最重要的散文家，也是一位重量級評論家與優秀詩人。國內身兼研究學者和創作作家而都能遊刃有餘如許達然者，並不多見。許達然自年輕留學美國後，即旅居美國，但和國內學界、藝文界始終保持密切聯繫，作品迄今發表不輟。許達然和葉笛為至友，葉笛臨終前臥床數月，許達然幾乎每日從美國來電殷殷致問，情義感人。本書由莊永清教授選編，許達然的散文很有個人的獨特風格，特別在語言方面，盡量不用成語熟語，創造許多獨創的活潑語詞，讀其詩文，每有別開生面的驚歎。

本輯還有一本邀稿作品，是陳玉珠（1950-）自選集《陳玉珠的童話花園》。陳玉珠是國內知名童話作家，得獎無數。我常抱憾臺灣的童書有二大缺失：一是題材傳統守舊，老故事說來說去，卻又不能因應時代變化給予進步的思想引導；一是語言的文學性貧弱，故事是說了，情節是交待了，卻不能順便提升讀者（特別是兒童、少年）文學美學的薰陶。從這個角度看，本書是改良童書。作者自其歷來創作中精選三分之一成書，作者本身也是畫家，所以其故事充滿豐富的形象描繪，每每使讀者眼中看的是文字，腦中浮現的卻是一幕幕影像。

本輯另有三本徵選出列的作品，都是現代詩。

陳志良（1955-）是資深知名書畫家，其實，他寫詩的資歷更早，在高中時期就開始了，雖然他後來以繪畫和書法馳名，詩也沒有因此擱淺，他一直沒有停止以詩的方式記錄他的生活、他的思想、他的情感。他把詩，用繪畫般的書法表現，或題寫在畫幅中，早期文人以詩書畫三絕為藝術追求的至境，我個人認為，陳志良的作品，不管是繪畫或書法，都是詩、書、畫交融的表現。本書為作者寫詩四十餘年的自選集，作者的心境和生命觀，其實，已體現在書名中。

臺灣的作家，有很多同時是教育工作者，也許因為他們的學養，使他們具備寫作的技巧，他們從事的是與「人」相關的工作，觀察閱歷既多，塊壘自然形成，在一吐為快的催化下，作品於焉誕生。但也不可晦言，教職者的創作與專業作家相較，常顯得在語言的活潑與題材的創意方面略遜一籌。本輯二位徵選脫穎的教師作家，卻難能可貴的表現了專業作家的水準。謝振宗（1956-）在臺南教育界服務三、四十年，因地隨事摭拾而成詩，把與臺南相關的都為一集，《臺南映象》留下歷史的紀錄，也留下個人的行蹤形影。林柏維（1958-）的《天光雲影【籤詩現代版】》，看標題就很吸引人想一探究意。我年輕時，曾想過把中國經典《詩經》的每一首，都改寫為現代詩，行動力不足，沒能實現。林柏維的作品並非改寫，而是被「籤詩」觸動後的自由發想，每首詩既是自己的情思哲理的映現，又要與原籤有所呼應，若即若離，不即不離，更不容易，是首開前例的作品。

最後，恭喜臺南市的作家有機會出版、流傳他們的佳作大著，恭喜臺南市政府，轄下有這麼多文學人才，年年有優秀的作品再接再勵。希望以後有更多樣的書籍、更多年齡層的拔秀作家，一起徜徉府城這座文學森林。

主編序　一個不倫不類的叛徒

文／李若鶯

本書內文一九八〇年首度在「自立晚報」連載刊出時，標題「愚者自述」，次年刊載結束，經作者多次增刪修改，並易書名為「太陽旗下的小子」，於一九八八年在作者哲嗣林佛兒主持的「林白出版社」出版。不管是「愚者」或是「小子」，都隱微暗示作者寫作這部取材生命經歷的傳記小說的部分心態。諷喻自己在那樣時空背景下反抗高壓體制與異族統治的作為，或者竟只是青春焰火燃燒下的愚行，而個人，終究也只是一株小草，一個不起眼的「小子」。

作者出生於一九一九年，日本據治臺灣已二十四年；逮國民黨來臺，他已二十六歲。他的童年、少年、前青年期都是「日本殖民地的臺灣人」，受過公學校教育，雖然資質聰穎、名列前茅，因家境窘困，無法繼續升學。本書由出生寫到作者二十歲從被派為軍夫屯駐的上海江灣回到臺灣為止。主要內容依序大略有下列幾個面向：從小顯露的叛逆個性、少年時期對歷史的強烈興趣、青春期的愛慾與文學興趣的萌長、軍夫期間不畏強權的正義感等。

龔顯宗教授發表於一九七九年的論文「淺論北門七子詩」，論述了吳新榮（1907-1967）、徐清吉（1907-1982）、郭水潭（1908-1994）、王登山（1913-1982）、林芳年（1914-1989）、莊培初（1916-2009）、林清文（1919-1987）等人詩作，「北門七子」由是成為定稱，談論「臺灣文學」或「鹽分地帶文學」必然要認知的專有名詞。林芳年在為林清文寫的悼文中，說他「在日據時代的鹽分地帶文學同仁中，算為文學作品較多的一位。」但林清文並沒有多少作品傳世，為大家熟知的，只有一首常被引載的〈給規矩男、不二男兩兄弟〉的詩。「不二男」即其哲嗣－也是鹽分地帶知名作家、詩人、出版家－林佛兒，本詩發表於一九四二年，即雙胞胎兄弟誕生之次年，是一首慶生詩。「規矩男」大概在三歲左右夭折，林佛兒曾以「林規矩」之名發表作品，想是對這位沒機會成長的雙胞兄長的悼念。

林清文最有特色的作品，應是他的劇本，特別是「義賊廖添丁」。

據本書第二章所述，作者小學四年級時首度接觸「改良戲」，戲碼就是「義賊廖添丁」。廖添丁（1883-1909）是清末到日治初期，臺灣著名的劫富濟貧的傳奇人物，其故事反映了庶民在封建體制、貧富對立的社會背景下對草根英雄人物的慕求與定義。死亡後，其故事即被編為戲曲、講古，廣為流傳。林清文自一九四一年後，先後加入「日日新劇團」、「新生活劇團」，當演員、導演、編劇，是劇團的台柱和靈魂人物，在臺灣城鄉巡迴演出，主要劇目即其重編改寫的「義賊廖添丁」，瘋靡全臺。但終戰不久臺灣暴發「二二八事件」，隨即進入長達三十九年的白色戒嚴，廖添丁故事鼓勵反抗強權的內容引起政府不安，新聞局明令禁演，雖然改稱「遊俠胡劍榮」繼續上演，畢竟榮景不再，臺灣新劇的發展也隨著「義賊廖添丁」的落幕步上蕭條末途。

林清文的劇本手稿，據林佛兒所稱，在他晚年隱退鄉居、辭世前幾年，為某大學研究生登門請借，後來論文不見印行，手稿也沒歸還，從此消失。林佛兒雖多方打探尋訪，也杳然無蹤。對林清文、林佛兒父子，或是文學界、戲劇界，這都是一件遺憾的事。

本書附有一篇作者的〈章外追記〉，他開宗明義寫下：「現在我很自責，也非常感到歉疚。打從開始誠不該敘出這些無聊事來，我很清楚少表明自己才是聰明，但我仍犯了這個錯。也許，我生來就是個愚蠢的人，竟叨叨地道出這二十來個年頭的傻事來獻醜了。生在被殖民的不幸土地裡，稍懂事後執拗地不滿異族的統治，在心理上作了永遠的反抗、行為上表現些不低頭主義，不過因自己的無能和懦弱始終不成氣候，無非是藉此無助的、可笑的小小掙扎，來發洩內心無奈的憤懣而已。」那麼這是一冊作者敘述其人生真實故事，解釋其行為背後的原因和動機，並試圖反映其思想理念的傳記書？但是其中人物、情節的刻繪又有著文學的華采和虛構編織的成分，使這本書不僅是傳記文學，更接近傳記體小說，充分提高了閱讀的趣味。林芳年在悼文中稱讚林清文：「他的散文像一位傳統婦人的作畫與刺繡，是一針一針的刺繡，一筆一筆的刻劃著。」同時代的作家，才能對其在文字精準和美感追求所表現的功力，發出這般充滿了解的惺惺相惜之語。

傳記本來是具有勵志性、教育性的文學，作者或撰述者透過文本與讀者分享傳記主角的人生經驗，閱讀者可從中挹取生命的智慧與生活的參考。如果寫述者同時擁有一枝健筆，讀者更可以額外獲得文學的薰陶。不過，臺灣的傳記文學常為了功能性而犧牲文學性，「隱惡揚善」和「歌功頌德」是臺灣傳記文學的兩大腫瘤，特別是充斥坊間的政治人物傳記，代筆者造神造聖，幾無一可讀。林清文的這本自傳小說，有兩個方面特別值得參考。首先是真實的人性；其次是歷史的見證。作者把一個小學時被日本老師罵「清國奴」、在臺灣「光復」後落魄天涯的理想破滅者真實地袒露讀者眼前。他對地景的描摹，對社會環境和家國變遷的敘寫，提供了日治時期很好的研究材料。處身詭譎多變、風起雲湧的時代，一個小人物的悲哀，也是臺灣歷史的悲哀。

很可惜的是，本書只寫到作者二十歲（一九三九年），那麼，他之後的人生呢？一九四一年，林清文二十二歲初為人父，也在這一年，他開始隨劇團全臺巡演，他的兒子林佛兒，是由生活拮据的寡祖母撫養長大的，這也是為什麼小學時成績優異的林佛兒在畢業後就開始做童工不能升學。一九六〇年代，穿梭城鄉各地戲院巡演的新劇團隨著電視普及、戲院業沒落而消失，林清文這時也染患肺結核，他回到佳里興故居，開始讀書寫作的隱退生活。他晚年致力研究「臺語文字化」，可以說是「臺語文學」的先行者，據我所知，南臺灣幾位知名中生代臺語文學作家，都常向他請益。他二十歲之後的人生，就我從先夫林佛兒聽來的，其實是更波濤洶湧、更困頓坎坷，有更多的故事、更多的愛恨，但現在，隨著知情者先後謝世，都煙消了沉默了還諸天地了。

林清文在書中感恩不已的小學五年級的日籍導師田中先生，期許他做一個「有作為的臺灣人」，他是否實現了呢？留給知者識者去評斷吧。他在文中自稱「一個不倫不類的叛徒」，是否貼切，也留給讀者在字裡行間披索答案了。

最後，作為林清文的遺屬，感謝臺南市政府文化局再版重印這本書，使沉潛在歷史深處的舊作，還能發散雖幽微卻穩定的光芒。

二〇一八年十二月二十三日

林白版原序一

最頑固，又最可愛的學人——悼林清文兄

文／林芳年

十一月二十日深夜，我在高雄的寓所翻閱晨星出版社陳銘民君寄來的拙著「浪漫的腳印」時候，桌子上的電話突然響了，是佳里黃崇雄君打來的，他說：「我告訴你一件壞消息，林清文老先生過世了，盼你為老朋友寫一篇追悼文好不好？」我一時幾乎說不出話來，只有感覺陣陣的茫然。我默默的躺在沙發上，作著不著邊際的遐思，同時憶起我與清文兄的密切過往的種種。是夜我竟無法入睡，一直回想清文兄的坎坷一生，在床褥輾轉幾小時之後，天也亮了，那時候我發現枕頭邊的毛巾有點濕，才知道我在夢裡淌下了眼淚。

清文兄是鹽分地帶文墨圈裡還活在人間的三位老人之一，他的死，使我與鹽分地帶的年輕一輩們掀起一分無可抑止的哀傷。尚有兩位老人是郭水潭兄與我，惟清文兄是小老弟，他享壽僅為六十八歲，在年齡上差我與郭兄有一大截，惟他竟先我與郭兄走了，這樣永遠的訣別，益使我感到無限的惆悵與感慨。

清文兄是一位充滿傳奇性的人物，他的文學成就完全靠著自修，在日據時代的鹽分地帶文學同仁中，算為文學作品較多的一位。他的作品內容均寫自他的生活體驗。清文兄在日據時代並沒有當過公務人員，因志趣編劇與演戲，曾經跟戲劇團走遍省內各角落；他除親自當演員外，尤其對廖添丁極為嚮往，所以有自編的廖添丁劇本，是臺灣演劇界的重要一角。他在年輕時曾經任職於在臺中的一家官方所組織的電影公司，那時候，好像呂赫若是在那裡當過什麼部長的樣子。不過，清文兄在那一家公司沒有待多久，因在很短暫的期間裡，那一家公司就告瓦解了。

清文兄有堅強的意志，他絕對不向權勢低頭，其嫉惡如仇的不妥協態度，著實使人頭痛，也使人感動；他的行徑常無法使人諒解。因此，在日據時代曾受盡日本警察的壓迫，同時也受了桑梓部分人們所歧視。惟如果與他為友，能徹底了解他的思維與人品時，就覺得他是一位可敬的人物。我認識他於日據時代，是僅僅的認識而已，並沒有互相開懷暢談過，我與他的交往，也許是最近的幾年中之事。

清文兄有一副相當瀟灑的體態，惟自患了肺病，割掉了一半的肺部之後，他的相貌也變了，他的虛弱的體軀雖然有像暴風摧殘下的燈火，但還留有相當俊俏的臉孔。他曾為生活流浪天涯，致失去參加臺灣文聯的機會，雖然他是組織圈外的人物，惟他很肯用功寫作，在日據時代已經享有相當的名氣。他因有良好的天資，對中文的習作也很快速，光復伊始就能寫一手的好散文，及相當感人的詩朵。林清文兄曾在自立晚報連載為期半年的「愚者自述」長篇小說，是描寫他的一生流浪天涯的事蹟，有愛情，與被日本警察跟蹤，發生心理鬥智的風險場面，是一篇極為感人的作品。

「愚者自述」雖然離不了通俗性的筆調，惟在清文兄的纖細思維的刻劃下，演成為一部頗能使人感動的佳構。清文兄因參與演劇工作多年，因此，與女演員常會發生戀情：在我所悉範圍，他曾與一位也會演戲，也愛文學的小姐有過一段漫長的愛情長跑。那位小姐也知道清文兄是有婦之夫，惟她並不認為這是清文兄的瑕疵，竟與林兄生下一個男孩，這個孩子現在可能超過三十歲了，他曾為這些問題終生耿耿於懷。這是清文兄處在被愛的環境裡，所扮演的悲劇角色。他把這些情節編織在「愚者自述」的作品裡，是一部描述得相當成功感人的小說。

清文兄的作品描寫手法有點類似他的哲嗣佛兒君，惟佛兒君是一位曾經受到現代文學技巧訓練的作家，當然並非老一輩的文學嗜好者所能追隨，惟到底他們是父子，還是有分不開的共同志趣，也許這也是父子連心的一面吧。

清文兄的散文創作手法並非粗獷的描敘，他的散文像一位傳統婦人的作畫與刺繡，是一針一針的刺繡，一筆一筆的刻劃著。

這幾年來，清文兄熱心批評社會問題的種種，這些當然出自於一種良心而發的；他曾經先後在「雷聲」雜誌上發表文章，那一種型態的文章，雖與文學扯不上關係，惟到底還是一位文學工作者的良心有感而發的，當該文章刊登出來的時候，曾有人專程來到南鯤鯓文藝營找清文兄作了一場精闢的討論。

清文兄最近熱中於「臺語文字化」的問題，他曾經在臺灣時報發表「有志大家來」的有關「臺語文字化」的文章：他是出於熱愛福佬話（他好像稱為河洛話）而起，認為福佬話是最能吸引人，最有音樂性的語言，雖然確實有這種傾向，惟把它摻在文章裡，是不是妥當？那真是難說。後來有林盛君即在同報發表一篇相反的文章。據說，清文兄也看過了，本來清文兄有意再寫一篇答林盛君的文章，嗣因病勢加劇，使他不得不放棄為文作覆之舉：他躺在床上說：「有人寫著相反的文章是好現象，證明我的言論有人關心了，不過，惜因我現在抱病周身不能動彈，不得不作罷。」他至死還念念不忘寫一篇答覆林盛君的文章。

清文兄的散文有濃厚的藝術性，惟偶爾也會有描敘感人的詩藻，那一首「給規矩男、不二男兩兄弟」是這樣的：

世界歷史之頁翩翩
或被撕破，或

被新插入的途中
你們兄弟誕生了
規矩男、不二男喲
做父親的祝福你們不管世間如何，你們
該不屈不撓地生長啊
生活真是苦又難，
然而
該勇敢地拓開那些困苦
才會萌出你們兄弟的真實的人生啊
假使——
無人性的草木也要強生又伸長
如何被虐待或被傷害
都不容易屈服
會完成了它們的生命
規矩男，不二男兄弟喲

你們也一樣的啊
不久——
你們就在那兒，可體味到
不可侵犯的尊嚴的時間了吧。

這是一首極有哲學意境的傑作，值得重新提起討論。是他在困苦的生活中，看著孩子們「不屈不撓」的成長。詩朵裡所說的「不二」是日本語言的「佛兒」，就是針對著清文兄哲嗣「林佛兒君」兄弟的佳構。

清文兄，你的哲嗣佛兒君已經把你寫文章的棒子接到了，他已經是一位頗受尊崇的散文家及詩人，也是一位鏗鏘有聲的名出版家了。

安心的瞑目吧，清文兄。

一九八七，十一，廿一深夜

林白版原序二

我的父親—林清文先生——祭文代序

文／林佛兒

我的父親林清文先生，已於一九八七年十一月十九日凌晨四時病逝於佳里故鄉，結束了他六十九年坎坷不幸的人生，臨終時，他仍然很不平靜地，用最後的一口氣，無聲地向打敗他的這個社會抗議。

他是向這個不美麗的世界謝幕了，就像他年輕的時候，率領新劇團在全省各地奔波，當最後一幕結束前，他站在舞臺前用一口極為流利的臺灣話向觀眾道別一樣，「後手最後一幕那是了，請大家順走……」父親，現在「順走」的是您，請您把平生憤憤不平的心情，化為恩威，賜福給您不肖的子孫吧！

父親生於一九一九年五月二十八日，受過日本教育，少年時曾以日本兵前往中國大陸，駐上海江灣。臺灣光復後，就一直隨劇團在臺灣的窮鄉僻壤流浪，他拋妻別子，生活困頓，一生均未曾致富，他對父母妻兒的感情，只在他用日文發表在報紙上的文章或詩作上揭露過；我與我的雙胞胎大兄誕生後，他曾經寫詩發表他當時初為人父的愛與感情。

給規矩男、不二男兩兄弟（前段）

世界歷史之頁翩翩
或被撕破，或
被新插入的途中
你們兄弟誕生了
規矩男，不二男喲
做父親的祝福你們不管世間如何，你們
該不屈不撓地生長啊
生活真是苦又難，然而
該勇敢地拓開那些困苦
才會萌出你們兄弟的真實的人生啊

（一九四二年刊載於「興南新聞」，一九七五年桓夫譯刊於「龍族」）

五十年代，話劇為臺語電影所打敗，他所編劇和導演的「廖添丁」或「胡劍榮」，風靡了全臺灣的盛況也一併葬送。從那時候起他便失業，終於回到了他長年放棄的故鄉及家，也是這個時候，他患上肺結核病，切掉了半隻肺；從此他便一直與病魔搏鬪。晚年，他立志用中文著書寫作，他對中文的駕馭能力，不但超越他同輩的作家，也不輸於現階段受中文教育的年輕人，他的自傳體的長篇小說「愚者自述」，於一九八〇年開始在自立晚報連載，次年結束，本欲結集出版，後因對其作品不滿意，一再增加充實內容，並且遣詞用句也一再斟酌，至今年九月定稿，交到我手裏的原稿，已非自立晚報的剪報，而是一改再改的手稿，並且把書名改為「太陽旗下的小子」，林白出版社已發排，編入島嶼文庫，現在未及出版，他已謝世，成為父子二人最大的遺憾。

父親出身在鹽分地帶，鹽分地帶文藝營曾頒給他一座「新文學貢獻獎」的獎座，使他很安慰，其實父親對臺灣的最大貢獻，莫過於他對臺灣新（話）劇，想想四、五十年代，深入民間市井、窮鄉、僻壤，讓臺灣那些下階層、勞動人民，唯一的娛樂，而且津津樂道的是父親所創造的「廖添丁」這個新劇人物。父親的境遇，除了他一生自嘆懷才不遇的不幸外，這樣一個「人間國寶」在當時甚至迄今的體制，他如蔽屣不被重視，是可以理解的。

八月間我回鄉，在家中的庭院與父親聊天，他曾提及對他的身後事不要張揚，希望能火葬，要我把他的骨灰撒在日月潭裏，當時我開玩笑說這是犯法的，這樣的景象對話，恍如昨日。

父親生前不喜熱鬧，為了遵照他的遺囑，他的訃聞，只發給若干的親朋好友，父親將在一九八七年十一月二十九日上午八時在家宅舉行告別式，十時出殯至鹽水修德禪寺火化。

父親是在這個不美麗的世間辭別了，他是個無神論者，但是讓我們──他的親朋好友共同來為他祈禱，如果他來生轉世，祈望他誕生在一個珍惜文化、疼愛人民、重視社會福利的國境。

父親，請您安息，在您病危榻間的三四日間，我們父子彷彿一起過了長久的一輩子，我已完全諒解您了，就像我也希望您能諒解我的不孝一般。

親愛的父親，我引以為榮的父親，我最尊敬的父親，請您安息。

不肖子林佛兒泣上

一九八七年十一月廿二日

目次

賢者順時而謀，
愚者逆境而動。
我卻扮演後者的角色了。

第一章　生在這裡

由台南府城北門口踱出，沿著中央公路北上跨過曾文溪大橋，當你再走十幾公里路程便到達一個平凡的小村鎮，這裡古時名叫「蕭壠」，是台灣西拉雅族早期開發盤據的地方。時移境遷到了日據時代變為台南州北門郡佳里街，也是郡治所在地，成為所謂「鹽分地帶」交通文化的樞紐，一時文風鼎盛，人才輩出，蔚成「鹽分地帶文學」的草根。在這轄區內離五公里遠的北方，還有個窮寒古老的小村莊。莊中公路旁邊顯然有一幢巍峨宏偉的廟宇呈現在你眼前。正面題曰「震興宮」，正門聯即題：

震肅神威雕城大節垂千古

興通佛法樂國靈泉著八功

正是頌揚著三位主神的豐功偉蹟吧。大門前兩隻石獅子儼然扮演著殿前守衛的角色。這裡建築純仿古宮殿式的，雕樑畫棟古色古香、金碧輝煌。尤其成對的龍柱是由名匠之手而成，巍巍氣派十足可觀。站在廟前仰首一望，第一進屋頂的飛簷上裝配的是「二龍搶珠」，第二進乃是「雙龍拜塔」，相映之下真是氣勢萬千，好似在天空中翩翩翱翔。在這小小村莊裡出現這奇觀確是一個異數，若再仔細端詳一番，更會發現一個特殊的景象。兩個不東也不西的異族紅番屈腳拚力猛抬著兩旁廟角，那是陶瓷燒製的人物像呢。它歷經一個世紀有餘的歲月，任風吹雨打日曬永不褪色栩栩如生，這是一代名匠葉王遺留下來的珍貴傑作。葉王是諸羅縣（嘉義）人。少時流浪渡海至唐山，後來得到名師傳授交趾燒的秘訣，他的技藝精湛獨樹一格，傳說他個性奇僻不喜歡收徒，僅有一姓林者極力親近奉承，遂略通其奧一二，現傳至第三代了。

本廟原稱「清水宮」，遠在雍正元年（公元一七二三年）先民由福建安溪請迎清水祖師佛像一尊前來奉祀，直至同治七年（公元一八六八年）由地方耆老多人倡議改建廟貌，於是匯集一流專家，並請聘藝術大師葉王，壁畫專家林覺同專心設計埋頭工作，費時多年建造了一幢神宮壯麗佛殿莊嚴的廟宇，同時再恭請雷府大將、李府千歲和本來的清水祖師合為三主神共祀一堂了。

葉王在本廟所留下的作品計有「紅番」「七才子過關」「八仙過海」，還有「博古通今」即嵌入壁上的瓶器花木類等，是屬於他最晚期的精心傑作了。可惜的是這些被國際間公認為亞洲稀世的珍品都一直保存在本宮，至民國六十九年間，這些無價之寶一夜之間竟被雅賊光顧，把「八仙」和「七才子」通通搬請走了。

震興宮坐北朝南，寬敞的廟埕東西兩旁各有一株古老的大榕樹矗立著。榕樹枝椏敞開茂盛，綠蔭蔽天，顯示著它歷久不衰強健剛毅的生命力，而更炫耀著這村莊和震興宮歷史源遠流長了。莊裡沒幾百戶人家，處處樹木蒼翠，竹林叢生，蜿蜒圍繞著這個部落，形成天然的外圍堡壘一般。古時候這地方瀕臨大海，近幾百年來因不斷的浪潮翻覆，造成一片新生陸地，草木繁生，荷據時代便是有名的鹿場了。我們這村莊朝夕海風吹過平原，掠過竹林，帶來一點鹽分味道，大部分的莊人都是早出晚歸的莊稼漢子，除了極少數的坐店人外，幹買賣的生意人卻寥寥無幾了。一把犁頭一頭牛就是他們幹活的命根子，世代薪傳默默地工作，不管改朝換代，時變景遷，到現在這裡民情還是那麼淳樸，固陋守舊與世無爭。因此，莊民們沒有好鬥進取的精神，安分守己隨波逐流，過著恬淡平凡的日子。這個樸素古老的寒村「佳里興」就是我生於斯、長於斯的故鄉了。

溯往三百年前，先民陸續遷徙移到這地方墾拓居住，香火薪傳至今，明鄭時代設一府二縣時，佳里興是「天興縣」治地。滿清統轄後，在康熙二十四年對本島重新設府置縣時，仍列為諸羅縣治，因本地地勢崎嶇不平，不適合築城條件，於是縣太爺只好借用台南府城一角辦公，祇設巡檢司　處權充巡防任務罷了。康熙四十年新任知縣宋永清蒞任不久，即上疏奏准在諸羅山新築縣衙，而佳里興巡檢司亦在乾隆五十二年間遷至「大武隴」，駐紮官兵跟著紛紛調開，眷屬也隨之一哄而去，滄海桑田曾幾何時，繁華熱鬧的佳里興一夕之間景象全非，市容逐漸蕭條，回復本來面目，又是一個窮僻的原始部落了。

光緒二十年（公元一八九四年）甲午戰爭清廷一敗塗地，大臣李鴻章父子赴日議和，結果向日本帝國陪償戰費二百兆兩銀外，還將台灣、澎湖割讓敵人。李鴻章這個喪權辱國的合約引起台胞無限的悲憤，誓不臣倭的血書上達朝廷極力反對日本統治，奈因無能的祖國政府視台灣如敝屣，把台胞的赤誠凝結的請願一卻了之了。可憐！在台三百萬子民一時好像失掉了生養父母，遂成無依薄命的童養媳般，踏入悽楚徬徨的歧途。從此備受異族新貴的凌辱欺視，蒙受百般欺壓迫害，過著牛馬般的生活。這一大群喪失祖國的人民，被出賣掉的孤兒淪為新統治者的二等皇民，永遠揹荷著苦難的十字架。為要扭轉這個命運，為了爭取民族的自決，有血性的炎黃子孫怒吼了，各地大漢之民南北呼應反抗統治者的入侵，宣佈獨立，「台灣民主國」于焉成立了。可是貪生怕死的亡國權貴們聞到一聲日寇的砲響盡驚破了膽，徒嘆「宰相有權能割地，孤臣無力可回天」相繼一走了之了。於是愛國的台胞並不氣餒，紛紛揭竿起義，前仆後繼為衛鄉護土而流血犧牲。然而一般投機取巧的無恥之輩，有的出賣同胞引導敵軍入城得寵受爵甘作下流，有的喜作「功狗」搖擺尾巴為統治者賣力陷害義軍，喪盡靈魂變成敵寇的傀儡，更為他們的至尊天皇陛下效命了。

日本大正八年（民國八年）五月下旬，一個清朗的早晨，和煦的朝陽正漸昇出東方的小山巒上。這間破舊不堪的竹造茅屋裡，聚集著左鄰右舍的女人。她們的年紀大小不同，可是她們個個的臉上都一樣地浮泛著一種焦躁和期待的神情。灶腳裡大鍋的水早已燒開了。阿枝姨自告奮勇地願擔任接生婆，一直在床頭邊臨陣待機著。這家的主人江溪、六歲大的養女來有、東鄰的天成嫂，還有年邁的素孏婆也趕來湊熱鬧。大家都很緊張地，正等待著這樁天大的喜事趕快來臨。

江溪的太太阿儉自昨夜丑時開始陣痛，直至日出卯時還是一樣時痛時止，沒有多大的變化。江溪苦等了六個小時沒有下落，不敢大意出門做買賣。他憂喜參半伺候在床前，一顆心七上八下地守望著太太。結婚五年了，這是太太的頭一胎，是他夢寐以求的唯一願望，所以他特別小心重視，太太肚子裡的孩兒如此這般的調皮，不好好地及早臨盆落地，使他有些氣忿又焦急。本來他倆夫妻都已認命，婚後四年，太太一點信息都沒有，所以以為他們不能生育了。在一年半前匆匆地收養了一個剛滿四歲的女孩來養。江溪的想法是……夫妻既然不能生兒育女，但是林家的香火不能斷絕，待候來有這個女孩成人後，亦可招入一夫半婿來傳宗接代。殊不知事情那麼湊巧，奇蹟發生了。未收養來有以前太太偏偏不懷孕，而來有入門後不到一年的工夫，阿儉的肚子一天天地大起來，這使他感到莫大的驚喜了。

「阿儉，到底怎麼搞的，不會是妳弄錯啦？」

江溪還不敢相信地。

「你在糊塗什麼嚒，怎麼會錯呢？」

「怕是肚子生了大瘤什麼的……」

「哎呀，你這人也真是的，不要黑白講啦。」

阿儉有些氣憤丈夫的憨直，但掩不住內心的喜悅苦笑著，伸出雙手按住凸大的肚子。

「瞧！胎兒這樣跳動著。」

阿儉說著，羞澀地示意叫他摸摸看，江溪伸手放在太太肚子上，專注地，一下子驚喜似地忙縮回來。

「哇！真的啊，怎麼不早說呢？」

「還說哪，你這人一點都不關心人家……」

「誰說的，因為結婚這麼久啦，我以為……」

江溪咄咄地辯白，總是壓抑不住一股興奮，忙把太太擁抱過來。

「哎呀，不要這樣嘛，肚裡的孩子會受驚嚇嘛。」

阿儉有喜的消息不逕而傳，鄰人們都為江溪夫妻捎來的喜訊喋喋不休。阿儉快要生產的風聲成為村人茶餘飯後的話題。尤其是素有「放送頭」外號的阿枝姨一碰到人就提起來滔滔不絕地渲染。這天中午，朝和伯大厝後的榕樹下，不約而同地又聚集了一群人，這是鄰居們夏季例行的集會。飯後片刻的休憩時間，各人自備坐椅在這樹蔭下納涼聊天。這些莊稼人的話題總是不離日常周遭的瑣事，如誰的牛母生子啦、誰的豬仔不吃啥啦。誰又被日本仔（警察）修理一頓啦。近來最熱門的話題是阿儉有娠的事情了。

「江溪哥快做老爸啦，這下子他不樂死才怪呢。」光棍一條的大目順仔有點羨慕似地。

「就是嘛，若不是『放送頭』把這消息傳出來，誰也不知有這麼一回事。」阿來搭腔說。

「難怪嘛，江溪嫂這個女人啊，嫁來庄內這麼多年啦，很少踏出他們家大門一步，尤其是最近……」

「噯唷，夭壽咧，我今天來遲啦。」倏地傳來尖銳的女人聲，原來是阿枝姨一手搧著檳榔扇，嘴裡嚼著荖葉搖擺著肥臀姍姍而來。

「唷！放送頭又帶新聞來啦。」

大目順仔嬉皮笑臉地站起來迎接阿枝姨。

「夭壽大目仔，你真無大無小，敢叫我放送頭。」
「噫，不叫妳放送頭，該叫妳啥？」
「叫阿……枝……姨。」
阿枝姨提高嗓子一字一字吭出來。
「噢！好大的口氣喔，驚死人。大家都叫你放送頭，而且妳是靠那張拉扒嘴成名的，為什麼偏要我叫……」
「你是你，大家是大家，不想你年紀多大，怎可這樣沒禮貌。」
阿枝姨的口氣令人感到意外的強硬，好像有意整他的。眾人都睜大了眼睛注視著他倆人，內心裡正期待接下去的劇情有一場熱鬧的高潮出現。
「愛說笑，我今年三十六歲，妳呢？」
「阿枝姨我啊，足足四十歲啦。怎麼？這還不比你大呀？」
「就是嘛，差那一丁點而已。妳要明白，要人稱姨道姑就要大一輩分，妳只大我三、四歲……」
「大三、四歲就夠啦，我偏要你叫阿枝姨。」
驀地，阿枝姨伸出左手臂猛抓住大目順仔的脖子，用力搖著說：

「大目仔，你到底叫不叫？」

大目順仔不想她竟有這狠毒的一招，脖子被抓得緊緊地，呼吸都感覺有點困難啦，但不敢大意出手去抓對方，到底她是女人，只有忍氣掙扎的分。

「妳……妳這幹什麼嘛？放……放手呀。」

「我不放，諒你也不敢動我一根汗毛。」

「噯唷，我求妳做做好心，快放啊，我快要窒息死啦。」大目順仔忍氣吞聲哀求著。

「要我放你就叫啊。」

「噯唷，好嘛，我叫我叫……我叫妳阿枝姨就是。」

「這才差不多。」

看那阿枝姨怒氣沖沖的夜叉臉龐霎那間變了媚眼笑容的菩薩面。這場戲就此落幕，眾人都大失所望似地面面相覷。

「噯唷噯唷，真衰（倒楣）……」

阿枝姨瞧他垂頭喪氣，不忍地感覺好笑起來。

「大日仔，你無事吧，算你運氣不好，阿枝姨我今天有點心煩，所以……」

「所以妳就找我頭上來。」

「好啦，大目順仔，男子漢給婦道人家一點便宜也應該的，甭計較啦。阿枝仔，今天有什麼新聞？」

自頭至尾默默不作聲的朝和伯終於插嘴了。

「哎唷甲長伯呀，新聞倒沒有啦，可是有一件事我總覺得奇怪。」

「什麼事？」

「就是江溪仔娶阿儉過門四、五年，連聽見一聲按怎都沒有，怎麼一下子說有就有啦。」

「哼，這有啥稀奇，自古道『有子有子命，無子天注定』，還不是江溪仔子福到啦，他老婆才會有娠。」

朝和伯當了二十幾年的甲長（鄰長），做日本警察的跑腿唯唯諾諾地服務，一面為人正直不阿的性格也頗得村人們的賞識，鄰居的人們都非常敬重他。

「甲長伯啊，我是說，江溪仔他們夫妻結了四、五年的婚，連一隻蟑螂蚊子都養不出來，幹嘛一下子阿儉仔的肚子大起來啦！」

「妳奇怪的就是這點嗎？」

「是啊，我是說這一定有奇妙的原因。」

「三八，人家有娠孕有啥好怪的，原因就是他們夫妻同睡一張床。虧妳……」

朝和伯伸展右手食指輕輕向阿枝姨的額頭一點，幽默地說。

「就是嘛，妳乾去吹北風，肚子哪會大？」

大目順仔趁機加下一句，報了剛才被整的一矢之仇。在場的男女都嘻嘻嘩嘩地哄笑起來。阿枝姨心裡頭癢癢地好不是滋味，不覺地臉紅起來。

「夭壽大目仔，你偏要和老娘作對，等著瞧！」

阿枝姨狠狠地瞥了大目仔一眼，轉向朝和伯說：

「我說甲長伯仔，不是這個意思啦，你們都喜歡打歪歌，我是說，阿儉仔會懷孕應該和那養女大大有關係，因為那個丫頭名叫『來有』，來就有……江溪仔收養來有仔，不久阿儉就有娠啦，你們想奇怪不奇怪？」

阿枝姨好像這是她的一大發現，神氣十足地把眾人一瞥。朝和伯傾斜著腦袋略思索了一會。

「嗯，說了老半天原來就是這個道理啊，好一個『來有』，來就有，果然來就有，哈哈哈。」

江溪有子福是全託養女來有帶來的……如此這般被阿枝姨的渲染構成了一個神話式的故事，加上朝和伯糊裏糊塗的附和，更增加幾分神秘的色彩。

日頭昇起山巒上了，阿儉開始一場劇烈的陣痛之後，終於平安地生產了一個肥白的男孩。這天正是日本大正八年（民國八年）五月二十八日，就是我的生日。

第二章　問題學生

大正十五年（民國十五年）四月初一日，這天是新學期開課的日子。早上八點左右，由家長陪同的新生齊集在這所公學校的一堂。一大群面孔生疏的新學友都顯露著興奮、好奇的眼光溜來溜去，唯一面善的是同鄰內的寶安、寶順那兩個弟兄。他倆是甲長調和伯仔的寶貝孫子。這群新生裡有幾個看來十二、三歲的大男孩也摻雜在內。尤其使我訝異的，竟有五個女孩子參加我們的行列。她們個個都很漂亮，好像要過新年一樣穿新衣，而且腳著鞋子。我想她們家一定很富裕有錢。大家的視線都好奇的集中在她們身上，而使她們羞答答地臉上起了紅潮，不由地俯下頭去。一根辮子也垂到肩前了。在一片熙熙攘攘裡，一個身著文官服很有氣派的老師來了，背後還跟著年輕的校工，雙手捧著一箱糖果進來。老師示意各分給我們一包，我喜出望外不覺大叫一聲——

「哇！太棒了，讀書有糖果吃呀！」

我這唐突而不遜的哇叫聲招來全堂一陣的哄笑，母親為我的失態感到羞赧吧，滿臉通紅忙急扭拉我細聲責罵。

「不要黑白講，真沒規矩……」

我看母親那樣的窘態，感到一陣羞澀。老師一直注視我這個脫線的學生。我覺得有點慚愧，心裡頭茫茫然。老師說話了，原來他是本島人，用台語說了一大篇，但我一句都聽不進耳朵去。最後只聽到老師說：

「……大家知道了沒有？要守規矩，做好學生……。」

自那天起我是班內最受注目的異數，第一學期未過，已經擁有許多頗不名譽的名銜了。「古董囝仔」「相打雞」「逃學仙」等等。在校裡，我的一舉一動都是眾矢之的，我自滿以為搶盡鋒頭而沾沾自得。級任老師因之為我傷透腦筋。這個本島人老師姓黃，莊裡潭子墘角的人。高大的身子，穿一套嶄新的日式文官制服好不威風。我剛入學一開始就不喜歡我，也許是我那句「太棒了……」使他烙印著不好印象的緣故罷。但，到了月考、期考後便有所改觀了。我的成績竟居第一名，黃老師以為奇蹟出現似地睜大了眼睛，尤其許多同學都以驚奇和嫉妒的眼光投向我。

第二學期開始，班裡要派任級長和副級長了，我暗忖，這個級長非我莫屬，一種驕傲和自信令我非常高興——當個級長多氣派啊……老師當眾發表說：

「現在本班要派任級長和副級長……級長黃金龍，副級長……張新發。」

我的天！不會是我聽錯的吧，我瞧見黃金龍和張新發意氣昂揚地站起來，方始明白事實出於意料之外，我竟名落孫山了。失望、懊喪……這太不公平了，為什麼不派任我當級長呢，我是考試第一名啊，竟連副級長都沒有我的份……我清楚了，黃金龍因為個子大，又是潭子墘人，張新發是黃老師的鄰居，雖然他的成績也不錯，可是他是第三名，我氣憤黃老師作事偏袒不公……，一股無名火衝上心頭，不禁地吼了一聲：

「幹您娘！歪哥老師！」

我不顧前後衝出室外，奔呀跑地跨過大操場。

「林文……林……文。」

黃老師尖銳的怒叫聲由背後追趕過來，慢慢地消失在溷溷的大氣中。

昭和四年（民國十八年）我已是四年級的學生了，自從三年級起就更換日人老師擔任教課，使我心理上感到莫大的威脅。我曾經看過派出所的日人巡查欺負村人的兇惡臉孔，而這位安藤先生狠狠地修理學生的態度更是驚人，我們全班同學不說，連他班的學生都不例外，所以全校的學生無人不畏懼他、憎恨他，尤其是我。因為全校中被他整過的人，記錄最高的是我了。我開始討厭所有的日本人，最痛恨安藤先生。念書也感覺沒趣了，逃學曠課的日子愈來愈多，瞞著家人私私地跟著放牛的阿坤到野外玩「燒窯子」去了。

這天，阿坤把趕來的水牛放在糖廠的小鐵路旁吃草，就叫我去撿拾甘蔗葉，他便營營地築起窯子來。我走遍好遠的牛車路，弄到一大把蔗葉回來時，阿坤已砌成一個土窯子了。

「幹！僅弄這些，燒個屁來，再撿多點呀！」

阿坤緊鎖眉頭罵我。

「所有牛車路都撿過啦，不夠怎麼辦？」

「誰叫你去撿，不夠就去蔗圃偷呀，偷的比撿的來得方便得多啊，知道嗎？骰頭……」阿坤神氣地。

「骰頭？阿坤，骰頭是什麼？」

從來沒有聽過的話詞，我詫異地反問他。

「你不懂呀，骰頭就是骰頭嘛，像你……哈哈哈！」

阿坤有趣地哈哈著。我想了很久，約莫明白阿坤是在訕笑我，罵我大傻瓜。可是我被罵也不會動火，暗地裡佩服他比我有學問，沒有上學念書的人，竟懂得這種罵人的新句子來。

「你去不去呀？」

阿坤不耐煩似地催促我。

「我不去，叫人做賊我不敢，萬一被抓到了怎麼辦？」

「哎呀！真不中用，我去。你在這裡看火，繼續燒著，要小心喔，不要把窯子弄砸啦！」

阿坤點燃蔗葉投入窯子裡，叫我慢慢燒，一轉身像小兔般輕快地跑向甘蔗園去。我小心翼翼地燒著蔗葉，一束一束投入窯子裡，只怕撞砸了窯子。我知道要築一個窯子須費一番工夫，還要有熟練的手法才能夠完成的。燒火時一不小心弄砸了，豈不是前功盡毀，不被阿坤整慘一場才怪。我戰戰競競地燒了一陣子，不久，阿坤兩手捲抱著更大把的蔗葉回來。看他那兩個大口袋塞滿了蕃薯，我內心感嘆他一手「偷」的好本領。

「哼！怎麼樣？」

阿坤神氣地掃瞥我一眼，把口袋裡的東西一條條拖出來。

「好厲害，阿坤你真有一套。」

我讚許他的神通廣大，內心又忖量自己的膽量遠不如他，感到非常洩氣。我認份地看火，不停地燒，因野外的風大，狂焱的火舌由窯子的缺口伸吐出來，我全身已被煙熏得熱烘烘地汗流浹背了。兩大把的蔗葉燃完後，阿坤露出會心的微笑。

「差不多啦，我們把蕃薯弄進去。」

把所有的蕃薯投進窯子裡後，阿坤由腰間抽出鎌刀「摑」地輕輕打砸窯頂部使它徐徐地坍塌下來，然後再以細碎土粉厚厚地掩埋，看來好像一堆小墳坵一樣。

「好啦，我們看牛去，待會兒肚子餓啦，蕃薯也正好烹熟啦，這種黃心蕃薯頂好吃噢！」

阿坤這樣說，使我不覺吞了一口沫水。跟著阿坤沿著田間陌路走到盡頭，整個地面低陷了一公尺左右，下面一帶的田畑我們叫做崁腳，而我們燒窯子的地方便是崁頂。崁腳有條縱貫南北的大牛車路，蜿蜒無垠的不知通達到什麼地方。

「嘿！阿文，你知道嗎？這條牛車路的故事……」

我跟著阿坤慢步走著。忽地他回首這樣問。

「這條路也有故事啊？」

我看阿坤神秘兮兮的神情。

「有啊，就是三十五年前，『番仔兵打蕭壠』時經過的嘛。」

「騙人，你怎麼知道？」

「我阿公說的，無白賊啦。」

阿坤十分肯定地說。

「你知道不知道，別看我阿公是青暝人（瞎子），年輕時代是個很了不起的英雄啊。」

這個我曾聽說過，為使阿坤說出一個端倪，我故意潑個冷水道：

「我不相信，別吹牛。」

阿坤有點懊氣的樣子，急抓我的肩胛忿忿地說：

「為啥不相信我的話，好！我們坐下來，我告訴你一個秘密，你非相信不可。」

我被迫坐在路旁的雜草上，阿坤正色著道。

「我告訴你，可是你千萬不要亂講喔，被日本仔聽見啦，會抓去殺頭的，明白嗎？」

我瞧阿坤一副嚴肅的表情，像大人一樣機警地附在我耳邊細聲叮嚀。

「好嘛，你快說呀。」

「我不能相信你，你發誓，否則我不說。」

「哎呀，你這人……好嘛，發誓就發誓，我若不守秘密，願被雷公打死。」

「好！我阿公他……當年參加義勇軍和日本仔兵打仗的，所以……」

「真的！在哪裡？」

我驚奇地，不覺大聲了些。

「叱！幹嘛鬼叫似地……在竹篙山嘛。」

「竹篙山在哪裡？」

「在學甲的北方，我們搭乘這小火車到終站就是二重港，再去不遠的地方啊。」

阿坤邊說邊指著他放牛的小鐵路。我順他手指的地方望去，阿坤那隻水牛悠閑地吃著鐵路旁的茵茵綠草。

「你不是亂蓋的，真的有這麼回事啊？」

「我沒凸風啦！我阿公伊……番仔打台灣的故事一清二楚呢。」

阿坤神氣活現地。

「那時候義軍的統領是隔壁庄滬汪人，伊姓林，名叫……喔！對啦，聽說人們都叫伊碧玉仙，這個人很偉大，又是非常勇敢，伊聽到日本仔打來啦，馬上組織義軍往鐵線橋抵抗日兵南侵，後來再轉戰竹篙山，就是這個時候我阿公也參加作戰的。那天，林統領在山頂擺設香案禱告天地神明說：

『番寇入侵吾土，林某為保鄉衛民據此最後一戰，老天爺不庇佑我，即使林某中「頭門銃」免使許多同胞弟兄遭受無辜的犧牲……』果然他誓言應驗中了一彈倒地了，這個時候有人要救他走，林統領大聲責退部下說：『你們不必管我，我死事小，你們大夥兒的生命攸關至大，也許日本該興，台灣該敗了。這是天意，你們大家解散各自回去，日後倘有機會，另圖起義同心協力打退敵人……』怎樣？你想偉大不偉大？」

阿坤滔滔不絕地說。我聽了，非常感動，緊握拳頭噓了一聲。想不到阿坤會說這樣動人的故事，還有這樣伶俐的口才。從來我看輕他是個看牛的小子，現在才發覺我的觀念有錯誤了。父親曾說過一句話，「人不可貌相」的確說得沒錯，阿坤、他的爺爺……同是儀表不揚的粗人，可是比較我來，是多麼了不起的存在呢，想到這，我感到萬分的羞慚。

「那後來呢？」

「後來嘛……一大群義軍不得不聽從林統領的命令，揮淚鳴金收兵啦。告訴你，我阿公就是在那次的戰鬥中把一條命撿回來的。」

「唬！原來就這樣……」

我發出驚嘆聲。

「噓！小聲點，我阿公說，番仔兵好厲害哦，他們穿的是白色軍裝，有的是大砲、機關槍，每個人都有步槍，銃尾帶利刀，拉拉拉拉，轟隆轟隆，一直射過來，當他們開始攻擊時，眼前一片白茫茫，好像白色的野鬼亡魂般好驚人哦。我們義勇軍一個個倒的倒，逃的逃，竹篙山終於失守啦，番仔兵一鼓作氣朝南方直衝。他們有步兵、騎兵隊，浩浩蕩蕩沿這牛車路迫近我們村莊來。」

「那我們莊裡又怎麼樣呢？」

我沈不住氣急迫催問他。阿坤說得口角飛沫揚揚地繼續說：

「那時候啊，村人們都異常著急啦。一窩蜂騷亂徬徨，大家議論紛紛，手忙腳亂不知如何是好。後來血氣的年輕人提議硬拚，要開砲轟擊日軍，不要眼巴巴地讓番仔兵攻進莊內。原來莊裡西北郊有一尊舊砲台，那是舊時官府駐軍遺留下來的。」

「你胡說八道，哪裡有砲台，我未曾看過……」我反駁說。阿坤噘起嘴角狠狠地睨視我。

「哎呀你真笨，早就被日本仔給毀啦，那時候負責點火開砲的人就是我阿公，絕對錯不了的。」

「唉，你阿公那麼勇敢啊？」

「就是嗎，不是我吹牛的，不信的話你可……」

「我相信，我相信……你說下去啊？」

「不多久時番仔兵果然出現嚕，莊人們慌得一團糟，我阿公忙著急點火線，可是奇怪得很，『朴』地，砲口響出有氣無力的一聲，再來一次點火，大砲依然不得半響動彈。這時日本仔的大隊人馬已到離莊外不遠的地方，慌忙中點燃第三次……正著火時，突然間一陣狂風『颯』地把火種吹滅掉啦。眾人正感到驚奇和絕望，起了一陣哄，在惶惶不安裡奇怪的事情發生了。莊裡人『童乩發仔』蹦蹦跳跳的跑過來，眾人一看便知道他是神靈附身啦。」

阿坤比手畫腳地說得非常逼真，我為他這滿有趣的故事聽得意外地入神。

「童乩發仔又怎麼樣呢，快說呀！」

「童乩發仔跳上砲台上說：『眾弟子聽著，吾乃雷府大將是也，如今番兵將來，大砲勿開，保守鎮靜，自能消災，切記切記……』說畢，童乩發仔跳下砲台，頃刻間神靈已退，回復常人一般。於是莊人們眾議一決，遵從『大將爺公』的神意取消開砲轟敵的行動，慌忙四散各自躲避去了。」

「那麼番仔兵有沒有攻進我們莊裡？」

「沒有啊，說也奇怪，日本仔的大軍把我們佳里興庄視若無睹，飄然過境直取蕭壠去啦。」

「嘿！真好佳哉，這麼說來，是大將爺公拯救了我們佳里興庄的嚕。」我感慨地。

「是啊，那時大砲轟不出去，是大將爺公顯靈作法，遮住砲口的。我阿公說，假使大砲點發啦，動怒了番仔兵，他們一定一窩蜂衝殺進來，那麼我們莊民就夠慘啦。」

「大將爺公真的那麼靈嗎？」

我半信半疑地反問了一句。我想這是對神明的一種不敬，內心有點畏懼，但是單憑阿坤說的，不能一概信以為真呀！心裡這樣自言自語。

「你不知道啊，我阿公又說，佳里興人太好運啦，可是蕭壠人很倒楣……」

阿坤這一口氣越使我增加無限的興趣和好奇。

「蕭壠又怎麼樣呢？」

「蕭壠人是注該遭殃的，番仔兵開到蕭壠社郊時，有個勇敢的壯士隱匿在大榕樹上，相機要殺番仔兵。這時偏巧日本仔親王騎著一頭大馬奔馳而來。那壯士不偏不倚地拖出一把大鎌刀，渾身一勾，親王大人翻馬騰一命嗚呼了。這一來真氣壞了番仔兵，為要消恨雪仇一窩蜂衝進蕭壠社，放火燒庄真個雞犬不留，把所有莊民統統殺光了。我阿公說：那時蕭壠社有一道大溝，不但本社人，還有來自外庄到此避難的人，不幸遭到池魚之殃，變成溝底亡魂了。那時大溝的血水好像河流一般真好驚人喔。」

阿坤以誇大的表情來結束這段故事。我興猶未盡地仰望他，但心裡卻有疑信參半的感覺。阿坤那恬淡認真的口氣也不能說他是編造的，即使是，那也未免太精彩了。不管如何他對這故事的描述太使我感動了。由這個故事裡我得到一點啟示——原來日本仔就是這樣子占領我們台灣的，難怪派出所的警察和學校的日人老師會那麼兇……不由地想起被安藤先生整慘了的一段痛心往事。

那年第二學期伊始，突然停止每天一小時的漢文課，而且同時禁止上年級（四、五、六年）的學生說台語了。這突如其來的不合理措施，令我產生非常愕異和不滿。

「老師，為什麼不讓我讀漢文，為何禁止說台語呢？」

一天早課上，我不客氣地詢問安藤先生。

「哪呢嘎！你問這幹嘛，開西卡朗！（日語：可惡）」

安藤先生狠狠地怒視我。

「我真想不通，我們學漢文很有用處，我們若不說台語怎能和村人們通達感情，連對自己的父母都不能說話了，這很矛盾，太不合理啊。到底什麼理由嗎，老師？」

我心裡有些不安，明知老師不悅怒形於色，但禁不住不能不問。

「格拏野囉！唷西，我教你明白點，到前面來。」

我看安藤先生氣得眼眥發紅，知道後果不堪設想了，但遲了。

「你聽著，你們是大日本帝國的皇民，不能再讀漢文，日本國民……就要說國語（日語），知道嗎？」

安藤先生嘶聲喝道，室內鴉雀無聲。

「為什麼我是日本國民？我們生在台灣，長在台灣，不是台灣人嗎？台灣人說台灣話不是應該的嗎？」

我理直氣壯地。

「哪呢！可惡！你這個『清國奴』。」

安藤先生大喝一聲，順手來個大巴掌。這是意料中的事，我覺得臉頰一陣又熱又痛，咬著牙關忍耐，被罵『清國奴』這是首次，我感覺這是最大的侮辱，於是我反叛的骨蟲蠕動了。

「老師！清國奴是什麼？」

「吧卡呀囉！就是像你這種不中用的東西，像一條蟲一樣卑微下賤，劣性下等的動物，哇葛達嘎！（日語：明白了嗎）。」

虧為人師表的安藤先生，滿口惡言謾罵之能事，又那麼高傲優越的神氣蠛視我的態度令我難堪極了。我真恨透極了，真想吐一口痰回敬他，又不敢這樣放肆，忍住了。但不由然地我的咀巴裂開了。

「像你動輒打人罵人就算高等動物嗎？」

我再無思考的餘地，也不顧後果如何，單憑一時的意氣大膽頂嘴了。這一聲更激動了安藤先生的肝火，他的臉色頓時由紅而青，霎時拳足交加亂整我一場。我牙根緊緊地咬定，任他打、踢，最後一拳擊中我的鼻根，兩眼冒出金星，鼻血滾滾地不停流下來。

「回去！下次再膽敢大膽撒野，我就打死你。」

安藤先生那兇神惡煞似的吼聲，好久好久在我耳孔裡像破鐘般響震不已。那副可怕的獰猙面目時時刻刻在我眼前跳動著。沮喪、威懼、厭惡……錯綜複雜的情感日積一日，為要躲避那殘酷的教訓，終於荒廢了學業，曠課、逃學的記錄也愈來愈多了——

「喂！你怎麼啦？」

阿坤打我肩膀，霍地，我在惡夢般回憶裡清醒過來。

「沒……沒有呀！」

「我們走吧，把那條笨牛趕回來這附近，然後挖蕃薯吃好不好？」

和阿坤一起玩，他常是老大自居，我自艾地位微小，卻也感到無限快樂。跟他走了一段牛車路，清風拂面，暖和陽光照遍了田野，路旁的野菊花也開了。這是多麼愜意的自由天地呀！倏地嗅到由窯裡發出來的黃心蕃薯又甜又香的氣味，心情豁朗，自然腳步也輕鬆得多了。跟著阿坤走在這條歷史的牛車路上，我的夢魂都一直縈繫在三十五年前的悲哀往事。

「喂！」阿坤驀然地回首喊我一聲。

「什麼嘛，嚇死人！」我詫異地。

「我們到佳里戲院看改良戲好不好？明天……」

阿坤兀自提議說。我一時很訝異，心裡頗受打動了。

「改良戲是什麼？要不要錢？」

我從前曾聽人說過，近年來有叫做改良戲的新玩藝兒，但沒福瞧過一眼，亟需一睹為快。可是，上戲院必然要花錢購票，而我呢……

「改良戲就是新劇，不是穿戲服那一套的歌仔戲，演出的戲目是有名的『義賊廖添丁』，頂好看喔！」

「到底要不要錢嘛？」我很執意地再問。

「那還說……小孩子五仙錢就可以入場，你有嗎？」

「五仙錢……現在沒有，可是明天……」

我遲疑了一會兒。

「明天怎麼樣，有辦法嗎？」

阿坤緊迫不捨地追問。我暗忖著，五仙錢對我來講是個大數目，父親規定一天一仙錢給我零用，如要儉積起來亦需五天的工夫。這怎麼成呢，乾脆不看也罷，但是改良戲這新玩藝兒，尤其「廖添丁」對我的魅力太大了。怎能不看……

「怎麼？到底要去不去？」

阿坤不耐煩似地提高嗓門。這個死阿坤真不知人家死活，我有十二萬分的苦衷嗎？

「去，去，去就是。」我言不由衷地急速回答。

「一定喔，明天中午，我在停車場等你，我們偷乘甘蔗車到糖廠再走路，記著，不要失約喔。」

阿坤牢牢地一再交代著。

「你放心，講話算話，我一定……」

那天晚飯過後，父親習慣地回到臥房，拿起長煙管來抽煙了。這是父親唯一的嗜好，把廉價的粗菸絲熟練地擠滿煙管嘴後點著火，大大地吸了一口，然後慢慢地由鼻孔裡噴出一道紫灰色的煙來，那似乎滿足、舒暢的神情，是個永遠不知什麼是辛苦的鐵人般慈祥的父親。

「阿爸！」我很羞怯地站在父親的床前。

「有事嗎，阿文？」

「明天，老師說要交五仙錢……」

我硬著心說個謊。

「喔，是嘛，我來……」

敦厚正直的父親沒有半點懷疑，移動右手由枕頭邊抽出布製錢包，數著五個銅幣塞到我手裡。

「拿去，還有……少不了這個啊，哈哈哈！」

再給我一個零錢，放出開朗的笑聲。

「多謝阿爸。」

我緊緊地抓著六個銅幣走回自己的房間，跨上床披開棉被連頭臉都掩蓋起來。說謊欺騙父親這算第一次，內心感到莫大的愧疚和不安，然而又想到明天能夠看到「義賊廖添丁」的改良戲，不由然地極度興奮起來，整夜輾轉不能入眠。

第三章　田中老師

鬱鬱不樂的三百六十五天好似度了一百年，苦悶煩躁的四年級學校生活很緩慢地過去了。一上學好像進入地獄裡，一看到安藤先生便像碰到閻羅王般好生威懾起來。年考成績竟降至前十名外，這是意料中的事，我絕不氣餒。整年荒廢了學業，竟能保持這樣成績，還是似奇蹟般自我慶幸著。聽說老師要更換了，我心裡好不高興，暗地裡祈求上蒼庇佑這事成為事實。

新學期開課了。剛由海線轉任到的田中老師也是日人，可是出乎意料之外，竟是位和藹可親的好老師，授課時滿臉笑容，親切熱心地教導我們，和前任安藤先生的鬼臉孔真是天壤之別了。同是一個日人老師，會有這樣不同的人格？……我內心驚歎著。同班同學們也非常敬佩這位新任老師，對功課也特別認真起來，所以個個都進步多了。偶爾有同學做錯犯規了，田中老師不打人，甚至很少發脾氣罵人，一副慈祥的臉孔諄諄訓誡我們，可謂桃李春風了。田中老師和安藤先生的作風正好相反，一個菩薩心腸，一個魔鬼面目，我不敢相信這是事實。難道田中老師不是日人嗎，日本仔有這樣寬厚仁慈的人嗎？一股疑惑在腦海裡盤旋晃蕩，令我沒法了解。

第一學期過後，田中老師開始關注我，好似特別寵愛我。這種感受是在日常的接觸中得到的，我不由然地特別敬愛他、喜歡他。我漸漸蛻變，醞釀在心底裡的厭學念頭化消了，暴躁的性情所引起的打架次數也減少了，跟阿坤到野外燒窯子的日子幾乎沒有了。可是仍然不能成為一個標準的好學生，儘管學校當局一再命令說國語（日語），我始終不服，偏偏說台語地時常犯規受罰了。

——為什麼不准台灣人說台語？

——為何強調我們是日本人？

我的腦海裡時常泛起這個問號，我們的祖先是在這塊土地上生根落實的，是道道地地的台灣人嗎，矛盾……真是不可思議的事，他們為什麼要我們認同什麼呢？這個矛盾日益加強膨脹起來，時時刻刻困擾我的腦神經。我好幾次想要詢問田中老師，但逡巡不敢開口，恐怕田中老師生我的氣，從此不再疼愛我。

日本人……台灣人……日本仔打台灣……番仔刣蕭壠社……又想起阿坤講的故事來。日本人就是三十多年前的番仔來占領台灣的，而台灣人就是台灣人嗎？豈有乞食趕廟公之理？為什麼他們總是要說我們是日本人呢……疑惑、迷惘像駭浪般一波波衝激著我，滿腹的憤懣之情激起了反抗的火花。

「我要說！我偏要說祖傳的語言！阿公傳的、阿娘教的，我要說這……我絕不妥協、絕不低頭。」

我心深處在吶喊、在怒號。

這天我說台語又被抓到辦公室來，嘴角上留著兩撇仁丹鬍的校長怒目炯炯地睨視我。一頓痛罵，掛牌示眾，然後罰站，通常罰則就是這樣，我已司空見慣了。

「又是你，週番（巡邏隊）的報告，說你是故意說台語反抗校規，是嗎？」

校長來勢洶洶抓住我的肩膀問。

「……」我默默地表示無言的抗議。

「回答啊！什麼理由？」

「奇沙馬．喔西嘎！（日語：你啞吧嗎）說！到底什麼理由故意說台語，你說！」

「……」

校長狠狠地揪著我肩頭直搖直晃著。

「校長先生……」我被迫得無法抑制不滿的情感，終於啟口了。

「我們台灣人說台語，有什麼不對呢？校長先生。」

「哪呢！吧卡呀囉！」

聲雷霆，接著來了兩個大巴掌，我的臉頰一陣麻痛，頓時紅腫起來，我咬住嘴唇不願哭。

「你這『清國奴』，誰是台灣人，可惡！」

「大家都這麼說。」我說。

「哈！大家？大家是誰？」

「大家就是大家，我們台灣人。」

「嘓拏呀囉！真是好大的膽子，你要造反……」

拍！拍！拍！旋風似的連環掌，我支撐不住身子一歪倒下去了。腫大的鼻根血流如注，忙把雙手掩住鼻口，神經已失去了感覺似地。這時候田中老師進來，我好像遇到了救星，緊張麻木的神經寬鬆了些，陣陣的麻痛感接踵而來。田中老師急忙走近來把我扶起，我看他的神色有點驚詫和怨尤。

「這是怎麼回事啊？」

田中老師帶了幾分不滿的口氣詢問我，其實是對校長先生殘暴的抗議。

「實在太可惡！田中君，他是你班內學生，你平常怎樣教導的，敢向我出口不遜……」

校長一把怒火轉向田中老師，厲聲責難他。

「林文是不是又犯規，說台語了？」

田中老師慢條斯理地。

「哼！這小子，簡直無法無天，本校出這種問題學生是最大的恥辱，你養成這種『非國民』有啥話好交代？」

「有這麼嚴重嗎？」

「你倒那麼輕鬆，這個小子否認日本人，故意說台語，聲聲句句台灣人，這是反抗帝國的心理表態，多可怕！你是級任導師，要負責！」

校長掩不住氣怒喝。

「請校長不要小題大作，林文祗是個年幼無知的小學生，不要想到那麼嚴重……」

田中老師竟也提高了嗓音，接著一來一去大聲地嘮叨起來。他們在爭吵著什麼，因為我的日語能力有限，模模糊糊聽不清。最後還是田中老師收斂了聲音，低頭賠罪了。

「對不起校長，還是我錯了，我向你謝罪，林文的犯錯我負責任，讓我來處置吧。」

我看到田中老師委屈地向校長道歉，心裡一陣難過。

「好吧，本校不能容允這種非國民，給我開除！」

校長餘憤未熄，氣咻咻地說。

「請校長息怒，是我教導無方，讓林文惹怒您，再說，他是個聰明的孩子，學業成績特別優異，這又何必呢？讓我來慢慢開導他，也許將來……」

田中老師說到這裡停頓下來。也許將來……我會成為日本帝國竭忠效命的皇民嗎？田中老師真的這樣期待嗎？這時我心裡有一種難以言喻的感受。

「好吧，看你怎麼管教，如不悔改，絕對開除！」

校長儼然的口氣說後，狠狠地大步邁出辦公室的大門去了。田中老師目送校長出去，回首凝望我。

「林文你……」

「老師……」

我抬頭面對老師，一時悲從心來，嗚嗚啜泣起來。

「不要哭，男子漢哭什麼！來，老師給你塗藥。」

田中老師由抽屜裡拿出「面速麗達母」藥膏給我臉上擦了一大片後，默默地注視我，過了一會很柔和地問我。

「怎麼樣，還會痛嗎？」

我搖搖頭，內心感激老師這樣關懷我，眼眶一直熱起來。老師看我的傷沒有大礙好似安了心，便拿起一塊大木牌掛在我胸前。

「這是校規，免不了的。」

木牌上墨寫「台灣話使用者」，這是校裡要懲罰違規學生精心設計的噱頭。對我來說，已司空見慣，臉皮厚了，無關痛癢地接受它。跟著老師例行巡迴各班的教室示眾後回到自己的班內，八、九十隻眼睛頓時集中我，又成為一時話題的焦點，吱吱喳喳私議的聲音此起彼落。

「大家肅靜！」

老師破例的提高嗓門喝吼了一聲，全室同學都覺得非常意外，這是田中老師一往反常的態度，霎時室內變成一片死寂，鴉雀無聲了。我站立在教壇前像木頭人般，低沈的空氣瀰漫教室裡，我偷偷地回望老師，他雙眼緊閉著，那沈鬱的表情使我非常難過。老師為我操心苦悶著，這回兒老師真的極度生我的氣了，我不知該向老師怎麼謝罪求赦才好，這種愧疚和不安一直纏繞著我的心，好久好久——直至散課的鐘響。

「今天到這裡，散課！」

老師陡然說，同學們都像被解放了般鬆了口氣，唏唏吵吵地將課本簿記等收拾起來，說聲「老師再見」各自回去了。

「林文，把木牌拿掉，你慢回去，到老師宿舍等我。」

老師的聲音好似很溫和，而且有點神秘感。我覺得非常詫異，不放我回家，這到底怎麼回事呢？抱著一顆幻疑和不安的心情，踱過遼闊的操場。老師的宿舍在操場的東側，這裡有三間日式的木造房屋。田中老師是單身漢，住在最後一間。依我的猜想，老師是四十開外的人，為什麼沒有太太，也沒有半個兒女，在宿舍裡他唯一的伙伴是隻花灰色的貓兒。也許老師是個獨身主義者吧。我到了宿舍的玄關前，遲疑地佇立在那裡，正在躊躇間，老師邁開大步回來了。

「站在這兒幹嘛？先洗洗腳去。」

老師拿一雙木屐給我，因為我沒有鞋子穿，平時赤著腳。接過老師著用的木屐，好大又好輕，我知道這是梧桐製的高級貨，竟有福著上它哪。

「你先上去歇一歇，老師燒浴水馬上就來。」

「老師，我燒……」

「免啦，你是客人，叫客人燒浴水總不好意思，還是老師來。」老師笑著這樣說，打開客房的紙門示意叫我進去。

「老師……」

「好了好了，這你做不慣的，乖乖聽話。」

我心裡很過意不去，卻也不敢僵持了，依從老師的話踏上榻榻米去，這間六疊大的客房兼書室安置了一架龐大的書櫃，還有一隻小寫字枱外沒有特別的裝潢。我把室內環望了一周，發現書櫃上方懸掛著一對小匾額，清秀的楷書寫著「人道」和「博愛」，落款是「田中生」。我想是老師自己寫的，一時很感慨地看了入迷。

「林文，你看那……懂嗎？」

不知什麼時候老師進來站在我背後，我一點也沒有覺察，怔一怔回過首望著他。

「老師，我在看那匾字。」

「懂嗎？唸唸看。」

我點頭，用日語讀「ㄖㄧˇ‧ㄅㄉㄛ」「ㄏㄚㄎㄡˊㄞˋ」

「嗯！對，什麼意義明白嗎？」

老師再問我，老實說，人道、博愛這兩句字眼的意義我是約摸清楚一點，但不知要如何解釋，我還是搖搖頭。

「不會解釋是嗎？老師給你簡單說明，人道就是我們人類特具的本性，人和獸類不一樣，我們有同情別人的心，亦有能憫恤他人的心。那麼博愛呢，就是將我們的愛心普及一般社會，明白了嗎？」

我點點頭，想起老師平常待人那麼仁慈厚道，正反映著這四個字的內涵，深深地受了感動。

「林文，我們一塊兒洗澡去。」

「不，老師您請先……」

「不要客氣，還是一塊兒來。」

老師強拉我到浴室，一個木製的橢圓形浴桶，下邊留有一孔灶門似的缺口，由這裡弄進柴枝、木炭之類燃燒著。桶中由桶底接著一支煙筒直透屋頂吐出火煙，我第一次看到這怪模怪樣的日本浴桶了。和老師同浸在浴桶裡，一股氤氣緩緩地侵襲我體內，這時深深地感覺到田中老師對我無限的溫馨與愛心。我閉著眼反覆地在忖思——派出所的巡查、學校裡的日人老師，那凌勢欺人的可怕面目，對付台灣人那兇惡殘忍形象，好似他們才是上等人，台灣人是牛馬下賤的東西，為什麼他們會這樣欺視台灣人呢。雖然我看到的祇是村裡派出所的警察和學校裡的那些鬼老師，聽說在台灣各地所有的日人都一樣兇暴無人道，但田中老師呢，難道他不是日人嗎？想至於此，我的觀念發生動搖變化了。驚詫、矛盾，這種差忒不常的思潮在反覆旋轉著，呆呆地墜入迷惘中。

洗完澡回到客房，我不敢正視田中老師，因為這時他穿上一件日本浴衣，正顯示著道地的日本人。我不敢想，也不願意想田中老師是一位討厭的、令人切齒的日人。希望老師是……噢！可是事實擺在眼前，田中老師穿著日本衣服、日本姓名，還不折不扣地說著日本話呀！

不可能……這斷不可能的事，無論我如何祈求、渴望他，田中老師依然是日人了。我陷入極端的迷糊，一個小小的心靈像在五里霧中徜徉徘徊著一般。

「林文，怎麼樣，心情舒服一點了吧？」

被老師一問，霍然地由迷惘中回到了自己。

「呃！好多了。」我一時吱唔著。

「把今天不愉快的事忘了吧，校長先生的作風確實有些過分，其實你也不對，偏偏要犯規嘛。」

「老師……」

「怎麼了？你要說什麼，沒有關係，有話儘管說說看，老師倒要聽你的意見哪。」

「我說了，老師不會生氣？」

「不會的，說嘛！」

老師溫柔地催促我，我久久積壓在肚子裡的一塊石頭，現在可以扔出來了。

「老師，為什麼不准我們說台語呢？」

「這沒有辦法，是當局的命令，無論哪個學校都一樣，政府在推行國語運動嘛！」

「為什麼？我們不是台灣人嗎？台灣人說台語有什麼不對？為什麼強迫我們非說國語不可？」

「這……」老師猶豫了一下再說：

「不錯，本來你們是台灣人，可是……現在不能說是台灣人了。」

又是一個疑問……過去是台灣人，現在就不是，豈有此理，這是怎麼回事？我感覺糊塗了。

「奇怪！我們根本不是日本人嘛！」

我不能了解老師的語意，有點不滿地。

「林文，你不能這麼說了。要知道，你們現在應該是日本的國民了。」

「為什麼呢？」

「哈哈，林文，你覺得這麼說很奇怪是吧。好！現在老師給你上一課歷史……明治二十七、八年的日清戰爭（甲午戰爭）那時清國戰敗了，清朝就命李鴻章到日本求和，條件是賠償日本的一切戰費外，另定割讓遼東、台灣、澎湖等島嶼給日本，遼東因為外國干涉討回，但更增加一百億兩銀的戰費賠償，就這樣台灣便成為日本的殖民地了。當時的台灣，清朝是認為化外之地，根本不重視台灣，不要你們，就此輕輕一蹴送給日本呢。」

「就是這樣，我們就變成日本人了，是不是？」

聽了田中老師這席講話，約摸明白一點頭緒，但還有幾分氣憤日本的野蠻和那清朝無能不負責的措施。我的聲音有點激昂了。

「不要衝動，你慢慢聽我說，你們台灣人很有骨氣，當時你們台灣人不願被清朝出賣，也不願接受日本的統治，一齊來擁戴台灣巡撫唐景崧就任大總統宣佈獨立，豎起『台灣共和國』的黃虎旗幟反抗日本軍領台……」

「結果呢？」

我的心有點興奮，迫不及待地追問。

「結果嗎……原是顢頇無能的滿清官吏唐景崧，一聽到日本軍已經上陸兵到雞籠（基隆），慌亂失措匆匆地逃回大陸，結束了十二天的總統夢。」

「台灣共和國就此完蛋了嗎？老師。」

「不，唐景崧逃亡後，你們台灣人組織的抗日義軍繼續到處發動革命戰爭，這時攻台司令官是近衛師團長北白川宮能久親王，他率兵掃蕩義軍一路南下，直至同年五月初八號平定了嘉義城。另方面台灣抗日軍的大本營移至台南城由幫辦劉永福總指揮，他這時的官銜是民主大將軍，台灣人有意推荐他繼任大總統，可是他不敢接受了。而當時日軍作戰本部已擬定五月二十三日分三路軍向台南城開始總攻擊，乃木將軍率領的第三旅團由南部枋寮上陸北上，另由伏見宮貞愛親王統率的第四混成旅團分乘二十五艘戰艦船駛入布袋港，發砲示威後強行登陸，先後攻下了義竹圍、鹽水港等地，同時能久親王的近衛師團也開動至曾文溪北岸緊迫台南城了。五月十一日伏見混成旅團分為兩路，一路軍攻略急水溪畔的鐵線橋，在這裡產生了一位很了不起的抗日義士林崐崗，他是你們鄰庄漚汪社的人，你知道嗎？」

「老師，他不是叫做林碧玉嗎，在竹嵩山戰死的……」

我想起阿坤所說的故事來。

「對，林碧玉就是林崐崗，你怎麼知道？」

「是阿坤講給我聽的故事。」

「阿坤是誰？他怎能說這故事給你聽。」

「他是我小朋友，看牛的小孩，是他爺爺說的。」

「唬！是嘛，看牛的小孩也會說這故事啊！」

老師喟然地眨眨眼，感慨良多地看看我。

「老師，那後來呢？那位民主大將軍最後怎樣啦？」

我聽到了台灣民主國的歷史故事，心裡已激起了很大的興趣，亟欲明白它的始末。

「喔！你說劉永福嗎？因為林崐崗最後的據點竹篙山也失守了，日本的三路大軍緊迫台南城了，原來劉永福也是個貪生怕死之輩，在五月十九日夜晚狼狽脫逃奔回廈門去了。於是台灣民主國的命運也成了過眼雲煙了。」

「結果，我們台灣人打了敗仗，貪生怕死的大陸官兵個個一走了之，我們白白犧牲歸日本統治了？」

「不錯，本來你們祖先也是由支那大陸遷來的，你們的祖國可以說是支那。被日本統治後的台灣人沒有受到正當合理的待遇，所以很多人極端厭惡日本，嚮往你們的祖國。我想這是極其自然的道理。」

「就是這個原因，政府才禁止我們說台語？」

「這是其一，最大的原因還是時局的變化，這幾年來，時局有著激烈的變遷，說不定……不久的將來會發生一場大戰爭，哈哈！老師不該說的都說得太多了。林文，我應該對你說，現在總督府推行同化政策，什麼叫做同化政策你知道嗎？」

「我不知道。」

「那就是要你們台灣人死心塌地早日歸化日本，認同日本帝國變成善良的皇民，所以要說國語，明白了嗎？」

「原來就是……老師，我明白了，但是……」

「好了，不要再提出問題來，老師實在不該對你說這些話，我是日本人啊。」

老師制止我再發問，無助地苦笑著。

對呀！田中老師是日本人，為什麼會對我說這些話？……「不該說的都說得太多了。」老師這樣說，我也有這樣的感覺。比方說，祖國支那、台灣人……等等，這是禁忌的字眼，在學校裡的台籍老師都死不肯吭出的，何況他是純粹的日本人呢。我好久忖量著，仍然不解——

「好了，林文，你是與眾不同的孩子，老師很喜歡你，你也喜歡老師嗎？」

老師這樣詢問我，用力抱住我的頭顱。

「我頂喜歡老師，我最敬愛老師。」我狂歡似地回抱老師，不知怎的竟淌下了淚。

「真的，那你要認真用功，將來成為個有所作為的『台灣人』……」

第四章　初出茅廬

昭和七年（民國二十一年）正月下旬，剛離「滿洲事變」（九．一八事件）不到半個年頭，又發生了「上海事變」（一．二八事件）了。這一連串的戰爭使全島每一角落都呈現出十分緊張的氣氛。派出所的巡查也特別忙著什麼似地，本來有著醜惡的臉板上，更加了許多兇氣的色彩，騎著單車在村中東奔西竄跑個不停。我們這所公學校裡也起了一大變化了。由六年級的同學組成的「週番」（糾察隊）不論校裡校外，密切地輪流巡邏。而特別加強取締說台語的犯規學生。這期間凡被檢舉的同學，不單是掛木牌示眾，更受到嚴厲的制裁。因此我都很識時務地自制著，不像從前那樣放肆了。我變成沈默寡言的學生，儘量放棄說話的機會，縱令要說，也就先來環顧周遭一番，躲避老師和「週番」的耳目，這套「保持距離，以策安全」的妙計果然奏效，我這個惡名昭彰的常習犯便失去了往日的「雄風」了。

——林文，要聽老師的話，好好忍耐做個好學生，這是最後的一年，到畢業那天千萬不要再鬧出問題來，老師不能再看顧你了，你要……

想起田中老師臨別時再三的教誨，我確也變成個好學生了。但最令人傷心惆悵的事終於發生了。田中老師被調走了。我很清楚，田中老師被調走的原因和我大大有關，可說是我害他的。為了我，田中老師和校長時常發生爭執，他們感情衝突了，校長不知抓了什麼把柄，將田中老師踢開了。

「林文，老師去了，我感謝校長先生給我榮轉的機會，老師要去的地方是離母國數千里遠的南洋『賽班島』，那裡有一所日人小學，聽說師生一共不上一百人，我是當校長的，哈，能榮任校長，我覺得非常光榮……。」

老師勉強笑著說，我看他的臉上重重地罩住一層寂寞和悲戚的黯影。

「老師……」

我不知怎麼說才好，心裡一陣陣難過，不由得熱淚滾滾淌下來。

「哭什麼？英雄有淚不輕彈！感情用事的人不能成大器，快把眼淚拭掉。」

我用手背塗擦著兩眼，老師一對慈祥的眼光射對我。

「也許，此去我們見面的機會沒有了，也許，有……林文，你長大後會想起老師嗎？」

「我會！老師，我永遠永遠想念老師……」

三月二十六日，這天是我結束六年學生生活的日子。學校的臨時大禮堂擠滿了全校的學生，典禮中我領到一份「庄長賞」（鄉長獎）頗感意外。一個問題學生竟名列前茅，得到榮譽的庄長賞了。這個榮譽該歸屬我敬愛的田中老師吧。沒有田中老師絕無今天的我呢。

典禮很隆重地節節進行著，四十多個畢業同學齊唱驪歌一曲，當唱到末尾時，歌聲稍稍地低下來，有人涕淚嗚咽不成聲了。大家都充分表現著留戀惜別的感情，臉上流露一副依依不捨的神色，場面莊嚴十分感人。但我這種感受霎時消逝了。驪歌唱完後，我鬆了口氣，好像在某種的桎梏中突然被開放出來似地，心情輕鬆了許多了。潛在我軀體某一部分的叛逆的蟲，這時又開始蠕動著。

——哼！你這普施愚民教育的母校，有什麼值得留戀的地方……而師長們……哼！統治者的馬前卒！我說，「你請」、「再見！」了。

拿著一份畢業證書和庄長賞的「漢和大辭典」，我以輕快的步伐踏出六年寒暑與共的母校大門，路旁的苦苓樹已長出了翠青的新葉，快要開花了。早來的白頭翁在枝梢上啼叫了兩三聲，頻報春將要逝去的訊息。這時我的心緒一直想念遠在南太平洋孤島上的田中老師。訣別一年了，老師無恙否？後來我獲悉老師是個人道主義者，曾在日本內地一本「人道」雜誌上發表了反殖民地政策的文章被揭發了，以致被調任到南海的孤島去，這和古時候被押解充軍的刑罰別無二致。老師欣然赴任了，他那虛懷若谷的心胸和對我愛護備至的恩澤使我永生難忘。

一路懷念著田中老師回到稍微傾斜的老家，妹妹早在門口等候著。

「哥哥，你畢業啦？」

她小可愛的臉龐上充滿了喜氣這樣問我。

「嗯！畢業啦，阿娘伊呢？」

「阿娘在灶腳做飯啦，伊講哥哥會早回來嗎？」

妹妹今年十歲，平常很少說話，但說起話來好像大人口氣，一束長辮子垂在肩後，黑溜溜地，橢圓的臉蛋，柳葉眉配上一隻小嘴，很多鄰人都說是古典美人，我也覺得妹妹很美麗。可惜她不能上學念書，因為我們的草厝快要倒塌了。父親說，無論如何今年中要新築一間像樣的家。至少屋頂也要蓋紅瓦的，不能永遠住在破草厝，為要積蓄一點錢，萬項節省開支，自然妹妹的學業也被犧牲了。大姊天天幫人家做雜工，一年三百六十五天很少休歇過，算來也有五、六年之久了。

晚飯過後，父親叫我到他床前。

「阿文，你阿娘說你得到庄長賞……」

「是的，阿爸，是一本好大好大的字典啊！」

我很得意地回答。父親先唔了一聲，然後很不自然地輕露一絲笑容。我覺得有點奇怪，為什麼父親會是這樣不太高興呢。

「阿爸都知道你學業很優秀，奈何我沒有能力再給你升學，我們家很窮，而且今年……」

「阿爸，這我明白啊，蓋新房子讓大家好過，我不想念中學嘛。」

我會悟父親為我不能升學的事而操著心。

「無錢走無路，你若出生在富裕人家，唉！考中學、大學你是無問題的，將來，也有一官半職可做，可惜……」父親喟然說。母親隨後插嘴說：

「哎啊，我說阿文的爸，講這啥路用。阿文有讀六年書就好啦。我們窮人啊，先顧肚子會飽要緊哪。阿文，你莫想東想西哦，你瞧，阿爸為我們飽三餐多麼辛苦……」

母親指著父親額上的皺紋這樣說。我看父親這近年來委實蒼老得多了，還未到知天命之年的父親，額上浮上幾條皺紋，頭髮有點斑白了。想起父親每日天色未亮前就匆匆地挑起一擔魚籠出門，披星戴月走遙遠的路，回程更加辛苦，挑擔著兩筐魚趕回脫售，這支黝黑發亮的扁擔，不知磨損了多少父親的肩皮！想到這，我不禁黯然心酸。

「阿娘妳放心，我不想讀中學啊。」

「那就好，讀中學要花很多錢哪，還是先找工作賺點錢來補貼家用。」

母親似乎放心了些，先前的愁眉苦臉頓時化消了。

「明天我找清水叔去，拜託他在台南覓個小店員的份兒給你做。」

母親胸有成竹似地這樣說。

「這怎麼行呢？我說阿文的娘，你不讓阿文上中學可以，也不該迫阿文去做工，他年紀還小呢。」

父親反對說，母親卻不以為然。

「你說阿文年紀小，可是他個子大啊。小店員總當得起的，阿文想啥款啊？」

母親反過來徵詢我的意見，我不願使母親傷心坦然說：

「好啊，我沒有意見。」

「那就這樣決定，我明天一早就拜託清水叔去，他一定有辦法。」

母親斬釘截鐵似地。從來母親是很依從父親的話，我也未曾看過他們吵過架，出乎意料之外，這回母親竟堅持她的主張了。我看出母親內心的焦躁和積慮，因久年的老破屋子快要倒塌了，要新蓋需要一筆錢，而景氣愈來愈壞，賺錢難，父親又漸入老境不勝負荷了。

「我還撐得住，急著幹嘛！」

父親喃喃地，苦笑著，拿起煙管兒來悠悠吸起煙來。

十幾天過去了，空閒的日子使我十分覺得無聊。阿坤除做雜工外還在火車路邊看牛。想去找他，不知怎的，卻心有戚戚焉的感覺。清水叔滿口答應過，但至今沒有半點消息。天天悶在家裡實在難捱，幸好田中老師送我幾本少年讀物，只好拿來翻閱消遣，癡等著清水叔的佳音。清水叔的行業很特殊，他專跑日人宿舍做買辦生意的。這個時期散佈在地方鄉間的日人官吏，包括學校的老師，因在鄉下買不到較高級理想的生活必需品，清水叔看準這點，由台南市面採辦回來向他們兜售，有時候，這些日人太太們需要什麼就訂什麼，清水叔一一代購回來賺取一點佣金。他很勤快為她們跑腿效勞，這樣確實為她們帶來許多方便了。不知什麼時候起，她們便叫清水叔「便利屋先生」。清水叔幹這「便利屋」已經有十幾年的歷史，他幹得有聲有色，可謂孤行獨市，利純有佳了。在日人太太們的心目中，他是個信用可靠的生意人，也是個忠實勤快的佣差，非常賞識他。清水叔沾沾自得，樂而不疲地繼續幹這一行。在台南方面認識了各行各業的大小老闆，無論日人或是本島人都和他建立了深厚的交情，視同久年的朋友一般了。

這天傍晚，清水叔由台南回來，馬不停蹄連忙到我家裡報告好消息。剛進大門口就大聲嚷道：

「江溪嫂！在嗎？阿文有工作啦！」

我聽到清水叔熟悉的聲音，把看半截的雜誌拋到一邊，馬上跳出去迎接他。母親也應聲隨後而來。

「清水叔仔請坐，你說阿文有職了嗎？」

母親喜上眉梢急促地。

「有了，我今天府城辦貨，恰巧一家百貨店急需小店員，老闆是老相識，我推荐阿文一言即合……」

「老闆答應啦？」

「那當然囉！」

「清水叔謝謝你！」

清水叔一副很得意狀，好像炫耀著他的辦事能力般，口氣堅定而自然。

我有些微興奮，連向他叩幾個頭。

「真是謝天謝地，多謝清水叔仔你。你實在太好……」

母親很激動地向清水叔道謝。

「不要謝啦，我們是鄰居嘛！這點小事情算什麼。」。

「哎喲，清水叔仔，人說遠親不如近鄰，講得一點也不錯，幸虧你清水叔仔幫忙，真是謝謝您啦！」

「清水叔仔我很感激您對我的照顧。」我說。

「不要這樣說，互相幫忙嘛，明天一早我帶你去，你要好好幹啊！」

清水叔摸摸我的腦袋這樣說。

「我會的，清水叔仔你放心！」

「好，那你準備明天出門的……我走了。」

送走清水叔，我的心臟一直跳個不停。興奮和恐懼使我不能保持心理上的平衡。明天一早，將是訣別親人踏上新的人生旅途，十幾年來孵育我蔭護我的這片老家也要暫時告別了。台南……熱鬧繁榮的府城，聽說那裡是文化發達的都市，那裡有三百年前的歷史古蹟赤崁樓、延平郡王祠、孔子廟，有現代日本仔的州廳、運河、公園，還有五層樓的百貨店、熱鬧的商店街，黑頭車、人力車滿街跑。高尚人士個個穿洋服，還有……一切的一切都是文明時髦，那是令人多麼嚮往心醉的地方。可是這些事物對我是稀奇的、陌生的，離千百萬丈遙遠的一個未知的世界。一個土裡土氣的黃毛小子能夠適應這些環境嗎？常聽村人說，府城人喜歡譏笑「草地人入城」那我豈不是也成為「劉姥姥進入大觀園」呢？自卑和羞怯的心情油然而生，使我戚戚不安。這時我惛惛然佇立在庭中，母親不知我心裡頭千頭萬緒，滿開心地叫我。

「阿文，瞧你一個人癡呆呆地，明天要出門啦，該早點收拾行李啊，快跟阿娘來。」

母親拉我的手進入屋裡，幫我找幾件衣服作了個包裹，我順手擠進幾本書。

晚餐時為我的新職業帶來一片喜氣，母親為慶祝我，蕃薯簽加添了些白米，妹妹吃得夠起勁了。

「哥哥，你去府城賺錢，要給我買洋裝喔！」

「好啊，我回來時，一定買頂漂亮的送給妳。」

我滿口答應。我想假如妹妹穿起洋裝來，一定變成村裡第一美人呢。

「唷！阿美也想穿洋裝啊，窮人……不怕人家笑破肚皮……。」母親半逗笑似地。

「哎呀阿娘，不會啦，我看過很多人家女孩子都穿洋裝，我也要嘛。」

「傻ㄚ頭，妳也想『閹雞趁鳳飛』呀。人家是有錢人，咱們窮人要認份，哥哥出去賺錢，是要幫阿爸的忙啊，妳瞧瞧，咱們這個家啊，這幾年來修了再修，補了再補，再拖也拖不過今年的颱風啦。不蓋一間新厝成嗎？錢……咱們急要的是錢，妳阿爸儉腸捏肚積蓄了一點錢，還是不夠的，錢是生命根，不能隨便用啊，知道嗎？」

母親叨叨地說了一大篇，妹妹低頭無語了。她老人家這番話對我確有切膚的感受。我領悟母親殷切的希望，就是能夠擁有一片像樣的家，免得風雨來襲時，過著心寒膽戰惶惶不寧的日子。

「阿娘妳放心好啦，我賺了錢不會亂花的，我會按月寄回來。」

我這樣安慰母親，她綻開了笑容說：

「我知道，阿文是乖巧的孩子，你會體貼阿爸的辛勞，幫他一點忙。」

「好啦，孩子的娘啊，妳也真是的，對孩子們不要囉嗦一大堆。阿文，你很懂事，阿爸不說什麼，出外不比在家事事小心就是。」

父親簡單交代我，放下筷子回臥房去。我就寢前，大姊遲遲進來，我們同一房間，她和妹妹睡在另一隻竹床。

「小弟，這是阿爸給你的車資和零用錢，你要認真幹噢！」

我接過來竟是三張一元鈔票，我受寵若驚似地。

「哇！這麼多啊……」

「好好儉用，阿爸真的太好了。」

「我知道，大姊，我會認真工作的。」

「那就好，早點睡。」

大姊說著，離開我走向壁角吹熄了油燈的火。

翌晨——我很早就醒來，父親已趕魚行去了。十年如一日，風雨無阻，為了一家的生計，父親這樣的辛勞……想著想著，不由得喉頭哽起來了。大姊進來催我用早餐，桌上擺著一鍋白米飯，另外還添了一碗蛋花湯，這是母親特意為我餞行的一頓豐餐了。半小時後，清水叔來催我上路，母親再三叮嚀我許多許多的話，我一一點頭，一股憂傷的離情卻在心頭，不覺眼眶熱起來。

「清水叔仔，萬事拜託您啦！阿文年幼不懂世事，煩您代請老闆好好管教就是啦！」母親淚水汪汪向清水叔說。

「江溪嫂，這你儘管放心，阿文絕對不會錯的。那麼，我們走了。」清水叔催促我起程。母親跟上我背後慇懃地。

「阿文你要學乖啊，好好聽話啊！」大姊跟隨到大門口後把包裹遞給我說：

「弟弟，要認真打拚啊，身體保重啊！」她微微顫抖的聲音，流露萬般的親情。

「阿娘再見！大姊再見！」

走了幾步，我回首望去，柔軟的晨曦映射在她倆淚溼的臉上。漸漸地，我的眼簾淌滿了淚水，模糊看不清她們的倩影了。

第五章　情竇初開

這家明洋百貨店在西門町的鬧區，店東王子明是個三十出頭的人。修長的身材、蒼白的肌膚、一副笑容可掬的面目正是一般都市商人的典型。店裡一個資深的夥計阿鹿、滿臉雀斑的售貨員秀枝。聽說阿鹿在這裡已幹近十年了。他和這裡老闆娘牽有遠親的關係，打從國校畢業後，就來工作到現在，但在店裡的分量並不重。一個大腦袋，頭髮卻稀稀疏疏，他的容貌俗氣得很，難怪秀枝都不客氣的喚他「大頭鹿仔」。這很顯然帶著輕侮他的意思，他明知她看不起他，阿鹿一點都不在乎。

「喂……要大頭給妳幹啥？大頭自有大頭的好處噢！妳知道嗎？」

就這樣瀟灑地回敬她。秀枝瞪著大眼睛，不懂他在扯什麼，她一時好像貓兒喉頭哽著魚骨般啞然了。旁邊的人也只覺得這對搭檔很好笑，其實沒有人知道他的好處究竟在那裡，從來也沒有人認真去探討這個。誠然秀枝是個俏皮的年輕姑娘，四肢發達得很勻整，姿態窈窕可人。一對媚人的大眼，說話時跟著嘴兒一轉一動地，極為迷人。可惜唯一的缺憾是造物之神偏偏不作美，教她臉頰上生了一大片雀斑，令人為她大叫冤枉呢。但秀枝她本人卻不以為然，很俏皮地說：

「你們都錯啦，雀斑是女人特殊的魅力啊，不信的話，你們瞧瞧，很多男的女的碰上我都會多看一眼哪！」

我想秀枝的心理可能不正常，否則誰會說出這種歪理？一個庸俗的大腦袋，另一個三八雀斑姑娘，處在這種環境裡，自然我一枝獨秀，很多顧客都喜歡和我打交道，可說人氣集在一身，店裡的生意也蒸蒸日上了。這個時代商界一般的風習並無不二價制，整天討價還價，要應付一個客人做成買賣是件頗費周章的事。經過一年多的悉心學習和研究的結果，我總算有點心得，很快地成為一個熟練的售貨員了。

「阿文，你好厲害喔！那個客人啊，真難應付，要一件衛生衣把我們門檻都踏扁啦。我每次都賣不成，怎麼你兩三下就……」

等客人付款走後，秀枝訝異地問我。

「沒什麼嘛，對付這種客人祇有耐心，還有一個誠懇就得了。」

我輕鬆地說。

「哼！我才沒有那種能耐啊，不是價錢貴，就是質料差，哎……呀！煩都煩死了！」

「這妳就不對了，妳沒聽說『嫌貨即是買貨人』，我們生意人務必尊重顧客，那麼一切就順利啦！」

「算你有一套，莫怪老闆和老闆娘都說，我應該向你多多學習。」

秀枝有點不服氣似地。

「不敢當，妳是先輩，我還尊敬妳是大姊……」

「誰稀罕！」

秀枝噘起唇角斜視我，我也明白她並沒有惡意。自從我進店後一直待我很不錯，生意閑散時喜歡和我聊聊。她自命不凡似地對我說：

「這三十年代是進步的年代，時代進步了，社會也跟著起了很大的變遷，比喻說男女關係也……呢！阿文，你知道嗎？現在正在流行著自由戀愛。」

「自由戀愛是什麼？」我反問。

「哎呀！你真笨！就是……相好嘛！」

秀枝的口氣很俏，但她臉有點潮紅了。原來就是那麼回事，我茅塞頓開，不知怎的心悸一直跳動著。虧她年紀輕輕的，竟敢說出這種話，不害臊！秀枝又說什麼「黑貓」啦、「黑狗」啦，嚷了一大堆，使我目瞪口呆驚奇不已。不知由那裡學來的，她懂的事實在太多了。我內心很佩服她。也許她是府城人，不比我這個鄉巴佬的緣故吧。我自忖著，覺得很羞慚。

「我看你啊，真是阿草，一點學問都沒有。」

秀枝神氣地瞄我一眼後接著說：

「你啊，還是多看些書啦、雜誌啦……」

「看書就有學問嗎？」

「那當然！明天我拿來送給你，晚上打烊後你就認真閱讀，好不好？」

「好呀！妳要送我什麼書？我看得懂嗎？」

「哎呀！不懂的地方問問我就是。」

「一言為定，不要騙人噢！」

我喜出望外地叮嚀著秀枝。隔日她上班時，果然信守諾言，帶來兩本厚重的雜誌，我一看之下幾乎要發暈了。那是過時的女人雜誌「婦人之友」，封面卻是一幀穿著美麗華貴的日本和服女人的相片。

「幹嘛妳……這是什麼東西呀？」

我把那雜誌甩在一邊斥怪她。

「怎麼啦，你不要？」

「那是女人雜誌嘛，神經病！」

我氣憤秀枝在愚弄我，恨不得摑她一記耳光消恨，奈何老闆在櫃旁朝著這邊望著，我憋住氣忍下了。

「女人雜誌又怎麼樣？你多看幾遍，反正有益無害就是了。拿去！」

秀枝以命令式的口氣強迫我接受。在老闆面前我不敢和她吵鬧，啞然望著她悠揚離去。她究竟存什麼心？這豈不是侮辱我男人的自尊嗎？愈想愈嘔氣，真要噴血。可惡的三八查某，真是欺人太甚！我暗地裡咒罵秀枝，悻悻地把它丟到櫥櫃的下方。

那夜打烊後，我獨自在櫥櫃旁，因多少有點好奇，竊竊地抽出秀枝惠贈的寶貝雜誌來翻閱著。內容寫的是什麼，以我國校程度很難看懂，漠然地祇體會到那是有關女人的文章。我漫不經心地一頁又一頁翻下去，倏地指頭硬直停住了。我的視線被某一焦點吸引住了。那是一幀美女泳裝圖，豐滿的曲線、迷人的姿態，心臟的鼓動都快要停止似地，我看得入迷了。

「呃！你在看什麼啊？」

是老闆娘的聲音，我怔一怔抬起頭來，她已在樓梯腳了。我覺得很尷尬，急忙把它掩匿起來。

「沒……沒有啊！」

「給我看，那不是雜誌嗎？拿來！」

老闆娘伸出一隻白皙的手臂，輕步移動至我身旁。
「不要！不要嘛！」
我益覺困惑，向她撒嬌似地搖頭。
「奇怪！為什麼不能給我看？給我嘛！」
老闆娘一手把我脖子繞住，另一手將我背後的雜誌奪取過去。
「唷！這是……」
她甚感意外似地睜大了眼睛。
「你看這幹嘛？這是女人的雜誌呀！」
「我……我……」
我一時尷尬、羞怯，說不出話來。
「哪裡弄來的，阿文？」
我竊視老闆娘並沒有生氣，聲音也很柔和，緊張和羞澀的心情也鬆懈了。
「秀技給我的。」
「為什麼秀枝給你這種東西？」
老闆娘唇角流露一絲微笑。

「她說我沒有學問，要多看書。」

「原來是這樣啊，你喜歡看書嗎？」

我點頭，老闆娘若有所思似地停了一會兒。

「秀枝也真是的，拿這種雜誌給你看。阿文，你若喜歡看書我買給你，這不適合男人看。」

老闆娘很親切地這樣說。

「真的嗎？」

「難道我會騙你？明天就去，少年雜誌，還有對你有益的書籍，我會買回來。」

我不能想老闆娘會對我說謊，她平常很疼愛我，她實在對我太好了。這時候站在我面前的她，委實體貼，更加美麗了。她本來就是極富魅力的女人，白晶晶的肌膚，一對烏溜溜的大眼睛，挺直的鼻樑好像雕刻的一般，紅紅的櫻桃小嘴兒是多麼迷人。何況她正值虎狼之年，圓潤的身軀發散著芳馨的體香。我還記得，到六、七歲時還賴著要吮吸母親的奶，那時好像是著迷了母親的乳香似地。而現在老闆娘的體香，遠比幼時母親的乳香有一種特別迷人的味道。我被灌醉了般，目不轉睛地凝望著她。這時候我意識到她的纖手輕輕地握著我的雙肩，漸漸地，一股熱流侵襲我的全身，不知怎的，一個心臟怦怦地跳個不停，不由自主的僵直了身子，呼吸都快要停止了。

「阿文你怎麼啦？」

老闆娘輕搖著我的肩膀，倏地清醒過來，一時羞怯、窘迫得真是無地自容。我不敢再正視她，一轉身跑上二樓的臥房，急促地鑽進被窩裡去。

——我太鹵莽，也太膽大了。為什麼我竟那麼貪婪地凝視著老闆娘呢？為什麼我會掉魂失魄似地不知所以然？什麼時候我變得這樣無恥下流，噢！多可怕的事……我還只是個黃毛小子，為何對異性會這樣敏感起來？為什麼？為什麼？愈想愈糊塗，在被窩裡翻來覆去整夜不能入眠。

在朦朧的睡夢中，彷彿有人在耳邊叫喚著。我嚇醒過來揉眼一看，原來是老闆娘站在床前。

「呀！老闆娘，對不起，現在幾點鐘啦？」

我吃了一驚，馬上動身想爬起來，卻被她按住不能動彈。她坐在床沿，伸手摸著我的額頭。

「你躺著，哎呀，這麼燒！不行，你生病了！」

「不，老闆娘，我沒有病，祇是昨夜……」

她不等我說完，直截了當地補充說：

「昨夜失眠啦，對不對？」

被她一言道破，我不覺臉紅，耳根一直發燒，不敢正視她地把雙眼緊閉起來。

「喲！不睬我！我說錯話生氣啦！」

「沒……沒有啦！」

我急忙否認。相反地，很在乎她生我的氣。我覺得這種心態很奇怪，好像很怕她和我的距離拉遠……

「為什麼不看我，喏！看我嘛！」

老闆娘雙手捧著我的臉頰直搖，我得到啟示和勇氣，開啟了眼睛不禁吸了一口氣，敏感地發現她雙眸發出異樣的光芒。一時慄然起了一陣寒顫，我的神魂盪漾很不自在了。迷人的眼神，懾魂動魄般地，直扣著我的心靈深處，我被她那神秘笑靨極度的迷惑了。腦神經起了異樣的變化，心神一直搖擺不定，漸漸地，一種不可思議的慾念顫動著，終於大膽地伸出一隻手臂，一寸一寸的伸展移動，直至觸碰到她的腰際時，觸了電似地急縮回來。

「怎麼啦？乖乖！不要胡思亂想……」

老闆娘似乎看穿了我的心理一切，嫣然一笑。

「晚上我來陪你看書，好不好？」

說著，俯下頭來在我臉上深深的一吻。這突如其來的舉動完全出乎我意料之外，是一種驚奇，也是一種挑戰性的衝激，我呆然自失了。待我理智清醒過來時，已不見老闆娘的蹤影，我好像失去了什麼似地，頓時感到空寂虛渺，好久好久墜入迷迷糊糊的境域裡。

拖著一身懶洋洋的軀體下樓回到我的工作崗位時，已經十點左右了。幸好老闆不在，不然的話，不知要如何向他解釋呢！阿鹿正在招呼一個肥胖的中年婦人，沒有發覺我下樓，秀枝站在長方形玻璃櫥後，張大著她那特殊的大眼睛注視著我。我說她眼睛特殊一點也不為過。因為她那會說話的眼睛是無他獨有的，因日久相處的經驗，現在我可以由她的眼神看出她正在想些什麼。好像我的秘密一切都被她看穿了似地，我有點惶惶不安了。秀枝有意無意地，移動腳步走近我來，噢！我的天！她若啟齒問我遲到的原因，我該怎麼解釋呢？內心的羞怯和尷尬使我極度紊亂急躁，我躲避她的視線竭力保持鎮靜。

「喂！你昨天晚上怎麼啦？睡到現在……」

秀枝的口吻好像譴責，也好像憐憫，令人無法了解。

「嗯，沒什麼啦，因……我……有點頭痛……」

我支支吾吾地回答。

「嘻嘻！是不是貪看了那……徹夜沒睡啦？」

「妳是說那鬼雜誌，笑話！誰稀罕看那……」

「不見得吧！雜誌裡面有很多美人相片啊！有的是穿泳裝的，曲線美十足……嘻嘻！我才不相信你不看。」

「我才不哪，妳不要胡說八道？」

我厲聲喝道，但內心非常慌亂，至少被她道破一半了，內心覺得無限羞澀。

「別假正經，凡是男人啊，誰都愛看美人，不愛美人那才是大傻瓜呢！」

秀枝俏意十足，帶著幾分揶揄的味道。

「老實招認吧，你看到雜誌裡面的美人相片著了迷，失眠啦，對不對？」

好厲害的鬼丫頭……被她猜對了，我無意中被紙上的美人照吸引了，然後……噢！想起來真是太荒唐，太狂妄了，竟然著迷於老闆娘成熟豐滿的姿色，什麼時候我變成這樣無恥的壞小子了？這些日子裡，在心理上有些惘惘昏昏的異樣感覺，生理上有太多的變化使我懵懵然。也許，我已不是個小孩，人家常說的「轉大人」了。腦海裡這樣胡思亂想著。

「瞧你，傻兮兮的，我不是惡意的嘛！」

秀枝把嘴湊近我耳邊咕噥著，她的鼻息像熱浪般衝著我的面頰，我覺得一陣酥癢掠過全身很不自在。這是過去未曾有過的感覺，怎麼會是這樣呢？連她依偎在我身邊都覺得肉麻麻地，好似一種快感，又十分羞怯很不自然了。

「奇怪？今天你有點不對勁呀，人都變啦，到底怎麼回事嘛？」

秀枝看出我的異樣，略帶訝異的臉色搖著我的肩膀。

「沒有啊，妳別多管閒事好不好？」

我不耐煩似地。

「哎唷！人家關心你……討個沒趣，真是狗咬呂洞賓……」

「不要說啦，妳煩不煩？」

我不由得竟提高嗓門喝斥她，使我自己都感到意外，更驚動了阿鹿和那肥胖的女人。他們把訝異的視線投向我和秀枝，我很忸怩地低下頭，心裡一陣羞慚很不自在。秀枝扭歪著臉，甩甩頭睨視我。

「哼！不說就不說，管你去死！真衰！」

她惱羞成怒了，嘛唇罵我一聲，悻悻地走開，不知她口中還嘀咕著什麼。

「秀枝妳……」

我自覺得有點過分，想追上去向她道歉，卻又躊躇止步，怕人家笑話。心裡很不安寧，明知她是出於好意，不該這樣使她難堪。首先氣她多管閒事，後來又感激她的關懷，這種出爾反爾的心態，使我自己都無法了解。

第六章 瘋狂之夜

涼秋一過又是凜冽的冬天來臨。這天季風颳得相當厲害，陣陣的嚴風掠過街面，電桿咻咻作聲。路上行人稀疏，生意整日蕭條。正是「打狗不出門」的煞風景天氣。克勤的王老闆為擴大批發業務到南部出差，不知為什麼去了三天還未回來。壁上的掛鐘剛報八點後，老闆娘便叫阿鹿提早打烊，我竊喜著有許多的時間看書了。屋外的風好像愈來愈大，二十燭光的電燈泡在灰白色的天井下微微地搖擺不停。我由被窩裡伸出腦袋，匍匐著翻閱新購的書。

「阿文。」

老闆娘似幽靈般無聲無息地走進來，赫然抬起頭時，她已站立在床前了。

「呀！給我嚇了一驚……」

「瞧你，一個大男人，我又不是鬼……」

她綻出笑容，靜靜地坐下來。我想爬起來，轉一個身子時，她將我按住說：

「不要起來，天氣這麼冷。」

說著，拉被子給我蓋好。那是多麼溫柔、多麼體貼，像個慈母關懷自己的兒子一般。

「今夜不要上課，我想和你聊一聊……」

自從秀枝拿「婦人之友」來那天起，老闆娘實踐她的諾言，果然為我買了許多本書和雜誌，而且每天打烊後就來陪我看書、教讀、講解，儼然一副家庭教師那般模樣了。每夜少則一小時，多則超過兩個鐘頭，她叫做上課時間，從來沒有間斷過。她的日文程度確實不錯，聽說是高等女校畢業的。我知道這個時代一個本島人女子能唸上「高女」是件很不簡單的事。我很佩服她的才華，更聯想到她的娘家並非尋常的一般家庭。

「怎麼啦，為什麼不說話？」

陷入沈思中的我被她一問，霍然清醒過來。

「呃！要說什麼嘛！」

「隨便，要說什麼就說什麼。」

她嫣然一笑，竟抬起雙腳到床上擠進被窩裡來。

「好冷喔！」

說著，把身子一抖連雙手都縮進來碰到我臉頰，我不覺一顫，她的手實在太冷了。我有點不自在起來，老闆娘怎麼可以隨便這樣呢！

「你在想什麼？」

她俯下首來輕輕地問我。

「沒有啊！」我很侷促地不知怎麼回答才好。

「我不相信，你一定在想，我這個女人有點怪……」

「沒有，我沒那麼想！」

我一時情急滿口否認，其實我的心緒都被猜對了。

「不管你怎麼想，說句實話，我是喜歡你，由衷地愛上你，像兒子，像……」

她的聲音愈來愈輕微，最後聽不出她說些什麼。我困惑，陷入極度的迷惘了。

「阿文，你明白我的心意嗎？」

說著，用力抓住我的手，我覺得她很真摯、激動，隨之她的呼吸漸漸急促起來，她的手更有力地到處移動，我無法抗拒任其撫、摸、扭、拉——下意識想要縮緊躲避，卻不由自主地不能動彈。她那溫熱滑膩的觸感令我感到莫名的舒服，我閉上眼睛享受這種沒有經驗過的快感。

「阿文，看我，睜開眼來看我嘛！」

被她猛搖晃著，我終於張開雙眼面對她，她那炯炯發光的眼神射進我心坎深處，倏地撩起一股莫名的慾念來。我的視線專注在她豐滿的胸前，很可笑的竟想起幼時對母親的戀情來。她靜靜地偎身倒下來，很自然地伸手環抱我的腰背，我好像投靠在母親懷抱裡，陶醉在一種幸福感和安全感中。她的胸前鬆露著，不期然地，我的手伸放到她那豐滿的起伏裡，她微微地蠕動，跟著全身戰慄。

「不！阿文，抱我，用力摟住我。」

她全身搖擺著，那可怕的懇求似的聲音使我一時茫然，好像中了催眠術一般六神無主，馴服地把她摟抱了。她的呼吸急促地沒有節奏，由鼻孔裡吐出呼呼的聲音，兩隻手像蛇般捲住我的頸項，緊緊地多麼有力、多麼熱情……她的理智喪失了，我的顧忌無存了，一切傳統道德者被拋到九霄雲外了。她任本能驅使熱情奔放，瘋狂般發出細微的呼喚聲。我在極度的興奮裡感到茫然迷失，不知她這種狂妄的動作究竟代表著什麼。她的衝動逐漸地消褪，發出鬆弛的喘息聲。

「好啦，放開我。」

她緩緩地冷靜下來，臉上泛著一層悔意與自責的神色。兩顆烏大的眼睛蓄滿了淚水，變成個嬌弱可憐的女人。

「寬恕我，阿文，我一時無法控制，太衝動了。」

她的聲音輕微無力，我猶在迷惘中默然。她端坐起來，略整紊亂的衣服。

「也許，你會恥笑我，這麼一個瘋女人。」

她無助地輕喟著。

「不，老闆娘我……」

「你先聽我說。」

她舉手制止我，嗤地苦笑著。那是由內心深處強作出來的一個微笑。

「別笑我是瘋了。我是世上最不幸的女人，阿文你知道嗎？」

「妳怎麼會是……」我驚奇地。

「你不能相信嗎？這也難怪，唉！算了吧！」。

她喟然嘆了口氣，泛著無限悽愴和虛寂的神色。我大感訝異，照理說，她是個快樂幸福的女人，一個中等階級的主婦，不愁衣食朝夕度日自如，老闆又是那麼體貼、溫柔備至，怎說是世上最不幸的女人呢？

「我不懂妳的意思。」

「是嘛，算了，小孩子能懂什麼！」

「妳說清楚點，我自然會懂的。」我執拗地。

「大人的事情小孩子是無法了解的。」

「我已不是小孩子了，妳本來不是要說的嗎？老闆娘，請說呀，也許我會了解的。」

我猛地由被窩裡爬起來，拉著她的手直搖。

「你真的要聽？好吧，祇有你，我厚著臉皮說，阿文，你知道我和老闆結婚幾年啦？」

她悒傷地問我。

「我沒有聽說過啊！」

「十年了，十年……在這漫長的歲月裡，我的結婚生活是多麼不幸，局外人是無法想像的。」

她的聲音悽側而且帶著怨尤。

「老闆今年三十二歲，而我三十……半老了。如今還沒有一兒半女，阿文，你不覺得奇怪嗎？」

「為什麼呢？」

「都是那死人老闆的罪孽啊。唉！我……已守了十年的活寡了。」老闆娘唏噓地說。

「活寡？」

我實在不懂活寡是什麼意思，好奇地追問。

「就是有丈夫而如沒有丈夫的女人啊！」

「噢！原來就是這麼回事，我明白啦，那麼老闆他，實在虧欠妳太多了。」

我恍然大悟，明白老闆娘說不幸的原因，方始了解她剛才那瞬間情不自禁瘋狂的作為了。

「其實這也不能怪老闆一個人，要怪就怪這個舊禮教的傳統社會，要恨就恨我自己命薄……」

「妳不恨老闆害妳一生的幸福。」我很不平地。

「祗恨他也無濟於事，說句公道話，我也覺得他當初並非存心要傷害我的，他竟不自覺自己不行，新婚當初，為要使我歡心快樂而竭盡所能，但當我發覺他身體有著不可挽救的缺憾時又何奈，生米已經煮成熟飯，悔之莫及了。」

原來老闆是有先天缺憾的病人，難怪他的膚色蒼白到令人驚訝的程度。既然如此，為什麼老闆還要強行結婚呢？

老闆娘說到這裡悲從中來，淚水涔涔嗚咽著，我不忍卒睹地低下頭。

「想當年，我是多麼愚蠢，單憑媒灼之言父母之命隨便嫁人，活生生地被人供作舊禮教的犧牲了。」她喟嘆說。

我懷疑著，一個受過高等教育的女人竟也無法抵抗舊禮教傳統社會的壓力嗎？而老闆為什麼不顧自己的缺憾，大意地傷害到他人呢？為要保持大戶人家的門面？抑或為了傳統的面子問題？

我千思萬想依然想不懂。內心為老闆娘這不幸的遭遇感到非常悲哀，同時對老闆的沒良心作風感到無限的憤怒。

「既然這樣，為什麼妳還忍受這麼久的苦，讓不幸的生活一直繼續下去？」

我義憤地責難她，老闆娘露出一絲無奈的苦笑。

「這談何容易，當時我曾回娘家哭訴一番，但父親是個道貌岸然的老學究，說什麼『忠臣不事二主，烈女不嫁兩夫』，硬要我認命，在百般無可奈何之下，我不得不遵守家訓，向命運屈服當個烈女。阿文，你想往後我是過著什麼樣的日子……唉！真是一言難盡，還有什麼好說的呢！」

她哀怨地細說，然後嘆了口氣，伸手輕輕地撫摸我的頭髮，我漸漸地了解她滿腔無奈的心態，為她不幸的青春惋惜不已。我的心有點撩亂了，稍後抬眼瞧她，她的臉上佈滿著灰色的寂寞和絕望的空虛，驟然地，起了無限的愛憐。

「老闆娘妳……」

我想說些安慰她的話，卻不知從何說起，陡地被一股熱烈的情感淹沒住，發不出聲來。

「阿文，你很同情我？」

「是！我覺得這個世間太不公平了。」

「不公平的事多得很哪！你還年少，涉入世故未深，將來你長大了，也許會感覺到這個社會矛盾的事情那麼多。到時候你就體會到到底一個人的意志、力量是何等渺小無能了。」

「那是為什麼呢？不公平的事物要摒除掉啊，矛盾的社會要改革啊，妳是女人沒有這分勇氣，可是我有，將來我……」

我的語氣激昂起來，她輕輕制止我。

「好啦！瞧你，大人一般模樣口氣，你要知道，那是對社會的反叛行為呀！」

「反叛也好，妳以為我還是個黃毛小子嗎？不！我已經……」

我也不十分清楚要強調什麼，祗有一股不知所以然的衝勁在發作。

「阿文，現在我們暫且不談這些，目前我最迫切的需要，我有個請求，你要答應我。」

「妳說。」

「做我的朋友，可以嗎？」

「朋友？」

我困惑了，為什麼她提出這樣奇突的要求？

「什麼朋友？」我詫異地反問。

「做一個知心的、永遠的朋友，我需要你的幫助，你已經徹底明白我了，我的心靈太空虛、太乾涸了，我需要友情滋潤灌溉，否則會乾燥枯死……」

「我能做得到嗎？」

「祇要你願意，我不能要求別人，我不能做對不起老闆的事情，他雖然有所虧欠我，但其他方面的確做到最大的努力，對我太好了。」

「我看也是的，你們好像一對很美滿的夫妻。」

「那是表面上的，是一種虛偽的、自私的安詳生活。裡面是多麼空洞、悽愴的傷心日子呢。好像一場暴風雨前的寧靜，能維持多久呢？這種可怕的日子我無法再忍受下去了。阿文，答應我，求求你！」

我心裡起了一陣旋風，思維極端的錯綜複雜難以平靜，不知該怎麼回答才好。

「答應我，阿文！」

「我……我……怕……。」

「你怕什麼！你不是說很同情我嗎？」

「說是說了，但妳是老闆娘呀，我祇是一個傭人……」

「這有什麼分別，答應我啊，你剛才那股勇氣到那裡去了？你抱我、吻我……難道都是虛情假意在戲弄我？阿文你說！」

「不！我……」

「阿文，我不會向你過分的冀求什麼的，祇求你，在我寂寞時能安慰我，孤單時能夠陪伴我，這樣我就心滿意足了。這點你是做得到的，阿文，答應我。」

她的聲音迫切而近乎哭泣，我愣住了。

「老闆娘，我答應妳。」

「真的，謝謝你，阿文……」

她猛然摟住我，那烏大的眼睛滿含淚水，綻放出欣喜的光芒。

「老闆娘……」我激動地。

「不！不要這樣叫我，叫我的名字，叫阿蘭……」

「阿蘭！」我輕微地叫了一聲。

「對！像這樣，這個時候沒有第三人介入，這個世界是屬於我們的，我們該是一對最親密的姊弟才是。」

「那麼，我應該喚妳蘭姊……」

「好啊，你叫一聲。」

「蘭姊！」

「阿文……」

她緊緊地抱我滿懷，臉上綻放出無限的悅色，那是屬於沈醉在自我滿足的微笑。

「晚了，我們休息吧。」

她說著，輕輕地摸著我頸項雙雙倒下。

「乖乖睡覺，照這樣睡到天亮。」

在我耳邊輕柔地說。我被她緊緊地擁抱在懷裡，茫茫然不知所措。她的心臟跳動很清晰地傳襲過來，惱煞人的體香不斷地刺激著我的神經細胞。逐漸地，煽撩起一種邪惡的本能。這時候我好像聽到了惡魔的聲音——

「嚐試吧！嚐試吧！」

我被一種強烈的慾求逼迫得全身的血液沸騰起來，不覺地一隻手在她肩背蠕動。

「乖乖，不要胡來。」

她輕聲叱責我，但她摸著我的手臂更加有力了。我想她的叱責不是本意的，更大膽地向下方移動撫摸她的腰際。

「不行！不要這樣。」

她顫動著富有彈性的嬌軀，欲拒還迎地微微顫抖。胸前鬆開，一對豐滿雪白的乳峰映現在眼前。我已不能克制本能的衝動，凝視著她略帶桃紅的臉龐，她的雙眼半開半閉、鼻孔發出強烈不穩定的氣息。我的腦筋昏迷了，理性也錯亂了，兩隻貪婪的手到處摸索、尋求……她情不自禁地極度興奮了。全身搖擺顫動像極要閃避我的挑逗一樣，陡地她發出令我驚奇的呼聲。

「阿文！不要……不要這……樣呀……啊！你這樣！……我……我會發瘋……我會……」喘著氣，間斷地。

「啊！放開……我……我們不能……不能這樣……真的……我們不能……」

她開始掙扎，猛力推開我，歇斯底里的狂喚著。我慄然——像在一場噩夢裡嚇醒過來般，一陣冷氣掠過脊背。我失神似地凝望她，她悄悄離開我，下床緩步至窗前，慢慢地打開小小的玻璃窗長吸了一口氣。

風稍靜了，夜色濛濛，人也濛濛……

第七章　心猿意馬

王老闆是個樂天安命的人，待人接物和藹可親，做事乾淨俐落，十分厚道的商人典型。從他的外表看來，衣著是嶄新的，質料都是日本高級的產品，誰都不可否認，他是個文雅活潑的闊老闆。可是時常和他一起的人，偶爾發現他有跟常人不同的地方，在他天衣無縫的儀表下，剎那間，我很敏感地看出他令人猜疑的一些破綻來。那清瘦的四肢，近乎病態的蒼白臉容，透露著像殘廢者一樣的無助感與悽愴感。在日常的喜容悅色中，有時候也浮泛著愴惘與無奈。整個軀體被一層陰影籠罩著，由於這個奇妙的形態中，我感到一種驚奇，我特別付出了一種關心認真去觀察他。他平日爽朗的造作是為了要維持心理上的平衡而偽裝的。他為要爭取精神上的快樂，用心良苦地獻出最大的犧牲了。他對太太溫柔體貼，對店員們也是寬大和藹，尤其對太太一切寬容忍讓，好像在彌補肉體某種缺憾所滋生的失意。他始終未曾放棄這個恆心，無時無刻都在努力。這點他確實做到了，而且獲得意外豐碩的成果。

自從老闆娘對我吐露他倆的秘密之後，我偷偷地觀察他，以好奇和憐憫的眼光去打量他。現在可以肯定她的娓娓細訴並不是無稽的謊言了。過去敬重王老闆的一顆虔誠的心，漸漸地變成同情、憐憫的情懷了。我開始苦悶、煩憂、懊悔不該和老闆娘有那樣糾纏不清的行為。雖然還未超越那道防線，沒有墮落罪惡的深淵不能自拔的田地。可是我們之間一時為情所鍾，也曾熱烈地擁抱、接吻過，這種曖昧行為已經逾越道德規範了。我內心感到愧疚，日夜寢食難安。為了對老闆贖罪，對工作因而格外認真，儘量避免和老闆娘接觸，這種用心還是徒然於事無補了。每天一打烊後，老闆娘照例上課而到我房裡來。

「你近來怎麼啦，還在生我的氣？傻瓜！慢慢來嘛！」唇角露出一絲無奈的笑容，好像在暗示著什麼似地。

「我想……」

我想要拒絕她每夜來教我念書，不知怎的卻不敢說出來。

「你想什麼，說呀！」

她有點訝異的神色。

「我想……不要看書了。」

「為什麼呢？阿文，為什麼不要看書呢？」

「……」我默然不答。

「你不說我也明白，近來我總感覺到，你好像一直在躲避我，對我失望，還是……」

「不……我……我總是覺得對不起老闆。」

「啊……原來你是……老闆有人同情他，那我又有誰來憐憫呢？」

她喃喃說著，無力地垂下頭。看她這種無助可憐的神態，我的心一時不忍起來。儘管對老闆抱著慚愧和同情，面對她，我的心又發生動搖。這時候很清楚的感覺到，我已確實對她萌生了一份真摯的情感。為她不幸的遭遇感到萬分的悲痛憐惜，而情深一如潭水，那是可怕的、畸異的戀情，是荒唐、是無恥……我幾番反省自責著，但這樣掙扎努力總歸徒勞。我心深處仍然存著一個罪惡似的期待，癡癡的盼望——

好好先生王老闆被不貞的太太和不義的傭人蒙在鼓裏毫不知情，一如往昔地愛著太太，對我器重有加，節節提高我的薪水，已凌駕阿鹿、秀枝之上了。因此阿鹿和秀枝心裡很不是味道，偶爾藉故向我發牢騷。

「嘻嘻……我們老闆真是個慷慨的人啊！」

阿鹿露出一個憨笑說。

「是啊，『養老鼠咬布袋』他都喜哈哈地，真是天下第一慷慨的人啊。」

秀枝搭腔說。他們對我這種冷諷熱嘲我假作不聞不問，處之泰然了。單看阿鹿那副笨拙的可憐德性，顯得懶洋洋地，終日無精打采的眼神更令人作嘔，要不是和老闆娘有親戚關係，老早就被開除回家吃自己的啦。在明洋百貨店混了十年多了還一無所長，是個不足輕重的角色，又是天生的笨頭笨腦，我絕不會和他一般見識的。至於秀枝，我有點感到棘手了，這個調皮姑娘很機伶，說不定我和老闆娘的關係被她看出什麼破綻了。不然，她怎會說「養老鼠咬布袋」呢？於是我唯對秀枝耿耿於懷，為要討好她，遇到公休假日就約她到安平郊遊，她也很樂意接受我的邀請。在途中她對我說起關於阿鹿的故事給我聽。據秀枝說，三年前阿鹿結了婚，他竟是個破題兒的幸運者，很難得的討了個美人太太，羨煞了許多年輕人。鄰居的婦女們都異口同聲地說：「一枝好花插在牛糞上。」還有秀枝也為這個漂亮的新娘子踢足叫冤呢。儘管人們來替阿鹿的太太打抱不平也是多餘的，因為他們夫妻的感情不錯，生活雖平凡卻非常美滿，還有話說嗎？秀枝顯露著一個詭異的微笑結束這段話。

阿鹿每天打烊後就匆匆地馬不停蹄直奔回家，縱然遇到風雨的夜晚也絕不例外。由此可見阿鹿是對他太太最規矩最忠實的好丈夫，所以太太也不嫌阿鹿笨拙醜陋，甘心做他妻子而沒有半句怨言。我想人類夫妻的感情就是如此微妙的東西，局外人是難以想像捉摸的。看到阿鹿那乾癟的臉孔，比照王老闆的婚姻生活真是一大諷刺，阿鹿得天獨厚的傻人傻福，而王老闆他呢，為要保持表面上的虛假婚姻，這漫長十年不知費盡了多少心機！

這天正值農曆臘月十六日，大家小戶都忙著拜拜做尾牙。老闆娘大清早到西門大菜市去了。早上生意原本清淡得很，尤其是尾牙這天。

「哎唷！哎唷！好累喔！」

老闆娘拎著一隻菜籃子喘呼呼地回來。菜籃裡堆滿著魚、肉、鵝、鴨，還有魚丸、肉繭等許多配料，豐盛至極。我想出去替她拿進來，卻被老闆搶先接去了。

「噢……我的太太，幹嘛買這麼多，真是……不怕累倒在半路。」

「喲！眾人面前幹嘛說這種話，不怕人家笑你小氣鬼，一年一次的尾牙嘛，多買點菜也是應該的。」

「是！太太，不多！不多！應該多買點才對。」

老闆顯著彆扭狀，一個腦袋像蚱蜢般頻頻點頭。

「就是嘛！今天要搞賞明洋的大小功臣，你呀，還是少說兩句好。」

「哎唷！那我呢，有沒有這份口福呀？」

「你呀，還是沾他們的光一起來。」

老闆娘俏意地斜睨了老闆一眼，轉向秀枝和我嫣然一笑。我覺得老闆娘是故意在我們面前逗他的，我內心總感覺到一種酸澀的味道。

「哇！我這個老闆真難為了，沒辦法，太太萬歲！」

老闆一副無奈狀。

「哎呀！你這人……真不害臊！」

老闆娘噘起嘴角，舉起手作打狀，老闆趁勢退縮了兩步，裝著害怕滑稽的表情。

「噢！太太手下留情啊！」

他仿著平劇的調拖長了尾聲，慌忙跑進廚房去。秀枝格格笑出聲，阿鹿也有感似地在一旁傻笑著。我看他們夫妻這般逗耍雖感可笑，但不能輕易笑出聲來，心底裡卻有一股漠然惆恨的感受。喟然對這個可憐的小丑寄以無限的同情。

「你們瞧瞧，要氣死都恨沒有兩條命。」

老闆娘說著，跟秀枝嘻嘻哈哈地笑起來。

「秀枝，妳來幫我做菜。」

「好啊！」

秀枝一口答應。她們走後，我和阿鹿相對無言。一陣小熱鬧過後，店裡回復平靜，阿鹿那副呆板的臉孔仍然和平常一樣，那遲鈍的眼神宛如白癡，也好像個悟道的老僧一般。他的神經系統似在真空狀態沒有絲毫反應，看他呆兮兮地默坐著，幾乎像一個木頭人了。

也許我太過敏感了。王老闆的小丑動作，老闆娘的近乎矯揉造作，無助的嬉皮笑臉，在在都是刺激我的神經，有種痛癢難捱的感覺。這種自我厭惡的矛盾心理來自哪裡萌生的呢？是嫉妒？我終於發現我的內心逐漸醞釀著日漸不安的危機。這個不安隨著時間的流逝漸成瘋狂的焦躁，我的無恥與自私驅走了善良的理性，邪惡的衝動猛烈地抬頭起來。我的感情線上亮起可怕的紅燈了。因此我終日惶惶不安。無來由的煩惱佔據整個心窩了。

年關將屆，連日來店裡的生意特別興隆。人們都為過年添一件新衣，有的全家大小出來逛街跑百貨店。雖然日本當局下令廢止農曆春節，但在本島人的傳統習俗中，仍然農曆才是真正「我們的過年」。這是我們祖先傳下來的大年大節，統治者永遠無法抹殺掉的，也許這就是本島人在骨子裡不能屈服統治者的精神吧。這是三百年來承襲祖先紮根落實在此地的強韌台灣意識罷了。

這天顧客絡繹不絕，從早到晚忙得團團轉，已感到筋疲力竭了。送出最後的一批客人後，阿鹿正要關門時匆匆地又來個年輕女人了。阿鹿狠狠地瞄了她一眼。

「要創啥？」

阿鹿用十足沒禮貌的方言問她。

女客毫不介意似地不睬他，一搶步擠進我面前。

「對不起，打擾你們一下。」

女客很客氣地向我說，我注視她，那是衣著漂亮的年輕少女，大約十七、八歲的年紀吧！

「小姐有事嗎？」

我職業性意識地詢問她。說真的，若不是看在年輕小姐的份上，說不定我的口氣沒這麼溫和，這個時候實在不再歡迎客人的光顧了。整天忙個不休，心神極度疲憊，真想早點休息。

「無事不登三寶殿，當然有事呀！」

她的口氣有點嬌俏，但我內心非常不悅。

「那……請妳儘管吩咐好啦！」

「我要一件大衣，有沒有適合我的？」

「有，我們這裡樣式多，質料又好，全是最新流行的，小姐不妨選選看。」

我帶她到大櫃櫥前，但她對櫥內的模特兒不屑一顧。

「你替我選一件好了！」她俏意地。

我一愣說：

「這怎麼可以呢，我不明白妳的喜好……」

「有什麼不可以，反正我要你選的，你就選吧！」

她愈說愈調皮，我不禁怔住了。

「瞧你，呆兮兮的，到底願不願意為客人服務？」

「願意，願意！不過，我還不明白妳……」

「呵呵……你真阿土，顧慮那麼多幹嘛！你看好我就好，明白了嗎？」

她滿臉笑意，我猶在五里霧中，覺得被愚弄著，不由地一股不滿之氣冒上。阿鹿竟露出一個呆笑，忙著趕回家去了。秀枝從頭至尾保持隔岸觀火的態度，默默地一面整理散亂的東西。我已抱定主意，她竟敢捉弄我，何不給她一點顏色看看，草地人也不能隨便欺負的。於是我故意挑一件過時的、差不多將近褪色的大紅格子大衣展示在她面前。

「小姐，這件最適合妳不過了，這是東京最新流行的，質料好，樣式色彩都很特別，妳看怎麼樣？」

「哦！好啊，很少看到這樣的，我來穿穿看。」

她喜出望外似地把那大衣穿上，輕快地一轉身子後驚呼著。

「噢！太好了！寸尺也差不多，這件多少錢？不會太貴吧？」

我茫然若失了，意外！實在太意外了，難道她還在耍什麼把戲嗎？但事實證明她並不是在玩花招，她真的買定了。依照我開出的價錢付帳，而且還說：

「你夠意思，替我選的這件太合我意了，你叫什麼名字？以後我就是你們最忠實的顧客啦！」

我險些噴出飯來，強抑壓著一肚子的好笑。這個小姐竟那麼天真……我顯然誤會她了。

「我……阿文。」

「阿文？好名字啊，我叫阿蒙，懵懵懂懂怪難聽的。」

她嫵媚地笑說。

「一點也不。妳的名字很新鮮，比叫金枝啦、玉葉啦、阿腰仔、阿惜仔好聽多了，不俗氣。」

為了要補償對她誤會的歉意，我刻意奉承她這樣說。

「喲！生意人真會說話，好吧，不管你真心還是假意，被人褒讚總比被人貶斥好，謝謝你。」

「那裏那裏！說謝的該是我啊，謝謝小姐惠顧。」

我忙著低個頭，心裡卻被一股困惑纏繞著。乍看之下，這麼年紀輕輕的少女，會是這樣大方無諱真是罕見。到底哪一家的千金，抑或是「新町」一帶的夜鶯？我想兩者都不像，那麼究竟是何方的女人呢？愈想愈糊塗起來。

「唷！你們打烊啦！打擾你了，我們來交個朋友，有機會嗎？」

阿蒙伸出一隻嫩手來，有意和我握手的樣子，我忸怩著，她那樣大方令我一時羞怯得無法應付。

「機會嘛……有是有，可是我……」我支吾著

「怎麼啦？好了好了，我這個請求你感到太唐突嗎？那麼以後再說，機會有的是……再見。」

阿蒙輕盈地一轉身步出店外，秀枝狡獪地向我做一個鬼臉隨即回去了。我如釋重負似地鬆了口氣，很快地將門戶關鎖起來。

「喲！我的『黑狗兄』竟被『黑貓』看上了，真是豔福不淺啊！」

我正想上樓休息，老闆娘竟佇立在樓梯口迎面訕訕笑著。我一怔，抬首仰望她。

「老闆娘妳……」

我不覺一陣臉紅，頓覺她是在說我和阿蒙的事了。

這個時期正因西風東漸，新的思想和進步的生活形態逐漸流入，殖民地島民的知識水準緩緩地往上爬，而在社會上也普遍流行著一些外來語了。在報刊雜誌上時常出現的英文字眼，如MODERN.GIRL，MODERN.BOY等，不知道哪個聰明人動腦筋的，將摩登少女叫做黑貓，而把摩登青年叫做黑狗。由於這個巧妙的翻譯相當新奇有趣，不久便風靡了全島每一個角落，成了最

時髦的新名詞了。

「別害臊嘛，你們這幕黑貓會黑狗的場面我都欣賞過了。可惜沒有精采的鏡頭出現。」

老闆娘有意逗我，好像在嫉妒，也像在揶揄一般。我心裡好不高興，把大衣的貨款塞在她手裡。

「不來啦，人家是顧客嘛！」我憤憤地說。

「當然是顧客啊，可是……好像和一般的顧客不一樣，你們談得好親熱。」

為什麼老闆娘這樣囉嗦，一直糾纏不清呢？

「是個神經病，鬼才和她親熱。」

「喲！怎麼說是神經病呢！」

「從來沒有碰到這樣的客人，說要大衣自己又不肯挑選，偏叫人替她……」

「偏要你替她選，你真傻，這就是醉翁之意不在酒，要親近你的手段呀！」

「妳不要胡說八道，我不要聽！」

我提高嗓門吼了一聲。

「噢！嚇死我，不說這些了。你累了一天，快點休息，啊，對啦，洗澡水給你燒好啦，快去洗個澡。」

老闆娘輕柔地向我說。

「我不洗……」

我故意刁蠻地說，她感到非常意外似地。

「咦！怎麼啦，不洗不行！洗個熱水澡可以消除疲勞。快去！還是要我幫你洗？」

她半挑逗地輕撫我肩頭。

「去！乖乖聽話，待我帳簿記清了馬上就來。」

她輕盈地笑說，離開我走向櫃台去。我倏地想起王老闆因收年帳到屏東一帶出差，大約兩、三天才會回來。又是一個荒唐的、無恥的幽會時刻將要來臨了。

由浴間回到屬於我自己的臥室時，老闆娘已先佔據木床的一角，她很自然安逸地坐在床沿。身上披著一襲淺藍色的睡袍，室內充滿著花露水的芬芳氣味。我陶醉了，神智昏昏然，佇立在門旁。

「你怎麼啦？來啊！我還有話問你。」

我很馴服地走近她，坐在她身邊。

「告訴我，那個黑貓和你談了些什麼？」

她兩手掛在我肩上，我極力鎮靜著。

「沒有啊！」

「我不相信，老實說嘛！」

她好像懇求似地，聲音非常輕柔。我不能再推辭了。

「她……問我名字。」

「噢！那然後呢？」

「她還說她叫阿蒙，要和我做朋友。」

「你答應啦？」

「沒有。」

「你撒謊……」

「真的，我沒有答應啊。」

「為什麼？」

「因為……因為……」

「因為怕我生氣，對不對？」

「……」

「傻瓜，我也不是你太太，怕我幹嘛！」

她嘻嘻笑著，雙手用力抱著我的肩，一時失去平衡雙雙倒下去。我極力克制自已，心平氣和地投在她懷裡。

「阿文，你真的怕我生氣？」

「嗯。」

「為什麼？那麼漂亮的小姐，怎麼拒人於千里之外呢，你不覺得太可惜嗎？」

「為什麼妳一直介意這些呢？我不再想交朋友啊，蘭姊！我已經下定決心啦，我要永遠跟在妳身旁……」

「噢！阿文，這怎麼可能，怎麼可能呢？你不能為我斷送你美好的前程啊！阿文，是我錯了，我不該要求你，我是多麼自私，我沒有資格獨佔你啊。」

我發覺她的聲音微微地顫抖著，那是出於她內心悽愴無奈的呼聲。我愈覺得她無助可憐，愈激發起憐憫愛惜的意念來。我們緊緊地擁抱著，她看我沒有回答，閉合雙眸，好似沉醉在甜蜜的夢中。我在冷靜地思索著，這是一個危機的邊緣，這種小兒玩火式的遊戲是包藏禍心的，星星之火可以燎原，更何況這個現狀是令人害怕的，間斷地發出火花，堪說一觸即發，隨時隨地都會引起無止境的燃燒了。

窒息似的五分鐘過去了，她火熱的驅體開始蠕動，我的心臟也加速地怦怦跳動起來，一股難以抑制的慾火熊熊地燃燒，我的手開始蠕動，觸摸她、揉搓她。她想推開我，掙扎著、掙扎著，不多久，軟化了。我更狂妄、更大膽了，我已變成一頭飢渴的野獸般，猛力掀開她的胸前，毫不留情地，盲目地壓上去。她似乎猛叫了一聲，全身因驚惶而抖顫。

「噢！阿文，不要，不要這樣……放開我，放開我啊，你這樣……會使我發瘋，會使我崩潰……甚至使我滅亡……啊……不要……不要迫追我……我們一旦……啊……我只有……」

她全身扭動著，奮力掙扎著，大聲叫喊著

第八章 無聊的日子

昭和十年（民國二十四年）春初，我帶著一顆破碎的心，悄悄地離開府城回到故鄉。長安雖好，非久居之地。這是古人說的。想起兩年來如夢似幻的一段甜蜜多夢的生活，台南……這個文化古都，它使我成長，使我得意，它終於使我迷惘、徬徨！往事如煙，像走馬燈一樣幕幕掠過腦海。

歷史的遺跡赤崁樓、安平古堡，每當假日和秀枝、老闆娘，抑或獨自前往徘徊一段時間，耽念、懷思三百年前紅毛人竊據統治的史事，於今又淪落異族的手裡，任人壓迫宰割欺視，命定被人棄養的孤兒，這個天真無辜的美麗之島，永遠沒有一個美麗的春天來臨，喟嘆台灣的命運如此崎嶇坎坷，不知未來何去何從。

難忘的運河夜色，是我留連忘返的景地，濃厚的羅曼蒂克氣氛中，像夢般甜蜜、靜謐，薄命佳人「金快小姐」和她的愛人選擇這個地方，雙雙繫繩綁腰殉情，達成天國之戀的願望了。真是「天長地久有時盡，此恨綿綿無絕期」，二十世紀的「羅蜜歐與茱莉葉」喲！您們的靈魂安樂否？

日本人街的淺草市場，那特殊的環境，有著多少異國情調的色彩和氣派，聽說是仿效東京鬧區「淺草」而來的。在這裡有許多傲岸優越的醜憎臉孔熙攘著，顯然地，這是一幅統治者征服慾的延伸圖，對殖民地民族是莫大的侮辱和諷刺。

明洋百貨店……逗人喜愛的秀枝、笨拙的阿鹿，以及可笑的王老闆，你的能幹有為使事業一帆風順，但你的婚姻註定徹底的失敗了。從頭起你已鑄成一個錯誤，你的結婚就是悲劇的序幕，而你，自作聰明地自編、自導，更自演一個可笑的小丑角色而沾沾得意忘形，你是何等迂腐，何等懦弱天真呀！不幸的老闆娘，妳的命運恰如妳的名字寒蘭……妳是冬天裡的一株蘭花，幽雅、寂寞，又是那麼凄涼。蘭姊哦……蘭姊，我還在懷念妳，我總不能不愛妳。妳的慈悲、一股無奈的熱情喚起我的初戀情愫，妳的款曲嫵媚誘引我的思慕繾綣，妳我的狂熱瘋狂，曾一再面臨罪惡的邊緣，直至最後關頭能得克制狂妄的衝動而懸崖勒馬了。於是我恍然猛醒知難而退，悄悄地、默默地離開了妳。一場甜蜜的美夢竟是昨日黃花，蘭姊！我愛妳、我恨妳，我恨自己還在戀慕妳。

「汪汪……汪汪……」

一陣狗叫聲打斷我無止境的回憶，猛抬首看時，那是鄰居潭哥。

「喔！潭哥請坐！」

我有點驚喜的感覺，慌忙迎接他。

「阿文，聽說台南不去啦？」

他開門見山這樣問我。那帶有磁性的聲音依然結實響亮。被他一問，我感到非常彆扭，心裡一陣難過。

「是的，潭哥。」

「為什麼？清水叔說你在台南滿不錯的嘛！」

「倒也不見得，想不幹就回來啦！」我曖昧地回答。

「哦，那也好，你們家還過得去，不必你勉強著賺錢啊，說真的，我希望你能多看點書，你喜歡看書嗎？」

「喜歡。」

「那最好，到我家裡來，有你看不盡的書呢。」

「我正在想向您多多請教。」

「不必客氣，來嘛！」

潭哥的為人非常親切坦白，我自小就很敬愛他。他在郡役所（區公署）任職，現在是庶務課的正式雇員了，莊裡的人都認為他是個出類拔萃很了不起的青年，前途是無可限量的。一個沒有受過高等教育的本島人，能夠擠入大官衙，和許多日人官吏為伍，這是件不簡單的事，潭哥愛好文學，特別擅長日本短歌，因一首短歌獲得日人郡守（區公署長官）垂青得到這個職位的。他人緣好，加上天生的聰穎智慧，少年出仕平步青雲，兼任郡守通譯了。

我很感激他的鼓勵，自那天起便成為他們郭家的不速之客。第一次進入潭哥的書齋，看到了那麼多的書籍和雜誌，總覺得有點驚奇，他竟然看這麼多書？真令人瞠目結舌了。是位多才善辯的文學青年，在文壇上是很有名氣的詩人。我毫不客氣地借用他的書，但說也慚愧，看起來多屬一知半解的，自慚太自不量力了。由於求知欲的驅使，我並不氣餒，幸好這裡有字典、辭海等可做臨時教師，我咬文嚼字苦心閱讀下去。潭哥下班後就是我最好的導師了。我無所不問，他也諄諄地無所不答，就這樣承蒙潭哥的啟示與薰陶，漸漸地識字會意，自然而然融入文學的領域裡。這個時候潭哥已參加台灣文藝聯盟搞著新文學運動，那是民國二十三年的事。潭哥對我說……

「自從新榮兄由日本回來，我們幾個志同道合的朋友打成一片，組織『青風會』培養本島青年讀書風氣，提高知識水準，在文學的領域裡闡揚我們的民族意識與抗日精神，當年的文化協會、農民組合等那些抗日團體，如今統統被當局彈壓瓦解了。我們要步其後塵，喚起台灣同胞的醒覺，因我們中了日本當局愚民政策的毒太深，我們不能再被關在愚昧與無知的牢籠裡，你要多讀書、多懂點事才好。」

潭哥的這席話使我感慨良多，聯想到四年前田中老師對我的一番教誨來。我深深地體會到，三百年來，我們這塊土地歷盡異族的統治，數百萬同胞就像被棄養的孤兒一般，捱著無依不幸的日子，我就是其中的一個，統治者高高在上，我們只有忍氣吞聲的分，這種不公平的社會我哪裡甘心，一股莫名的憤怒和反叛之氣油然而生。

不久，由潭哥的介紹認識吳新榮醫師、徐清吉兄和其他幾位青風會的人。記得有一天徐清吉兄輕拍著我的肩膀這樣說：認真多看點書，我等你長大一起來。他這語短意長的鼓勵，我深深地記在心頭。這些日子我對書籍的狂熱已到巔峰，一切為自己充實，一切為進步，克服諸多困難，認真地、拚命地把所有的精神和時間投入讀書的三昧之境了。

春去秋來，一個天高氣爽的大好日子，大姊出嫁了。自從五歲時父親收養她至現在，十七年的悠悠歲月裡，大姊確實是我們林家乖巧孝順的好女孩。如今她變成人家的媳婦了。在家裡的時候，幫母親料理家務外，常出去打雜做工，賺點傭資回來貼補家用。雖然一天兩三毛錢，對父親來說也是一大幫助了。

「來有仔是個頂孝順的女孩，對咱們家幫忙很多，太辛苦她了。現在有個好的歸宿，總算了卻我一個心願。」

父親慰然說。我雖免一陣悵然，想到一家生活的擔子又全落在父親的肩上了。

「阿文，今天清水叔來過。」

一天傍晚母親這樣說。我心裏一怔，明白母親要說什麼來。台南的老闆透過清水叔要我回去工作了。這怎麼可能呢，一無所知的好好先生仍然信任我，他很器重我，惋惜我離開他家，多麼可笑……可憐的「彼也羅」喲，這齣齷齪的悲喜劇該落幕收場了，怎能繼續演下去呢？

「老闆都那麼愛惜你，你真是不知好歹，這個年頭啊，要有一份工作很難喔！」母親埋怨地。

「我……」

唉！我不知該怎麼說才好。跟老闆娘那樣糟糕的事情能說出來嗎？

「阿文，到底你怎麼啦，是不是工作繁重不好幹？還是……」

「阿娘，不是啦，因為我……」我支吾著。

「因為什麼，你說說看呀，悄悄回來一定有什麼原因，你一直含珠不吐…………」

母親似乎打破砂鍋問到底的氣勢迫人。

「哎呀，妳幹麼緊問這些有啥用？」父親插嘴說。

「都是你，自小被你寵壞。聽清水叔說，王老闆夫妻待阿文很好，怎麼沒理沒由跑回來。再說，咱們家日子並不好過，你又年頭勞碌至年尾，沒有一天休息，怎能讓一個大男孩悶在家裡死坐活吃，人家會評長議短的。」

母親一反往常囉嗦起來。我知道，為了大姊出嫁後，父親失去一個幫手，假使我有一份工作，多少能減輕父親的負擔，所以她才會如此執意。但我又能如何呢，想了半天，終於——

「阿娘，我幫阿爸賣魚好不好？」

我下定決心，台南不去，祗有這條路可走了。

「阿文你說什麼？」父親訝異地。

「我說要賣魚……」

「既然台南不喜歡去，賣魚也好，免得人家說你『吃飽沒頭路』。」

母親鬆一口氣似地。但父親卻面有慍色地指向她說：「妳不要說啦，我知道妳是替我擔憂著，放心，我還有足夠的體力來養活你們，再五年、十年……也許一輩子照常幹下去。可是阿文，這擔魚籠子不會留給他，絕對不會！挑肩擔走大路，我這輩子夠啦！」

父親的聲音有些微感慨似的顫抖著，母親默然了。這是一個魚販子的自卑和向命運低頭無奈的心聲。同時也是一個無學文盲的父親望子成龍的偉大愛心和內心無限的冀求。我不覺一陣心酸，眼眶熱起來。

「阿爸，我幫你賣魚是暫時的，不說一輩子……將來機會到了，我馬上改行……」

「好啦，不要說傻話，賣魚就是賣魚，哪裡來的機會，我寧願自己辛苦點，也不願你再走這行。」

父親的語氣非常堅定，可是母親不以為然。

「哎唷，阿文的阿爸，誰說賣魚不好，我們一家人豈不是全靠你賣魚活下來的。」

「妳少說兩句好不好，婦道人家妳懂啥！」

「我是個無知的村婦，不懂什麼大道理。可是我……也懂職業不分貴賤，賣魚是正當職業，賺錢養家有什麼可恥的。」

一向柔順的母親意外的執意起來。

「妳是怎麼啦，阿文的娘，妳聽我說啊，阿文這個孩子很聰明，假如我們能夠讓他升學，前途是無可限量的，祇可惜咱們家窮……唉！現在阿文豈不是天天在水潭家裡看書，那就好啦，妳強迫他幹嘛！」

「阿爸，你們不要爭執了，阿娘說的也有道理啊。那麼我幫你一個上午，要看書的時間多得很哪。阿爸……你答應我。」

「就是嘛，阿文也這麼說，讓他幹幹看啊！」

經母親和我一再請求，父親終於點頭了。

「什麼叔仔要魚嗎，好塭底的虱目魚……」

自那天起我是這零售市場裡唯一的小魚販子了，由於我慇懃招呼，還有沾了多少父親的人緣，生意相當不錯。

「嘿！你是江溪仔的囝仔嗎？人說你是小才子，為什麼幹這一行來？」

「什麼叔仔不要逗笑我嘛，給我買一尾魚好不好？」

「好啊，不要說一尾，來兩尾好啦！」

就這樣一開張生意非常順利，固定顧客逐漸增加，父親分配給我的銷售量也愈來愈多了。

那天是冬節，大清早狹窄的小市場擠滿了村裡的男男女女，為要做拜拜，誰都很慷慨大方。平常鹽魚階級的人們今天也不例外，在人群中熙來攘去搶購著一塊豬肉回去做牲禮。差不多十點左右我和父親的魚也售完了。這時在市場門口有個老頭叫賣著竹籠子，彎背瘦骨，枯乾的右手拿著米酒矸邊喝邊叫呼。

「要竹籠嗎，一擔四角銀。」

他是村裡有名的老酒鬼大蔗伯仔。一天到晚手不離矸，奇怪的是少有人看到他醉倒出洋相。因為他喝酒甚有規則，緩緩地、慢慢地，呷了一口停了好半天，這是和他的經濟來源有連帶關係的。偶爾他的腰袋裡多些幾個白色的硬幣時，大蔗伯仔還會痛痛快快地大飲一番，然後躺在一張竹床上哼出他拿手的民謠來。

「山伯想思啊……淚哀哀……

怨恨薄情呀……祝英台喂……」

大蔗伯仔的歌總是有頭無尾，一直反覆唱到自己睡去為止。他有一手好工藝，缺了酒資時便到屋後刺竹林砍掉一二支來劈成篾子，以熟練的手工編做籠子出售。他的竹籠絕不二價，一擔四毛錢，多一分錢不要，少一分錢也不賣，村人們都贈他一個尊號「老古董」。

「來喔，我的竹籠是有福的人才買得到的，要買趁早啊，來啊……」

「可啦……」

一矸米酒差不多傾銷了大半，正在興高采烈地叫賣時，他的楣運臨頭了。

一聲鬼叫似的怒喝聲驚醒了大蔗伯仔，他揉揉眼，一尊兇神惡煞似的日警渡邊巡查佇立在眼前。他嚇得魂不附體，誠惶誠恐地一直叩頭求饒。

「大人失禮啦，大人失禮啦，我不敢啦！」

「巴卡呀囉！不行。」

渡邊巡查怒吼了一聲，抬腳將大蔗伯仔的竹籠踩得七歪八扁了。

「大人！赦免我，我後遭不敢啦！」

大蔗伯仔雙腳跪下去，斷斷續續地磕著頭。

「不行，誰准你在這裡賣東西，妨害交通！還有，大白天在路上喝酒，這也犯法。起來，到派出所去。」

渡邊巡查伸出一隻毛叢叢的手抓住大蔗伯仔的脖子，雄赳赳地硬要扭他走。市場口頓時熱鬧起來，成群的村人們圍觀著這場令人心酸的鬧劇。我夾在人群中咬住牙關，一股無名火燃燒在心頭。日警這樣太可惡了，大蔗伯仔也太可憐了。真是無理取鬧，亂加罪名，一個憨直的老人這樣被欺凌糟蹋，竟無人敢挺身提出抗議，這是為什麼呢？難道這個世界沒有公道、正義可言。不！因為警察的權力太大了，一道「違警令」就是萬能的法寶，你的一舉一動隨時都有犯法的可能。被殖民的老百姓如此無助與無能，誰敢去頂撞他們呢！

「大人啊，饒赦我啊，我歹命老人啊！」

大蔗伯仔半沙啞的哭求聲搖撼著每個人的心弦，村人們都面面相覷搖頭嘆息，一副無能為力的無奈狀。大蔗伯仔被渡邊巡查強拖帶拉進入派出所了。

「大人啊，你做做好心赦免我啊……」

一個卑微無助的老人在殘忍霸道的強權之前，苦苦哀求外還能說些什麼呢？我跟著一些好奇的村人們至派出所大門前，所裡面還有個台籍巡查郭馬草儼然坐鎮著，前面還站著一個中年人，我看到他不覺噁心起來。他叫李阿呆，自少不務正業，年輕時跟一些不三不四的狼朋狗友參加子弟班學習演戲了。俗語說「第一衰，剃頭噴鼓吹。無寫四，養子學搬戲。」凡是這些勾當都是屬於下流的，會被人蔑視的，因此李阿呆在村裡是人人看不起他的。同時也是日警取締無業遊民的對象了。可是不知什麼時候起他竟和地方上的紳士一樣，自由自在地在派出所進進出出了。販賣私鹽維生的阿順冷不防被警察抓去了。有一次阿旺伯的仔豬被母豬壓死，捨不得棄掉把牠宰了，鹽漬起來以為可資日後三兩天的飯菜，殊不知一夜之間被檢舉了。阿旺伯被帶到派出所，以私宰的罪名被處罰了。這些都是李阿呆幹的好事，原來李阿呆為要討好日警把村裡發生的雞毛蒜皮事統統向派出所告密，成了道地的線民了。我霍地想起來，大蔗伯今天這樁禍，說不定也是他搞的鬼，因為前些日子大蔗伯為了一擔竹籠子賒不賒得罪了他呢。

「喂！曾大蔗，老人家怎麼不守己敢犯法⋯⋯」

郭馬草巡查一副冷漠的表情開腔了。

「噯唷！大人冤枉喔，我沒有犯法啊！」

大蔗伯仔呼天叫地似地。

「幹您祖媽！你說沒犯法，妨害交通、擾亂秩序，你的罪多得很，罰金啦，五塊錢⋯⋯」

渡邊冷峻地怒喝了一句，儼如判決似地。

「五……五塊……錢……啊！大人啊，請您同情我歹命人啊，五塊錢……可以糴三百斤番薯簽，我足夠度半年啦。真的要老命喔！」

以大蔗伯仔的經濟情況來說，五塊錢確實是要命的數字，難怪他徬徨失措大號大哭起來。

「可啦！不要哭，五塊錢你繳不繳？」

「大人啊，我……我怎能繳這……」

「不繳不行……」

「那……我把這條老命賠你好啦！我實在沒法度啦！」

「哪呢！奇沙馬竟敢撒賴！可惡！」

渡邊巡查一抬足踢到大蔗伯仔的腰際，他「哎唷」一聲踉蹌倒下去。

「哎啊喂，我會死啦！大人啊，你打死我也沒法度繳納五塊錢啦！」

大蔗伯仔倒在地上縮作一團，斷斷續續地呼叫著。

「唷西！你這老頭太狡獪，俺就打死你！」

沒有人性的渡邊巡查一看大蔗伯仔慘兮兮的窘苦狀益加惱怒起來，舉足便要踢下去了。陡地，不知什麼力量將我推出去，我的雙手緊抱著那鬼巡查的腳了。

「慢著！大人，你真的要踢死人嗎？」

「奇沙馬！哪呢斯路嘎！」渡邊怒吼著。

「我是阻止你犯殺人罪的，渡邊大人！」

我慢條斯理地回答。

「你……你豈不是賣魚的林文！」

渡邊巡查把憤怒和訝異的眼光投向我，我並不在乎，這時候派出所大門外起了小變化，原因是我這突如其來的狂妄行為驚動了圍觀的村人，頂撞日人警察是最要不得的，好像犯了滔天大罪般，村人們都為我憂心忡忡竊竊私議著。

「是的大人，您再使性子，真的要鬧出人命了，大蔗伯仔是沒有半條命的老人啊，在光天化日之下，警察打死人了，哼哼！瞧您難免無罪。」

「放屁！好小子敢來妨害公務！可惡！」

渡邊怒吼著，躍身撲近我來。

「大人，我是善意提醒您的，怎說是妨害公務呢？您們警察怎可以隨便亂戴帽子入人於罪呢，拿大蔗伯來說吧，他在市場口叫賣竹籠子，您說妨害交通，白天呷酒，來一個擾亂秩序……請問您這是那一個世界的法律。」

「奇沙馬！」

渡邊怒極，不由分說的出拳打來，我猛受一擊，不禁一股無名火上昇，沒頭沒腦地和他拚起來。為要制壓我這個狂徒，郭馬草巡查也臨陣助戰，一場紛亂糾纏之後，我已兩手朝背被他們繩縛起來。稍後，跟大蔗伯一併送局，在警察課被裁決妨害公務罪名，鋃鐺進入拘留所了。

第九章 邂逅

當母親每燒早飯時，我習慣性地在隔壁房間醒過來。屋外是黎明前的一片昏黑，灶腳裡一盞油燈搖晃著，父親匆匆地吃完飯後，挑起魚籠子又出門了。我佇立在門口目送父親的背影，蒼老的父親快捷的步伐猶如年輕人一般，片刻間被濃霧溶合而消失了。這時我心便一陣酸痛，感到無限的疚慚和自責，我虧欠父親太多了。二十年來，父親孜孜不懈為一家的生活辛勤勞動一輩子，從沒有半句怨言地獻出最大的精力，永遠那麼堅忍、那麼慈祥……

由於時局的變遷，這些日子生意不如以往那樣順利，使父親有些著急起來，有時候也向母親嘀咕幾句了。

「這個年頭不行啦！真沒想到時勢竟會演變成這樣……」

當局時常發出「非常時期來臨」的口號，隨之各項稅租有增無減地一直徵收，農村經濟面臨破產的邊緣，景氣每下愈況，又因村裡幾個年輕漢子放下鋤頭犁耙，加入賣魚的行列，使父親多少受到威脅，父親又說：

「這把年紀了，想改行也不成，好歹咬緊牙關幹到底啦。可是阿文，不能跟我幹下去，年輕人要有抱負、有理想，要去開創自己的前途……」

無學文盲的父親竟會說出這話來激勵我，令我一面驚奇一面感激萬分，但母親卻心有戚戚焉的神情。

「阿文的爸啊，你是說不要阿文幫你忙啦？」

「我正是這個意思，暫時失業沒有關係，這個孩子比較聰明，不能活馬縛在鐵樹，讓他去自由發展好啦。」父親有所感慨地說。

從來百依百順的母親，這回卻頑強地跟父親鬥嘴起來。

「我說阿文的爸啊，你瘋啦，不要孩子賣魚叫他幹啥？你不要寵壞他。」

我明白母親焦慮的原因，打從那次大蔗伯仔的事件發生後，日警開始對我特別注意，認為是個問題的不良少年，百般刁難，時常藉故到家裡來臨檢，使母親戰戰兢兢地應付不暇了。而且每隔一月或兩月就傳召我到警察課約談，毫無理由把我拘留起來。鹿檞一樣的拘留所，在六尺四方的木板上端坐睡覺，三頓吃飯團和兩三片澤庵（蘿蔔漬），那種很有規則的生活我也過慣了。母親卻不以為然，被警察拘留檢束是件極不名譽的事情，她為我感到很大不安和羞恥，正如本地流行的一句俗語「草地人驚掠，府城人驚食」，意思是說鄉下人最怕被警察抓去，都市人最怕請客。

所以犯法坐牢都不說，連違警拘留都當作天下可恥的事，有了這種古老單純的想法，使母親日夜寢食難安了。

「我看哪，還是讓阿文專心賣魚好了。」母親以堅定的口吻這樣說。

父親感到意外地，竟提高嗓門說：

「妳今天是怎麼啦，賣魚！賣魚有什麼好幹的，我不能叫阿文繼承這種賤業，不能讓他成為一個魚販子呀。」

「奇怪！魚販子有什麼不好，我們一家不是全靠你賣魚活下來的？」

「好啦好啦，妳少說兩句好不好，婦道人家，真是不明事理……」

「你明理的人，不讓孩子賣魚，喜歡他被日本仔抓去拘留……」

母親認為自己的主張是對的，孩子繼承父親的衣缽是順理成章的事，為什麼孩子的爸這樣不講理？為此她感到委屈、傷心地嗚嗚哭起來。

「阿娘，我聽妳話就是，不要傷心啦，我明天到台南去，免得日本仔來找麻煩，這樣好不好？」

我不忍母親為我如此操心，決意到台南覓職去。母親以為我要回去明洋百貨店，破涕為笑說：

「乖孩子，阿爸不讓你賣魚總可以的，你有你的去路啊，阿娘並不是強迫你去不願意的地方，知道嗎？日本仔很可怕，人言更可怕喔，這些日子阿娘被日本仔嚇得魂不附體啦，又聽到人家對你說長話短，煩都煩死啦！」

「我知道，阿娘，我若不在家，臭狗子也不會再來煩妳，我暫時離開這個家好了。」我說。

「好吧，你們母子既然這樣說，阿文你就去台南，古人說男子志在四方，好好去幹，免得被村人看不起。」

父親這樣激勵我，抽出五張一元鈔票塞到我手裡。

「不能多給你一點，多儉用。」

「我知道，阿爸。」

接過父親的錢，不覺眼眶一直熱起來。我知道父親手頭並不寬裕，竟大方地給我五塊錢，這個數目不算少，由鈔票發出來的魚腥味，我領悟到父親無限的愛心。

新近開通的佳里商會客運汽車開往台南的班次很稀疏，到達台南時已近中午，正巧終站是西門町路口處。我一下車困惑了。心理上不免一陣躊躇和尷尬。西門町……明洋百貨店……王老闆……曾好幾次透過清水叔叫我回去工作，但我能接受嗎？不！我不能再碰到老闆娘阿蘭……理智告訴我，祗有快刀斬亂麻，畸型的愛情是不能任其滋長的，那是罪惡、是悲劇！悲劇豈可續演下去，無論如何我不能再見到她，我來台南要另找工作，永遠離開她，我們那一段曖昧不清的情愫應該一刀兩斷了。幸好父親給我足夠的盤纏，假使今天尋不到工作還有明天，心裡這樣忖量著，覺得肚子餓了，我回頭跨進米街到了石舂臼，這裏是府城有名的點心攤集中場，為了節省開支，我吃了兩個便宜的菜粽，總算解決了一頓午餐，價錢是六仙錢。

這時候我不明白有無職業介紹所，只好自己去尋找。據我所了解，需要用人的公司行號，大都在自己店面貼出「職員急用，有意面洽」的字樣，或是一塊厚紙牌，兩面都寫著「店員入用」四大字，栓著索子吊在門框上隨風團轉著。我走在停子腳無心欣賞樣品櫃內的各項新奇東西，這條街衢走過那條，這家見過那家，不知走遍幾條街了，直至腳跟酸軟，腿肚子也微微作痛了。費盡了精力接來個失望，拖著笨重的步伐蹣跚走著，不知不覺間已來到州廳大衙前圓環公園，領台的魁首「能久親王」的石像屹立在暮色中，我燃起一把憎恨的火狠狠地瞥他一眼，憶起阿坤仔對我說的故事，不勝感慨唏噓。

日落黃昏，夜幕低垂，通市萬家燈火，「五層樓」的霓虹燈也亮了。「五層樓」是市內唯一的高層建築物，一個單字姓「林」的日本人經營的高級百貨店。這幢五樓建築的 Hayashi. departmentstore，市人皆稱做「五層樓」，它專售日本內地一流廠商的產品，吸引日人和中上階級的本島人顧客，而且一樓至五樓有電梯設備，高尚時髦聞名遠近。沿著這條寬闊熱鬧的銀座通

（現中正路）向西前進就到達運河，我喜歡運河的夜色，我的腳自然朝著那邊移動，來到西門町的交叉處，倏地一陣慄寒，好似身臨邪門禁地般，明洋百貨店就在右側不遠的地方，我的心有些躊躇和齟齬了。遠遠望去，那停泊在河上的大小漁舟，懸吊在帆桿上的燈火在迷濛的夜色中搖曳著。曾轟動一時的戀愛悲劇在這裡發生，這個纏綿悱惻的殉情故事勾引了多少青年男女的心弦，夢般的運河、誘人的運河……我情不自禁地衝過西門町，邁步直走大約三、四分鐘就到了。河畔的路燈放出淡黃色的光芒，微微的海風由安平港上吹掠過來，燈光反射河面涓涓漣漪，織成一條條銀蛇般輝耀閃爍著。遙望去有人雙雙沿著河畔逍遙漫步，微淡的燈光下，情人們相倚呢喃細語，一切都富有羅曼蒂克的情調。我彷彿陶醉在這迷人的氣氛中，心頭的鬱結、覓職的焦急煩躁已忘得一乾二淨了。在這裡，一切都這樣令人安適舒暢，那麼靜謐的一個世界，這裡好像沒有人間憂悶，沒有世俗的煩惱，也許人們都有這種感觸，難怪一對苦命鴛鴦為求解脫，終於選擇這個地方了。

滿腦子懷著綺麗的遐思，沿河彳亍了片刻，已到了一個轉彎處，我兀自止步了。這裡，正是我留戀回憶的傷心地，悽然一身感慨無限，想起當初和她來到這裡，趁夜闌人靜兩相倚偎，她向我百般溫存示意，使我嚐到初戀的滋味…………啊！到如今……往事已矣。不想它也罷。於是我獨自往返徘徊，好像在尋回失落的腳印般，許久留連、留連——朦朧中，倏地我聽到了輕微的驚呼聲，不期然的回首一望，我訝然了。幾乎懷疑自己的眼睛，這是幻？還是夢呢？冥冥之中命運的神竟有這樣偏巧的安排，是伊？可想不可求的伊……

「阿文，是你！」

熟稔而柔媚的聲音，令人難以忘懷的烏大眸子，不能否認這個奇突的現實。是冤家路窄，還是千里姻緣一線牽……這種形容都是不對的，這是令人難以相信的奇遇，萬萬意料不到的重逢，太神奇化了、太戲劇化了。我懵然窒息好久不能作聲。

「阿文，為什麼會再看到你，為什麼在這裡……」

「…………」

「這是事實嗎，我不會是在作夢嗎？」

「…………」

「阿文，你說話呀，讓我明白這不是一場夢呀！」

她焦躁地雙手挾住我的臉頰直搖，攪起我滿腔的感傷。一年來抑壓在內心深處的情愫像決堤的河水般洶湧澎湃向外奔流。

「阿……………蘭！」

內心迸出來的是她的名字，為什麼不叫出老闆娘，我深深自責著。可是一股不知來由的熱勁使我驚然撲向她的懷裡，不由地熱淚滾滾流出來。悲喜交錯的熱流使我懵然不能自主了。

「什麼時候來，喔！是今天……」

也許看到我手上的包裹，察覺我今天離開故鄉的吧，她再度發出驚訝聲。

「為什麼不來找我？為什麼？」

她的聲音充滿了怨懟，她仍然埋怨著，悲切地。

「阿文，你真絕喔，為什麼不告而別？為什麼甩開我，是恨我？不！我知道你不會恨我的，因為你……是真摯的愛我，祇是……我沒有資格給你愛，所以……」

她絮絮地、幽幽地。不由得更撩起我許多內心的傷感，好久好久不能回答她。

「阿文，我清楚你的心，也許，你這麼做是對的，為了你，為了我，那個時候我們之間，確實面臨一觸即發的危險地步了。好啦，講這些幹嘛，我倒要先明白你來台南的目的。」

「我……」

「喔！對啦，瞧你拎個包袱……好吧，那是明天以後的事，我們先找個地方休息，你還未對我說半句話啊，跟我來。」

她把我放開，朝向市區緩步而行。我不能拒絕，像中了催眠術一樣跟她走向燈光明亮的地方，她不向西門町走去，右轉取道新町方面，這一帶是聞名的風化區，有本島人的藝妲間，也有日人的「貸座敷」，是販賣色情的人的大本營。我甚感詫異，為什麼她帶我到這種地方來？正在猶疑間，她停住了。一間日式平階的大屋子，屋簷下吊著大紙燈籠，「梅屋」特殊的大字體極刺眼！我直覺到這是日人經營的旅社。她回頭示意叫我進去，這裡的女中（服務生）看到我們這對不相稱的客人頗感訝異的樣子，一直打量著我們。然後習慣性的露出微笑問：

「請坐！要住宿嗎？」

「是的，有清靜的房間嗎？」

阿蘭優閒的態度，以日語接了腔。想不到她的日語這麼流暢，一點生澀的感覺都沒有。這個日人女中已經回復職業意識顯出十分慇懃的態度來。

「有！有！請這邊來。」

跟著女中走進一個甬道轉彎到了後院，女中打開一間房門說：

「這裡是上等房，希望你們能夠滿意。」

「很好呀，那就打擾妳啦！」

阿蘭客氣的口吻答道。

「請寬舒一下，我沏一壺茶來。」

女中很有禮貌地鞠了一個躬退去，我鬆了口氣重新看著阿蘭，一年不見的她有些變了。以前豐腴的身裁就變得清瘦苗條，一向不喜艷粧的她，一反往常塗抹著鮮紅的唇膏，顯得十分冶艷動人，短短的一年，竟使她變得如此厲害，判若兩人，真不敢使我相信。

「不要呆呆地一直盯著我啊，為什麼不說話？」

「阿蘭妳……」

「我怎麼啦？」

「妳……妳變了。」

「是嘛，我變怎樣？」

「妳瘦了。」

「瘦了，對！我確實瘦了，但反而好看得多了，是不是？瞧你那驚奇的眼光，我這樣子還像明洋百貨店的老闆娘嗎？你不覺得我是婀娜多姿的美少婦嗎？」

她的話出奇地使我感到迷惑，我默默無語。

「一年後看到的我竟是這樣的人，太意外了吧，知道嗎？當一個人精神上遭受了突變的時候，影響所及，他的思想甚至性格都會隨之改變的，我也不能例外，說真的，失去了你，我的心是空洞洞的，什麼也沒有了。自那天起我完全變了，不再是個苟安於室的主婦了，不論白天或是夜晚，興之所至我便濃妝艷抹到處走動，像一個夢遊病患者般，坦白說，我太寂寞了，我需要男人。」

「妳……這又何苦呢！」

「你不能了解這種心態，我是萬不得已的呀！」

「我了解，那是自暴自棄，甘心毀滅妳自己的行為。」我的聲音意外的激昂，她蹙蹙眉頭，嘴角露出一絲微笑。

「呵！你生氣啦，傻瓜，聽我說完嘛，說也奇怪，我那麼迫切的需求一個對象，天底下卻沒有一個色狼上鈎，到頭來我的願望還是落了個空哪！」

她說完，連連發出苦笑聲，自嘲的、無助的笑聲深深地震撼我不穩的心坎。

「阿蘭，我離開妳，也是迫不得已的，不能原諒我嗎？」

「我並不怪你啊，是我太自私了，折磨了你，你怕，其實我也怕，這是極其矛盾的心理，但又能怎麼樣呢？」

「是的，我們又能怎麼樣呢，所以我默默地走了，但是現在又重逢了。」

「就算前世帶來的孽緣吧，想逃也逃不開，切也切不斷的，你說是嗎？」

「我也這樣想。」

「那麼，往後我們之間無論發生任何事情，你都不會後悔？」

「不會的，蘭！為什麼要問這些？」

「阿文你……」

她激動地走近我身旁，正巧女中端著茶盤出現了。

「對不起，請登記大名。」

女中把茶盤放在茶几上後，拿出紙條鉛筆給阿蘭，她示意叫我填寫。

「小姐妳呢？」

女中接過紙條詭異地問阿蘭。

「我……我要回去呀，他是我表弟，由鄉下來覓職的，也許會打擾妳幾天，請多關照。」

阿蘭這樣說，女中有點意外的表情，上下打量我一下後很不自在地說：

「原來是這樣，對不起，我以為……」

「沒有關係，妳以為我們是一對情侶？」

阿蘭俏意地這麼問著，女中難為情地裝著尷尬的笑容。

「不瞞妳說，我以為正相好的一對呢。小姐妳這麼美麗大方，表弟又是年輕英俊，誰敢說不是呢。」

「真會說話，只可惜我們不是，被妳這麼說，誰都會開心的，還是向妳道一聲謝謝啦！」

「哪裡哪裡！」

我看兩個女人在搭訕，覺得無聊得很，恨不得把這個女中趕出去。

「噢，對啦，您們要洗澡嗎？我去準備。」

女中瞟我一眼，作了職業性的媚笑匆匆離去。我無奈地朝阿蘭一瞥，她咭咭地笑著。

「日本婆仔真有意思。」

「無聊，什麼時候變成我表姊啦！」

「作你表姊不好嗎？」

阿蘭有意愚弄我，我故意撒嬌說：

「不要！要作我太太。」

「不害臊，娶一個老太婆作太太，不怕人家笑話。」

「我不怕。」

「好啦，我們談正經事，你的工作慢慢找，不要急、不要愁，在這裡休息幾天，一切我會替你設法的。」

她輕柔地說著，一手環抱我的腰背，一手輕輕地撫摸我的頭髮，不由地一股強烈的情潮起伏心田。

「對啦，我該早點回去，明天一早就來。」

阿蘭移動身體擺脫我的懷抱，我抬首凝視她。她唇角微抖著，緊閉著雙眸，好像在躲避我火般的視線。

「妳真要回去？」

「嗯，本來沒有這個打算，但改變主意啦。」

「可是阿蘭……」

「我知道，來日方長……」

我茫然，不知道她葫蘆裡賣的什麼藥？

第十章　日本婆仔

阿蘭果真走了，我像無意中撿回一件寶貴的東西突然又失落的感覺。除了惋惜以外，還有一份於心不甘的貪婪的心情。尖刻的、凌人的孤獨感侵襲我的全身。八疊榻榻米大的房間變成廣漠空洞的世界一般。投身榻榻米上仰臥著，失魂落魄地凝視灰白色的天花板，心田仍然是一片失望和無奈。接著無止境的思維直湧心頭。在故鄉遭受日警忌視惹來一身麻煩，母親為此寢食難安，出來謀職又好多艱難，命運之神的惡作劇，那麼奇巧地和寒蘭邂逅了，這是命運？抑或前生孽緣……明知這是違悖道德、出乎常情的反叛行為，為什麼一見面又故態復萌，癡癡地、呆呆地懵懵不能自拔呢？這樣懦弱、卑鄙、不智……好該死，春蠶作繭自縛，長此下去會是什麼結果呢？獨自反覆思索，不禁黯然。

「咦！您休歇啦。」

女中清晰的聲音喚醒我迷惘的煩思。我猛地端坐起來。

「對不起，今夜客人特別多，耽誤您洗澡的時間啦。」

「沒有關係，我不急。」

「林桑您真好，我帶您去浴室。」

泡了一陣熱水澡，心神都爽朗得多了，這時肚子咕咕作響，覺得餓得兇，才想起中午時祇吃了二個菜粽，到現在還沒有一滴茶湯下肚，忙急連喝了三杯冷茶止飢。正在這時女中偏巧跨進來，我一怔，擔心這個醜態被撞見豈不是笑話，一時顯得頗難為情。

「林桑，要不要出去逛逛？」

女中很誠懇的口吻問我。

「不要，有點累啦，想早點休息。」

「是嗎？那太可惜了，這裡是有名的歡樂區『別天地』啊，可說是人間的桃花源，好玩的地方多得很哪。」

「我知道。」

「您說謊，初來的鄉下人哪裡會知道。」

「我不是第一次進城的，台南對我並不陌生。」

「噢，是嗎？真是有眼不識泰山，我看走眼了。斯迷嗎仙芮。」（日語：抱歉之至）

女中彎腰作了一個大鞠躬向我道歉，然後爽朗地發出笑聲。

「林桑，我是跟您說著玩，您不介意吧？」

「不會的。」

「那我給您鋪床被。」

說著很快地鋪好了被墊，請我上床。

「祝您有個快樂的甜夢，哦，對啦，我叫春江，有事請按電鈴叫我。」

春江真是服務到家，對我親切友善令人感到意外。在我下意識裡，凡在台的日人對本島人都是一樣傲慢無禮，總有欺視殖民地民族的優越感存在，然而春江給我的印象卻例外。

翌晨醒來已是七點左右，由盥洗間回來，寒蘭已在房間裡等著。

「妳來啦！」

「嗯，怎麼樣，日人旅社是第一次經驗吧，昨夜好睡嗎？」阿蘭很關懷地。

「不，整夜翻來覆去……好想妳，想妳……」

出其不意用力抱住她。

「討厭！不要這樣，日本婆仔會來。」

她輕輕推開我，睜大眸子瞟我一眼，在她的眼神裡，我發現她內心許多矛盾，她這種欲擒故縱的姿態每每使我百思莫解。

「還沒用過早餐吧，在這裡吃，還是到外面去？」

「這裡有飯吃呀？」我驚異地問。

「有啊，除非你不喜歡吃這裡的。連這點都不知道，真是阿草。」

「我從來沒有住過旅社嘛！」

「日本飯也沒有吃過，吃一頓日本飯也不壞啊。」

阿蘭這樣說著，按鈴叫服務生來。稍時春江來到房間，看見阿蘭露出驚訝的神色。

「早安！喔呀！小姐什麼時候來的，我一點都不知道。有啥吩咐嗎？」

「我剛進來的，請備早餐，一人份……」

「哈伊，哈伊！馬上來。」

春江應聲退去，不多久雙手端上方形的黑漆飯盤來。這時候我實在太餓了，迫不及待的狼吞虎嚥大嚼起來。阿蘭婉辭春江親自為我添飯，一碗、兩碗……把一小鍋蓬萊米飯吃個精光，嚇壞了她。

「你怎麼啦，這麼餓？」

阿蘭睜大眼睛問道。

「嗯！昨天中午在石舂臼只吃兩個菜粽，晚上沒有吃，直挨到現在……」我訴說。

「啥？你也真是的，為什麼昨天晚上不說？」

「遇見妳，什麼都忘了，哪還記得餓……」

阿蘭激動地摟住我。

「阿文你……」

她欲言又止，唇角微微顫抖著，我很清楚地看得出來，她正在抑壓著內心感情的衝激，終於輕放開我，呼了一口氣。

「阿蘭，妳這麼早就出來，老闆他……」

我轉換話題，想舒解一下這被情感鬱結的氣氛。

「你是說老闆會懷疑？」

她漠然一笑。

「可不是嗎？妳從前很少出門。」

「不要想那麼多，他不會管束我的行動，何況他作夢也想不到我和昔日的小情人幽會。」

阿蘭以自我解嘲的口吻這樣說。小情人……我覺得很侷促，有點不自在。

「自你走後，我時常出門四處蹓躂，老闆也說，不要經日悶在屋裡，出去散散心，所以無論白天、夜晚乘興出門，老闆也見怪不怪啦。」

「為什麼？」

「不要問為什麼，我說過，一切都變了。」

她的聲音有點淒然，我喟然無語。

「那段日子，像一個夢遊症患者般徜徉無蹤，在不知不覺間，我的腳自然朝向曾和你去過的地方，你記得嗎，安平……赤崁樓下，尤其是夜裡的運河，你覺得好笑不好笑，我是多麼傻，不是為著去摘星，而是想要尋找失落的舊夢……」

「上天不負苦心人，終於給我們尋到了。」

我感慨良多唏噓接道。

「是的，老天爺賜予，終於尋到你了。」

「可是我很害怕……」

「你怕什麼？」

「我們這麼……總有一天老闆會知道的，到那時……」

「到那時……到那時又怎麼樣，你怕他翻臉？不會的啦！不要想那麼多，到時候事情自有一段了結，一切由我作主就是。」

她斷然地說。可是我還是不由自主的惶然。

「妳說得那麼輕鬆，我們這樣，老闆他會原諒嗎？」

「不原諒也得原諒啊！我很清楚他，是個極惜門風、重面子的人，家醜不敢隨便外揚的。」

「老闆真的是這種人？」

「就是嘛，不但這樣，他曾對我說過，只要我不離開王家，和他保持夫妻的名分，他絕不束縛我的自由。」

我聽了，心裡黯然有一種莫名所以的感覺。

「天底下最可憐的丈夫！」

我喟然暗道。

「因為這樣，這許多年來，我一直在痛苦中煎熬著，可是另一方面反而同情他、憐憫他。不忍背著他做出有違婦道的行為，直至你的出現……我的心才開始動搖了，唉！不知什麼鬼使神差，竟對一個大男孩動真情，真該死！」

「不！該死的是我，都是我不好，是個無賴不良，害慘了妳……」

「不要這麼說，這能怪誰呢。如你進一步強占了我，也不能說是你的罪過，因為我是心甘情願的啊。阿文，很可能你在氣恨我，以為我在愚弄你的感情，其實我的心是真摯的，可是……為了你的前途，我……」

「所以妳才一直……妳不能這樣，現在，我一定要妳。」

「不！聽我說完。」

她伸手制住我，娓娓續說：

「自從那時起，有了你在我身邊，我的生命才感到有意義，過去的我如同行屍走肉，你給與血和淚使它充實，給我勇氣使生命有了光輝，使我的靈魂復活了。」

她的眼神炯炯有光，臉上充滿著信心和喜悅的神色。

「曾一度失去了你，而再度得到你，這個機緣給我無限的信心，然而我的思考仍是矛盾重重，無法突破這個障礙，我不知該怎麼辦好呢？」

驟然她的面龐又浮起一道愁雲。我很清楚她內心的顧慮，祇因為我們之間有了很大的年齡差距，在傳統觀念上是件不能忽略的問題。但我卻不這樣想，天生叛骨子的我，我敢背叛傳統、反抗禮教，這些都無所謂了。

「蘭！妳還有什麼顧慮？我說過，在我心目中，妳是個十全十美的女性，倘妳不嫌棄我出身卑微的話，早該……」

「好了，不說這些……」

她急攔住我的話，好像很怕提及核心問題般，機伶地轉換話題。

「現在需要的是有個安適的地方給你居住，還要有一份工作，你說是麼？」

「嗯，還是工作第一，有了工作，住的問題自然能得解決。」我答道。因為我正為工作焦急著。

「這很難說，你不清楚這裡的情形，雖然找到了工作，不一定人家會提供膳宿，還是我們自己有住的地方，要找工作也來得方便。」

「是這樣嘛？我以為……」

「不過你放心，我想到一個地方了。」

「是哪個？」

「不必急嘛，我會慢慢為你安排。」

「這怎麼行，我不能呆呆地等啊。」

「急性鬼！你怕餓死，放一百個心，我不會讓你捱餓一頓的，假如你真的失業了，我有辦法養活你三、五年啊。」

她笑意盎然地，我不知該感謝她，抑或怨懟她，恍然有著受寵若驚的感覺。

「不行！我不能這樣，我是男人呀，我要自食其力……」我激慨地，嗓門不由地提高了些，她怔了怔，訝異地靠近我，一手撫摸我臉頰柔柔地說：

「阿文，我是出於真心說的啊，別生氣，我無意傷害你的自尊心，我也承認你是個有骨氣的人，不肯隨便寄人籬下，可是你和我……究竟不是他人嘛，你說對不對？」

像一個少女的嬌憨，如慈母關懷孩兒般，輕輕地在我耳邊細語。她這樣的嬌柔越逗我的憐愛，不由地緊緊摟住她，她竟一動也不動，兩隻烏溜溜的眼睛直瞪著我。頓時一股熱流傳遍我全身，漸漸地不由自主了。她咬著小唇，好似在盡力壓抑著昇高的情感般，兩膝微微地顫抖著，上身靜靜地僵直著，任我撫摸搖動沒有絲毫反應。她潮紅的臉龐驟然變為蒼白，不知怎的她的眼眶積滿了淚水。

「呃！妳怎麼啦？」我詫異地詢問她。

「沒……沒有呀，放開我，大白天……」

她像心猶未甘似地輕輕推開我，唇角微露一絲笑紋，整整衣裙。

「我還是辦你的事去，瞧你這般急著。」說著轉身子要走的模樣。

「咦！小姐要走啦。」

女中春江正踏進來，看她向外移步詫異地問。

「嗯，正有事辦，喔，對啦，我表弟是鄉巴佬，土土巴巴的，麻煩妳多關照一下。」

寒蘭指我笑說。

「那裡的話，請放心，為英俊的表弟服務，我會盡力而為。」

這個日本女人輕悄地這樣回答她，寒蘭也不甘示弱地：

「我也知道，妳們日本女人服務男性是世界第一流的，那就拜託妳啦，阿文，我會儘快回來看你。」

寒蘭這樣說，向春江致施目禮出去。春江送她到門外旋即回進房間來。

「表姊好漂亮啊，忙著什麼把您甩在一邊呢。」

春江的語意有點譏諷味道。

「替我找工作嘛。」我曖昧地。

「對您那麼用心，你們感情一定不錯吧。」

「依妳看呢？」我調侃地反問她。

「呵呵……我看哪，蠻不錯的，不是單純的表姊弟吧。」

「這……這話怎說？」

我內心一抖，強作冷靜的問。

「我們吃這行飯的，第六感特別靈敏啊，我的推測絕對錯不了的，您敢否認嗎？」

「為什麼我要承認？」

「理由很簡單，市內旅社那麼多，你們偏偏投宿這家日人旅社就是最好的証明。」

「憑哪說？」我不服氣地。

「因為投宿在這裡的大多是日人或是特殊的人，自然不會碰到熟人，第二點，在這裡警察不會隨便來巡檢，非正式的夫妻也可以安心盡情歡樂過夜。所以可斷定你們的關係並不單純，對不對？」

春江說話有些露骨下流，也可以說是快人快語，我內心不無佩服她的見識，恍然明白寒蘭早有這層用意。

「妳說的有點道理，可是把我倆猜錯了，我表姊並不住在這裡啊。」

「這很難說喔，昨夜不在，也許今夜起……」

春江俏意地瞟我一眼，嘻嘻的發出滔浪的笑聲。我蹙著眉頭，頓時本能地想起她是討厭的日人，這裡是日人經營的旅社，寒蘭也真是的，竟粗心帶我到這裡來，他們日人都一向蠛視本島人的，春江可能例外嗎？她在有意捉弄我？一陣胡思亂想之後，我竟提高嗓門喝她一聲：

「妳住嘴！我不要聽妳胡說八道！」

春江對我冷酷的罵聲頗感意外似地睜大了眼睛。

「哎唷，嚇死我喔，林桑，您生氣啦，不來啦，我是和您說笑的嘛。」

說著，移步靠近我身旁，嬌柔地伸出雙臂挾住我臉頰。

「林桑，不要生氣嘛，我給您賠個不是好嘛？瞧你，一生氣人家多難過……嗯……林桑……」

春江嬌嗔服貼著，我一時怒憤的心也被搖動軟化了。

「誰生妳的氣？」

「真的，林桑您好壞哇？」

一對媚眼把我緊緊地瞪住，不由地嫣然一笑。春江所穿的是日本和服，合衩的大襟寬寬地鬆開，那雪白的酥胸正露現在眼前，一道深深的乳溝夠迷人的，我好奇地私窺了一眼，心地蕩然了，本能的驅使視線集中，窒了息猛注視那誘人的地方。

「呃，林桑您不老實哇。」

倏地，春江突搖著我，輕輕扭動嬌軀，好像在故意炫耀她渾身的魅力般。我一時覺得好不自在，羞赧地忙收回視線。

「我……怎麼啦？」我支吾地。

「您好壞，幹嘛一直偷看人家的胸前。」

「沒……沒有啊。」

明知春江是故意捉弄我的，聽說日本女人都是「有禮無體」，站在男人前裸露上身都不當回事的，何況，我祇是……她竟大驚小怪起來呢。

「呵呵呵！瞧您，不要撒賴喲，等您表姊回來不告您一狀才怪，到時候看您怎麼說。」

春江一本正經的神色，我非常懊悔，該死的「日本婆仔」如此反臉無常，看她一副冷清的臉孔，心裡底委實悸悸不安了。我暗忖——也許這個饞嘴的日本女人真會對寒蘭扯東拉西什麼的，也許不會，是故意嚇唬我消遣消遣而已……想到這裡，我心情平靜了些，故作毫不在乎的模樣強辯說：

「妳冤枉人，我才不怕哪，妳愛說什麼便說什麼好了。表姊不會聽妳的。」

「唷！您滿有把握啊，真的不怕她吃醋？罵您沒正經，甚至不睬您啦。」

「才不會，絕對信任我不是那種人。」

「呃！不打自招了，您看您……」

春江突然得意地笑出聲，我困惑地。

「招什麼啊？」

「還要說，可見您和她的關係是不平凡的嚕，呵呵呵。」

「這……哎呀，妳真是……嘴巴好厲害，鬥不過妳，投降妳就是。」

我雙手高高舉上作投降狀，她乘虛撲上來，把我壓在她身下滾滾搖搖地。

「呵呵呵！我要強姦您……瞧您怎麼辦？」

第十一章 房東阿姨

好不容易擺脫女中春江的糾纏，她真的太無聊了，我為她這種服務態度，內心不免又煩又憤，忽然走出旅社，跨過銀座大街，這裡所有洋行商店均是日人所經營的，我不屑一顧拐彎進入另一條街巷，這一帶大小店沒有那臭狗仔的腥氣，比較有點親和感了，我非趕快找份工作不可，雖然寒蘭說得那麼輕鬆，但我始終有一種焦慮，一個大男人豈能仰賴她的呵護呢，我要奮發開創自己的前途，不能慵懶懦弱苟安一時。想到離家時的抱負和決心，不甘被日本警察視為無業遊民，動輒受到欺凌監視，更不能令父母親增加無謂的憂心。我明目張膽地注意著兩旁的亭仔腳，踱遍了好幾條街了，換來一身疲憊不堪和失望，幾十幾百的店鋪竟找不出一家貼出用人的字條，整條商店街出乎意外的蕭條，沒有一丁點兒活氣，令人不敢相信這是一個商業都市的景觀。

由於時局的緊迫，統治者向島民不斷榨取、苛稅等造成社會經濟拮据，整個商、工、農業結構都進入癱瘓狀態了。不景氣的風吹遍全島，招來失業率的膨脹，街頭巷尾到處可以碰見失魂落魄、臉色蒼白的流浪者在徘徊。我深深地感覺到本島人青年面臨失業的危機，我正切身地遭遇到這種考驗。

這天，白跑了一遭，拖著懶慵慵的步伐回來梅屋旅館，春江笑容可掬的迎上來。

「喔呀，林桑您到哪裡去啦，令表姊已來等好久呢，我以為您迷了路……」

一見面春江又囉嗦起來，我不理她，忙進入後院，房間門開著，寒蘭正無心地閱報。

「蘭，妳已來啦？」

她抬起頭來把我一瞥。

「到哪裡去了，為什麼沒交代女中一聲？」

柔和的聲音，含帶幾分責備的口吻，我不能提起春江糊塗的糾纏。正好春江隨後而來，她慇懃地勸我們用茶。

「謝謝，哦，春江小姐，我們要走了，這個……」

寒蘭說著，掏出一張五元大鈔給她。

「小姐您是……」

春江詫異地問。

「我說要走了，那是付帳，找零星的算給妳小費好啦。」

「噯啊，真的要走？我誠待著兩位住幾天呢，多可惜。」春江笑意盎然地。

「以後還有機會啊，打擾妳啦。」
「那裡那裡，小姐謝謝妳，歡迎你們再度光臨。」
看在寒蘭破天荒的小費，春江施了一個最大敬意的大鞠躬。我心裡怪惜阿蘭的大方，一宿連一早飯最多是兩塊錢，實在太浪費了。
「阿文，我們走。」
「到哪裡去啊？」
「不要問，跟我走就是。」
她神秘兮兮的踱出門，不得已取起我的包裹跟著走了。春江夠禮貌的送我們出大門，因為大白天，我恐怕遇到熟人，不敢和她並肩而行。一前一後彎幾個彎，也跨過幾條街道，終於進入一條小巷。這裡是民房住宅區，巷路窄狹而骯髒，從前好像蓋過水泥土，但是年久失修處處大小窟窿凸凹不堪了。到了一家古老的民屋前，寒蘭方才回頭向我說：
「到了，就是這裡。」
我恍然大悟，原來她找到我棲身的地方了。那是一幢古式磚造的宅院，兩側的廂房好像沒人住的門屏緊閉著，正廳大門雖然開啟著，但裡面卻寂靜無聲，給人有一種陰森的感覺。
「表嫂！」

「哦，來啦。」

隨著寒蘭的呼叫，裡面傳來清脆的女人聲。我暗中驚奇，怎麼會是她表嫂家？……傾刻間，一個肥白清秀的中年婦人出現在我眼前。

「唷，阿姑仔，這麼快就來啦。請坐啊。」

寒蘭的表嫂這樣招呼著，滿臉笑容打量我一番，我羞澀地低下頭。

「這位是我表嫂，我說的阿文就是他……」

寒蘭簡單介紹後，這位房東向我說話了。

「剛才阿姑仔說你要來，歡迎，我叫玉霜，以後當作自家人，不要客氣。」

她說話乾脆大方，給人的印象並不壞。

「請多指教，玉霜阿姨。」

我很不自在地輕輕叫了一聲「阿姨」。我想這樣稱呼是對她盡了最大的敬意，必然博她的歡心，但事實竟出于意料之外。

「唷，不來啦，怎麼叫阿姨……我不喜歡人家把我叫老哪。」

緊豎著眉頭，然後「嗤」地笑出聲來。寒蘭插嘴說：

「不叫阿姨，要阿文叫啥？」

「我喜歡人家叫我名字，什麼嫂啦，什麼嬸啦、婆啦，聽起來多俗氣。乾脆叫我玉霜好啦。」

「這怎麼行呢，人啊，總有長幼之分，不要一見面就把阿文教壞好不好。」

寒蘭提出異議說。

「唷！真是管教有方，好！好！聽妳的，阿姨就阿姨，反正不是阿婆嘛。阿文，我這裡房子大，人丁少，我那個短命的，早就回去見祖宗啦。家裡祇有我和一個丫頭月英，孤寂寂、冷清清的，很高興你和我們住在一起。」

玉霜慨然地說。看起來大約三十五、六吧，她那風韻猶存的體態、爽朗大方的儀表，誰會相信是個寡婦呢。我猶疑著，人家說，寡婦有天生的寡婦相，但事實卻不盡然。她的臉龐是那麼清秀，而且嘴角常掛著一絲笑紋，她的生活好似充滿著幸福和快樂一般。

「我一向不善交際，很少有朋友親戚來探望。」

玉霜阿姨這樣補充說。寒蘭接腔道：

「除了我這個不速之客外……阿文你瞧表嫂多怪脾氣，這麼多房間都空放著，不肯租人家住。」

「這個你不知道啊，家裡祇是我們母女二人，要是租給獨身漢嘛，一個寡婦一個又是大姑娘，怎能放心睡大覺呢；要是租給有眷屬的，還怕噪雜不耐煩，我的個性是適合寂靜的環境嘛。」

「這麼說，表嫂妳不怕阿文是光棍一條……」

寒蘭逗她說。

「哎喲，阿姑仔妳不害臊啊，阿文……他是小孩子嘛，而且有人看管著，我怕什麼？」

「別大意，到時失了荊州我是不負責的。」

「哎！這麼壞啊，料想第一關隘早已被攻破啦。」

「放心！戒備森嚴，不能越過雷池一步……」

真是無聊極了，好話不說，鬼話連篇，這年代的女人，聒噪起來都是如此這般，我心裡好生厭惡，裝作不問不聞的默默低下頭。

「瞧他，我們顧自饞嘴，苦了阿文多難為情喔。」

玉霜阿姨指著我咕咕作笑。

「笑話歸笑話，我們辦正經事，阿文，我帶你看房間去。」

我被帶領到右側房間，古式的紅漆木床，床上被褥枕頭一切俱備，床頭安置小茶几，圓形木造小凳子，黑漆閃閃發亮著，可說古色古香的舊式人家。祇是靠大廳處有架新式的寫字檯，桌上還有小小的書架，看起來很不調和。

「這裡本來是月英的房間，自從她爸走後，一直和我睡在一起呢。怎麼樣？你滿意嗎？」

玉霜阿姨詢問我，我驚喜若狂，比我家的草厝竹床，這是仙府瑤台的感覺。

「當然滿意，不過……」

我一心歡喜一心擔憂，這樣高級住房，租金不會賤吧。寒蘭看穿我的心理似地接腔說：

「哎啊，還有不過什麼呢，祇你滿意，其他一切沒問題啦。」

「喔，對啦，你們聊聊，我沏一壺茶來。」

玉霜阿姨見機匆匆出去了。

「傻瓜，你在擔心租金對吧，別操心那麼多，我這個表嫂是天下的大好人，她願意無條件提供你膳宿，我們已經講好啦。」寒蘭得意洋洋地。

「那怎麼行，和我不親不戚……」

「可是跟我是親戚啊，而且是密友……別看她是個寡婦，她有的是錢哪，我表兄原是州廳的技師，高級公務員哪，因為思想前進，時常和有名的韓醫生來往，當局非常忌諱他，三年前有一個黃昏在市街漫步時，颯地被憲兵隊的巡邏車撞倒了，因腦出血過多終告不治身亡，當時以一件普通的交通事故草草了事，後來聽說是被日本憲兵謀殺的，可是兇手是日本憲兵，又奈何他呢。表嫂雖然失去一個丈夫，卻承下了一筆為數可觀的遺產，成了小富孀呢。」

寒蘭滔滔說，我聽了有說不出的感慨，使我重新撩起憎恨日人的意念來。

「表嫂跟我是沒計較什麼的，你可以安心住下來。」

「我怎可隨便領人家的情？」

「哎呀，不要婆婆媽媽的，一切由我作主就沒錯啦。」

正說話間玉霜阿姨端茶來了。

「阿文，你先喝杯茶，等下小丫頭回來，我們一塊兒吃飯去。」

玉霜阿姨端杯茶給我這樣說。

「咦！月英豈不是已散課了嗎？」

寒蘭霍地想起玉霜的女兒詭異地問。

「是啊，可是這丫頭真不像話，像男孩一樣喜歡跳跳蹦蹦的，和同學打球去了。」

她皺眉說。

「表嫂，現代的女孩和我們少女時代都不一樣啦，這是時代的進步，女孩深居閨房挑花刺繡的時代已經過去了。」

「我不懂什麼時代不時代，也許妳有受過高等教育，比我開明得多，可是我，總認為女人無才便是德，安分的守在家裡好。」

「表嫂，妳還說這，思想太落伍了。」

「本來就是嘛，好！我不說，再說下去，妳就笑我滿腦袋藏舊糟的老太婆，跟妳學文明就是。」

「表嫂，你要文明，就跟月英學打球……」

「誰要跟我打球啊！」

這時候由庭裡傳來清脆響亮的聲音，寒蘭和我不期然的把視線轉向門外，霎時一個著白襯衣套黑裙的短髮少女映入我眼簾。直覺地我想她就是她們所說的月英。

「瞧妳，人未到聲先到，女孩子成什麼體統。」

玉霜阿姨輕責著月英。

「唷！大姑娘回來了，大家正等著妳，我給妳介紹，這是阿姑仔的朋友阿文，她是鄭家唯一的寶貝千金月英。」

經寒蘭的介紹，月英很不客氣地由上而下打量我，看來有點傲慢無禮，卻表露著少女天真的稚氣。月英瓜形的臉蛋很像她母親，被陽光曬黑的皮膚，保持著少女特有的細緻優美的光澤，她那匀整的肢體是健康的，端正的五官是極度怡人的了。

「我叫林文，鄭小姐妳好。」我向月英輕輕一揖打個招呼。

「哎……呀，不來啦，一個千金一個小姐……多難聽啊。」

縮著小首作個嬌態，寒蘭牽著她的手說：

「阿英我向妳報告一個消息，從今天起阿文要住在這裡，妳歡迎不歡迎？」

「真的，那太棒啦，家裡有個男生，哇！這個世界多美妙……」

月英由衷地發出歡呼聲，緊緊抱住寒蘭。

「妳瞧妳，妳像中了競馬彩券般的，真是……」

玉霜阿姨看她這樣興高采烈的樣子，兀自喜形於色續說：「瞧妳那麼高興，弄得一身是汗回來，還不快去洗洗手臉，不要把阿姑仔的衣服弄髒。」

「喔！對不起！阿姑，人家高興嘛，我洗手臉去。」

月英連忙放開寒蘭，像快樂的小鳥飛奔也似的到洗手間去。

「表嫂妳命好，有這樣活潑可愛的女兒……」

寒蘭羨慕的眼神瞧著月英的背影這樣說。

「哼！天曉得！一個獨守空閨的寡婦怎麼會……」

玉霜阿姨喟然地說到這裡，頓時若有所悟似地噤口不語了，我瞥到寒蘭的臉上霎地掠過一抹淒涼的陰影，她的嘴角微顫一顫，好像在要發出什麼抗議一樣。

「表嫂妳……」

寒蘭欲言又止，眼睜睜地瞪住玉霜阿姨。我很清楚這時寒蘭的感受，由於玉霜阿姨無心溜出了一句「寡婦」的字眼，觸及了寒蘭心坎裡的傷痕，其實寡婦何只玉霜阿姨一個人？

「阿姑仔，我們不要說這些傷感的話，把一切煩惱忘掉，追求快樂才是聰明人，這是妳說的。」

「是啊，一年來我就是這樣想著，而且一味去追求著，可是始終沒有得到任何快樂啊。」

「但是現在已經得到啦，為要歡迎阿文，我們到寶美樓痛痛快快喝一杯！」

「什麼？寶美樓？表嫂妳瘋啦。」

玉霜阿姨意外的提議，使寒蘭瞠目驚奇，寶美樓是市內首屈一指的菜館，南北名妓集中的風流地，婦道人家怎麼可以去呢？

「我是說正經的，男人能去的地方，難道我們不能去？不但要去，還要點藝妲開天闗，唱戲陪酒哪。」

第十二章　淘氣姑娘

老天爺有意苦煞我，日頭那麼炎熱，我蹓躂了大半天，徬徨、焦急穿梭了幾條街道，好不容易來到一家小小的印刷所前，竟發現「店員入用」這幾天來夢寐以求的紙牌，我像在沙漠裡突然發現了綠洲般，壓不住內心的喜悅，三步作兩步走進去。「請問，老闆在嗎？」

極度的興奮聲音自然大了些，裡面的店員抬起頭來瞧瞧我這冒失鬼，顯出不甚友善的神色。

「有事嗎？」年輕店員傲然地問我。我有點悔意，求職的人應該屈膝討好對方才是，吁嗟之間改變下姿態，裝出阿諛的笑容。

「這位大哥麻煩您，我是來求職的。」

一百八十度的大轉變，低聲下氣地，很謙卑地鞠了一個躬。

「嗯，你等一下。」

他收斂了不悅的臉孔，把我重新打量一下後走上二樓去。我抱著忐忑不安的心情仰望二樓的動靜。稍會兒那店員隨著一個濃眉大眼、隆鼻寬嘴的彪形大漢下來。我心中暗暗叫苦，我要找老闆，他竟請來一個保鏢打手人物，我並不得罪他啊，我暗中納罕著。

「你來找工作是嗎？」

大漢破鑼似的高嗓子問我，在我的想像中幹這行的老闆一定是斯斯文文的人士，那裡來的一個宰豬殺羊的屠夫？也許這個年青人不滿我初進來的唐突，故弄玄虛給我眼色看也不一定。在煩雜的疑慮中一時應答不出聲來。

「你是看外面的紙牌來應徵的嗎？」

大漢不耐煩似的再度詢問我。

「是的，是的！」

我忙急點頭回答。他轉身到辦公桌後攸揚地坐定再開腔了。

「你有讀過書嗎？」

這個時代有很多年輕人連國民學校都沒有上過，所以他這樣問我是很普遍的話，無足為奇了。

「有，公學校畢業。」我慲慲地答，看來他是老闆無疑了。

「嗯，我們這裡的工作很煩雜，排字、印刷，甚至配達(送貨)樣樣都要做，你能勝任嗎？」

「我會認真學習，天下間沒有不能的事。」我大言不慚地。

「哈哈哈，好大的口氣，你讀過拿破崙的故事嗎？」

「看過了。」

「就憑這句話，你被錄取了。你家在哪？」

「我是鄉下人，佳里興。」

「佳里興？那恐怕不合我們的條件。」

「為什麼呢？」

「這裡不能供膳宿啊，我們要的是市內人。」

「那沒有關係，我自己有住的地方。」

「是這樣嗎？那就行啦，不過，話要說清楚，這裡待遇不大好，要忍耐，依我們的規定，早上七點半上班，下午五點下班，工作忙的時候不在此限，午餐在這裡吃。薪水嘛……一個月十塊錢，看工作成績按期提昇。怎麼樣？你願意接受嗎？」

老闆口快坦白地這樣說，想不到他是個爽朗的人，真是人不可貌相，我一些猜測和畏懼陡地雲消霧散了。這個工作最適合不過了，夜間不必上班，我就有空看書，不過月薪十塊錢未免寒酸一點，假如要房租伙食就成問題了，幸好玉霜阿姨有意提供吃住，反正賺多少，用多少，我一口答應。

「那就這麼決定，噢，對啦，你還沒告訴我姓名。」

「對不起，我叫林文。」

「林文？好名字，哈哈哈。」

老闆豪爽地笑著。我告辭了老闆，輕快的回到新的寓所，落日的餘暉映照著褪色的紅瓦屋頂，週遭一片都顯得很明亮美好，覺得這個世界充滿著無限的光明般，我快樂極了。

「唷，你回來啦，瞧你滿臉春風，有什麼好消息嗎？」

玉霜阿姨迎面問我。

「嗯，我找到工作啦。」我興奮地。

「蘭姑仔說你一天找不到工作，就一天吃不飽飯……那太好了，這個年頭要找個職實在不太容易，算你運氣好，在那兒的？」

「白金町一家印刷所。」

「印刷所，排字印刷那樣工作你會嗎？」

「天下無難事……」

「只怕有心人，好啊，那你就幹幹看……」

玉霜阿姨還說了些鼓勵的話為我的前途祝福。晚餐過後寒蘭來了。她聽我的報告雖沒甚贊成這份工作，但卻也沒有積極反對。

「我叫你慢慢來，瞧你一天都等不得，好吧，既然找到了，你就試試看。」她貼切地說。

「早有著落早點好嘛，玉霜阿姨雖然那麼說，可是我總不能撒賴白住白吃啊，賺點錢也可聊付膳宿費。」

「你還是介意那……一個月能賺多少錢？」

「老闆說，起碼薪水十塊錢，往後還會提昇。」

寒蘭聽我一說，捧著肚子格格笑起來。

「好笑什麼，我是說正經的。」

「我的天，十塊錢能夠付個屁……」

這時玉霜阿姨端上茶盤進來，看到寒蘭笑得死去活來，訝異地問：

「有什麼事那麼開心呀？」

「表嫂，阿文說啊，一個月賺十塊錢，要大方地付妳房租，妳說多麼天真。」

「是嘛，阿文你的薪水還是自己留著自己用，不要打腫臉皮充胖子，十塊錢祇付飯錢都不夠啊。」

她這樣說著，跟寒蘭和聲笑起來。

「我知道那微薄的薪水是不夠的，雖然杯水車薪，總算我一點心意，不然的話，我沒有一天心安理得住下來。」

我堅持說。

「瞧他，個性就是這樣倔強，簡直不可理喻。」

寒蘭嘆口氣，玉霜阿姨接著說：

「好吧，那麼你打算付我多少？十塊錢嗎，論行情十塊錢是不夠的，可是……看在你的誠意不計較這些，每月十塊錢我照收不誤，這樣總可以吧。」

她調侃地。我心裡有些微窘澀，但總比寄人籬下的卑怯感好多了。

「謝謝玉霜阿姨。」

我很不自在的向她道謝。就這樣心裡一切不調和的感覺一掃而空，白天到印刷所工作，晚上有足夠時間看喜愛的書。寒蘭也時常來看我，還給我一些零用錢。時光很快的過去，這天我領到頭一遭的薪水，回來後連袋子交給玉霜阿姨。

「噢，這麼快啊，已經一個月啦。」

玉霜阿姨全不在意似地將我的薪水袋收起，也不檢點裡面的鈔票。

「要不要零用錢？」

「不要，我有。」

「那，快去洗澡，好吃飯啦。」

她待我一如家人似地無微不至，尤其她的女兒月英和我相處分外投合，林大哥長林大哥短的非常親密。她芳齡十六，在一家私立女中念書，也許是獨生女的緣故，自小嬌養略帶淘氣外，有時候還有天真溫雅的一面。又甚喜愛運動，常跟同學們打網球，在我的感覺裡是個活潑可愛的小姑娘了。

那天晚餐過後，我回到房間，拿起新購的「安娜．卡列尼娜」來翻閱著。就在這時月英躡手躡足地踱進我背後，倏地將我手上的書奪起，我不疑有他嚇了一大跳。

「呀！英妹，妳這幹嘛？」

不期地我大聲責她。她哂哂然。

「林大哥，你這樣不行，飯後接連看書，沒衛生！」

月英調皮地說，沒衛生？我納罕著。

「妳別胡扯好不好，看書會是沒衛生？」

「是呀，你只懂看書，連一點常識都沒有，我們飯後應做一些輕鬆的運動，幫助消化嘛，這就是養生之道，明白嗎？」

「那簡單的道理，誰不知道。」

「你知道？那麼我們走！」

月英挽著我手臂便要走，我慌忙失措，雙手合十向她乞求。

「英妹，請不要搗蛋，書還給我嘛。」

「不行，咱們走嘛。」

「到那兒嘛？」

「公園散步，幫助消化。」

月英俏意地咭咭作笑，挽住我的手絕不放鬆。

「妳這個鬼精靈，真沒妳法子，好嘛，散步就散步，算我倒楣。」我搖搖頭認了。

「啥？跟我散步去就倒楣呀，哼！」

月英噘起嘴唇怒目睨視我。我不忍得罪她，因為她是我一個好房東的大小姐啊。

「英妹，我不是這個意思，我是說……」

她不許我的解釋，儼然命令般口氣說：

「不管什麼意思，陪我去就是，走啊！」

「好嘛，我陪妳去，我的女暴君！」我苦笑道。

「喲！鬼精靈又加上一個女暴君啦，你罵人的工夫真不賴嘛，好！女暴君就女暴君，你敢不服從命令？」她一副不可侵犯的帝王儀態。

「微臣不敢！」

「帶路吧。」

「遵旨。」

我跟她演戲起來，一腳跪下，右手撥開行個十八世紀歐洲的鞠躬禮。

「討厭！你的噱頭特別多，那裡學來的呵？」

「西洋電影！」

「祇看一齣電影就有這精采的演技，去當演員好了。」

「不，我將來要成為一個作家。」

「作夢……」

「作夢也好，假使這個夢實現了，那才是天大的奇事。」

「不說這些啦，言歸正傳，公園散步去，快帶路吧。」

「是！是！」我畢恭畢敬地。

「討厭！」

我滑稽的舉止使她又覺好笑起來，月英的笑聲引起玉霜阿姨的好奇，在房門外探頭問道。

「嗨！你們怎麼搞的，難道撿到『日本婆仔耳鉤』不成。」

月英一聽之下頗顯得不解其意的神色。

「媽！日本婆仔有人掛耳飾嘛？」

「沒有，她們根本沒有這種習俗。」

「就是嘛，媽妳亂扯廢話，妳這什麼意思嗎？」

「妳不懂啊，少見識，我們有天大的喜事就比喻這樣說的，阿文你該懂吧。」

我點頭，內心有些感慨。

「原來是一句俗話，可是好像牛頭接馬嘴，語意不通。」

月英還是不甚了解似地。

「可不哪，我覺得這個比喻很有意思，這不單是一句普通的俗語，我想這有特殊內涵意義，英妹妳不懂。」

我插嘴說。月英很不甘心地！

「你不要假『博』，還有什麼意義啊，你說！」

她不服氣地請問我。

「英妹，妳知道我們台灣人被日本仔統治的辛酸心態嗎？為什麼有人作出這個比喻來，要是形容歡悅快樂的話，其他可比的事物多得是，可是偏用這個……因為，我們彼異族統治，受盡壓迫欺詐，人人恨之入骨，但是懾服他們的淫威敢怒而不敢言，無時無刻燃燒著一股憤恨之火，想要反抗討回一個公道也沒可能的事。於是祗好祈求上蒼賜予奇蹟了，日本婦女壓根兒不帶耳飾，台灣人冀求撿到日人這個屬於『無』的東西，妳不能嘲笑他是荒唐傻瓜，我總感覺到這是台胞共同悲痛的心聲，可求不可得的一種出乎無奈的呼喚罷了。」

我滔滔地說了一大篇，她們母女倆像有些微感動似的。

「林大哥，聽你說來有點道理，我爸爸在世時曾說過日本的無理霸道，可是我還年紀小，似懂不懂地。」

「就是妳爸不滿日人，才會枉死……」

玉霜阿姨不由地眼眶紅濕起來。這家的主人鄭先生被日本憲兵謀害的事，寒蘭已對我概略說過了，我更為她們母女抱屈切齒扼腕了。

「阿文，想不到你這麼懂事，經你這樣具體的說明，我才恍然大悟，我祇是人云亦云，漫不經意地說出來而已。」

玉霜阿姨的嘴角強作一抹微笑，好像不喜歡提起傷心的往事似地。

「很多人都是這樣的，當初創造這句的人一定很不滿日本仔，為要規避日警可說別出心裁呢。」我說。

「林大哥，一句普通的俗語，經你解說起來就變成不普通啦，誰曉得有這麼委婉的內涵……」

「是啊，我們日常無心說說笑笑的俚諺俗語中，有的是包涵著極其深沈的意義呢。因為沒有人去徹底研究，所以不知其中的奧妙而已。」

「聽你的口氣，好像也對日本仔有偏見，是嗎？」

玉霜阿姨感到意外似地問我。

「嗯，我一向討厭那些四腳仔……」

「林大哥，為什麼罵日人四腳仔呢？」月英又好奇地。

「他們殘忍非人道，以高壓手段統治台灣，一點人性都沒有。」

「所以台灣人就糗罵日本仔是四腳仔？」

「對！他們根本不是人，像四腳走路的禽獸一樣，他們可惡可恨，還有一班三腳仔……」

她們母女的眼睛睜大起來。月英忙舉手打斷我的話。

「三腳仔？那又是什麼東西？」

「哈哈哈，一向說我牢騷不耐煩，這回可打起興趣來啦。」

「別吊胃口，快說嘛。」

我看月英感到莫大的興趣，迫不及待地催促我，很可能已把公園散步的興頭拋到九霄雲外去了。

「可嘆，我們台胞中一些沒骨氣的人，因利慾薰心出賣同胞，甘為日人的走狗，狐假虎威仗勢作威作福，這些無恥的人，跟可惡的日寇是一丘之貉，所以稱之為三腳仔。」

「是那些人呢？」月英追根究柢地追問。

「頭號是鹿港辜顯榮，其次是台北許丙、新竹簡郎山等一班人，這是鼎鼎有名的人物，還有很多名不見經傳的三流御用紳士，所謂『日本仔屎較香』的人。」

我忿忿地說。

「很有趣，林大哥你這個『博』字不是假的嘛，你被日本仔欺負過？」

「有啊，學校的日人老師、派出所的警察，都有被修理過的好多經驗，不過，這些私人的恩怨算不了什麼，我的恨是由整個台灣同胞共同所有的恨，進一步說，是基於嚴肅的民族觀念發出來的敵愾心理。」

我的嗓腔有點激昂起來，玉霜阿姨驚詫地問我：

「瞧你年紀輕輕地，那裡來的這種想法？」

「說也奇怪，我憎恨日人的心態由來已久了。小時候聽了日寇攻台的故事，後來有個田中老師給我的啟示，然後又在種種的場合裡目染耳濡益加強這種意識來。」

「你這種想法太危險了，阿文，聽我說，不要隨便亂講話，日本仔太狠毒呀，不怕被抓去……」

玉霜阿姨面有戒色地警告我。

「怕什麼，最多是拘留拘留，沒死罪啊。只恨我年紀少，又缺乏學問，沒有足夠力量來痛痛快快為台胞爭一口氣，假使早在十幾年前出生，也許能做些什麼來。」

我慨嘆地說。

「怎麼說呢？林大哥。」月英好奇地問。

「因為十多年前，有很多人挺身組織團體，勇敢地反對日本仔的高壓統治，幹得有聲有色，如文化協會、農民組合、台灣民眾黨等等……」

「現在那些人呢？」

「很可惜，早就被當局彈壓取締，遭到解散的命運，現在已銷聲匿跡了。」

「唔……」月英失望似地唔了一聲。

「老實說，我也有這樣感覺，我們學校裡那些日人老師多麼神氣，看他們一副滿優越的鬼臉孔，真使人嘔心極了。可是從沒有人提起議論，自然就見怪不怪了。」

「原來妳們高等學校的老師也是這樣啊，這些四腳仔實在太可惡，但話說回來，我們本島人也太不爭氣哩，被他們統治四十年，已經養成了一種可悲的習性啦。」

「那是什麼？」玉霜阿姨插嘴問我。

「逆來順受，說句難聽的，就是奴隸根性。」

「沒有辦法嘛，頭戴他們的天，腳踏他們的地啊。」

玉霜阿姨一副無可奈何狀搖搖頭。

「這……妳錯啦，我們踏的是自己的土地，他們是侵略者呀。」

「侵略者？」玉霜阿姨困惑地反覆說。

「林大哥你說侵略者，媽是聽不通啊。」

「是啊，什麼是侵略者……不要說這些，萬一被日本仔聽見啦，那就不得了了。」

「你瞧媽她……貪生怕死！。」

月英逗笑說。

「死丫頭妳……」

「噯喲！媽生氣啦，怕！怕！」

月英展現淘氣姑娘的本色做個鬼臉說。

「死丫頭，別裝鬼裝怪，這麼不受教，瞧我會不會揍人！」

玉霜阿姨伸展手臂要抓月英，她忙急躲避到我背後。

「林大哥救命啊，媽要打人啦。」

「妳這個頑皮鬼，該打。」

我故意閃開身子逗趣說：

「阿姨，這樣不孝子非訓誡不可喔。」

「哼！都是奸臣。」

月英狠狠地盯我一眼，猛地一拍我肩膀跑出門外去。

「你瞧，這個淘氣鬼，誰惹她就是誰倒楣……」

玉霜阿姨說。

「本來就是嘛，誰敢說我該打！」

門外傳來月英調侃聲，我有點惘然。

第十三章　生日插曲

昭和十二年（民國二十六年）五月下旬我生日那天，寒蘭為我安排一個簡單的慶祝會。我一直住在玉霜阿姨家，她們依照本地風俗煮豬腳麵線給我吃。下午我下班回來，一切準備就緒，我們四個人圍著圓桌愉快地大嚼起來，月英把筷子挾起長長的麵線沒有送到嘴裡去，調皮地向大家晃一晃道：

「奇怪，西洋人慶祝生日吃蛋糕，日本人卻做麻糬吃團子，我們台灣人為什麼偏吃這……」

月英這一問，大家的目光都齊向她那俏皮的臉上。

「妳這個俏皮鬼，快吃妳的，幹嘛問起這個來啦。」

玉霜阿姨沒有給她解釋，狠狠地斜睨她一眼。寒蘭祇是唇角露出微微的笑紋一語不發。

月英執意地追問下去。

「媽！難道妳也不明白吃猪腳麵線的意義？」

「這……唉！其實這個……反正這就是我們台灣人的傳統習俗就是啦。」

玉霜阿姨終於苦苦這樣說。

「唉呀！什麼傳統習俗嘛，我是說吃這啥意思？」

月英不滿她媽的答覆，抿起小唇怨尤著。

「好啦！月英，我給妳一個簡單的解釋好不好。豬腳就是象徵健壯結實，而麵線是綿綿長長……由兩者結合起來就是表示長壽的意思，明白了嗎？」

寒蘭向月英作這樣的說明。聽來有點道理，但覺得有些牽強。

「嘿！有學問的人畢竟不一樣，我很笨，連這些道理都說不出來。」玉霜阿姨佩服地。

「表嫂，這那算是學問，是普通常識啊。」

「常識誰都有，可是阿姑的邏輯法很落伍，不切實際的說法，我不能心服。」

月英還是狡獪的搖搖頭。

「這也難怪，月英是接受新教育的現代人，對這古板的思想一時無法苟同，但退一步想想，古人能夠創造這種淳樸的寓意已經很了不起，值得我們欣賞的，妳說是不是？」寒蘭說。

「可是……」月英心猶未甘似地。

「哎呀，還有什麼可是，依我想，這絕對有意思，我們祖先代代傳下來的習俗沒有懷疑的餘地，正如祖先傳下來的語言——台灣話妳能懷疑否認嗎？英妹，我們台灣人保守祖先的傳統習俗是一種美德，不要說是落伍，反正比較一些人抱著崇洋媚日的心理好得多呀。」我說。

「林大哥，你在譏諷我，說我思想進步就是崇洋，喜歡說國語就媚日？」

月英不悅地頂對我。

「英妹，妳誤會我的意思啦。我是說，我們雖然受異族統治，他們無所不用其極地要來同化我們，可是我們千萬別中了他們的圈套，不能忘宗背祖。再說，妳講『國語』一詞也有矛盾錯誤，他們所謂『國語』是『日本話』，日人的語言，並不是我們的。我們使用的語言是祖先傳下來的，祖母、母親教給我們的人人常用的語言才是我們的國語。」

「那麼，台灣話才是『國語』嚕？」

月英臉露驚訝的神色，張大了眼睛凝視我。

「正是。」

「我不懂……」

「不懂也好，妳已經被皇民化了，中了愚民教育的毒太深了。不過沒有關係，我是消毒醫生，慢慢替妳醫治解毒，也許有一天妳會痊癒的。」我笑著說。

「嗯……不來啦，林大哥你拿我當病人！」

「可不是嗎？」

「林大哥你！」

月英好似生了氣了，舉起手中的筷子比向我來。

「月英！妳幹嘛……」玉霜阿姨怒責著。

「表嫂，妳大驚小怪什麼呢，月英是在向阿文撒嬌的啊。好啦好啦，大家不再討論這些，來吃個痛快就是。」

寒蘭打個圓場說後，拿起筷子招呼。

「吃就吃嘛，來！林大哥，祝你生日快樂長長壽。」

月英淘氣地挾起長長的麵線高高舉上，大開嘴巴「嘶嘶」地吮下去。

「妳瞧妳，這成什麼體統。」玉霜阿姨皺眉說。

「媽妳不知道，這樣吃法是避免咬斷林大哥的長壽麵嘛，妳怎麼罵人？」

「死丫頭，妳的怪點子特別多，沒妳法！」

玉霜阿姨終於笑出來了。寒蘭也跟著笑說：

「月英別淘氣了，快吃，不要耽誤後面節目的時間。」

「阿姑，還有什麼節目嗎？」

「有啊，招待阿文看電影，妳去不去？」

「當然我要去啊，宮古座還是世界館？」

「都不是，我們要去大舞台。」

「大舞台有什麼好，那裡不是映著什麼……『火燒紅蓮寺』嗎？」

「是啊，就是『火燒紅蓮寺』，胡蝶主演的。」

「沒水準！我不喜歡看那……拜託嘛，我們到世界館去嘛，那裡有長谷川一夫主演的『藤十郎之戀』，太棒喔！」

「別提長谷川……討厭死啦。」

玉霞阿姨插嘴說。

「媽，長谷川是當今天字第一號的大明星，萬千影迷的偶像啊。」

「我才不哪，看他那陰陽怪氣的德性，真叫人作嘔，甭說購票入場，倒貼我一百塊錢都不願去。」

「真的那麼討厭？怪脾氣。」

月英鎖著眉頭，快快不悅地。

「妳們母女不要爭吵，阿文是今天的主客，大家來聽他意見怎麼樣。」

寒蘭終於提議徵求我的意見，月英以為我喜歡文藝片，絕對站在她一邊，興沖沖地連忙詢問我。

「林大哥，要去世界館或是大舞台，你快說！」

「英妹別慌，我……要去欣賞『紅姑』，哈哈！」

我「紅姑」二字出口，月英臉色立即反青，可見她的失望何等之大了。

「林大哥你……」

「英妹妳忘記了，我一向討厭日本人啊，這點妳該知道的。」我有意挖苦她。

「我不知道！」月英凸頭凸面地續向我抗議說：

「林大哥，你討厭日人無話說，總不該連日片也不喜歡呀，偏激的錯誤觀念。」

「任妳怎麼說，我討厭就是。」

「真是不可理喻。」

「妳說偏激也好，不講理也罷，我是無法修改這個觀念的。英妹，委屈妳，還是一塊兒到大舞台去。」

「啊——啊，又是一個怪脾氣……」

月英長長地吁了口氣，玉霜阿姨暗中竊笑著。

「由妳怎麼說，總之，日人一天在台灣，我的憎恨是一天不消的。這些統治者太可惡……」

我的口氣一直激昂起來，寒蘭和玉霜阿姨都感到有點不妥吧，忙急制住我的話鋒。

「好啦，不要再說這些。」

「講話要小心點，萬一被……七月半鴨子不知死活，就是這樣子，真令人耽心。」

寒蘭帶些責備的口吻，玉霜阿姨接著說：

「江山易改，本性難移，沒法子！」

玉霜阿姨苦笑著。這時壁上的掛鐘正敲六響，暮色漸濃，抬頭往外一望，天空好像被烏雲籠罩著，因好久不下雨了。近來天氣一天比一天的格外悶熱，漸漸地周遭陰沈下來，似乎一場大雨將要來臨。霎刻間，颳起凄厲的風，戶外颯颯地，一陣冷氣由門縫裡襲進來。正在納罕時，風勢愈來愈大了，但是依然沒有下雨。

「怎麼搞的，天氣突變了。」

月英說著，站起來看戶外。颯颯的風聲震動窗戶，玉霜阿姨趕快把所有的門窗都關了。

「好像要下一場大雨似地。」

驀地裡，一道閃電闖過玻璃窗射進室內，隆隆的悶雷自遠處傳來，這突如其來的氣候變化使我們各懷著一樣的不安和焦躁。尤其月英顯然露出失望和怨懟的神情。時間一秒一分很快地過去，窗外一片漆黑黑的，風呼呼地不停長嘯著，「叭叭」豆大的雨點隨而降下來了。接著陣陣密集的豪雨隨著風勢飄打屋頂的磚瓦，「淅瀝淅瀝」聲不斷地傳進耳鼓裡。

「啊！啊，這場電影吹啦。」

月英長長地嘆了口氣。

「這樣也好，大家免得爭執要看哪一家……好得老天爺公平的安排。」

寒蘭漫不經心地說。

「哼！我看老天爺最不公平呢，要不昨天不下，明天不下，偏偏這個時候……氣死人！」

月英嘛嘴埋怨說。

「死丫頭，別怨天尤人，算妳運氣不好。」

玉霜阿姨輕責月英。

「不是嗎？祂故意捉弄人嘛。」

「還敢說，不怕老天爺責罰妳。」

「我不怕。」

「哈哈，不怕神不畏鬼，真是女暴君的英雌本色。」

我逗著月英一句，不料惹了她生氣了。

「對啊，我是女暴君呀。本來嘛，你就是不喜歡我的，所以……」

她聲色俱厲地衝向我，竟吁吁哭起來。我心理一怔，覺得非常意外。

「英妹，我失言了，向妳道歉好不好，從後不敢說妳女暴君了，妳是可愛的白雪公主呢。」

我一逗一陪地。

「討厭！」

月英終於反啼為笑了。她這種善變的心理我無法了解。這半年來總有一點奇異的感覺。她對我有時天真乖順，好像一隻羚羊般令人起了無限的愛惜。時而變成傲慢潑辣，極似一匹驃悍的野馬般，使人望而生畏。住在同一屋子裡朝夕相處，而她節骨眼好像打在我，好歹首當其衝的並非他人，飽嚐甜蜜苦辣的味兒，弄得啼笑皆非。

自從寒蘭帶我到她們家居住，這一段時光確實過得很不錯，因玉霜阿姨母女待我一如親人般，寒蘭也隔三兩天都來看我一趟，印刷廠的工作又愉快勝任，晚上還有足夠時間看書，使我樂不思蜀的感覺。可是日子久了，跟月英接觸的機會越來越多，愜意舒適的生活逐漸發生微妙的變化，好似一池春水隨風起了漣漪一樣，在心坎深處悄微動盪不安了。有時候在深更獨寐時靜靜地反覆思索著。

——不曉得這樣生活能否維持多久？

——寒蘭和我的這種奇特感情會是演變怎樣？

——我們之間尚能說是清白，但這有可能持續嗎？乾柴烈火，容易燃燒的危險性很濃，假使有一天……。

可是我又陷入極端的心理矛盾了，我曾豈不是希求著和她永生廝守嗎。無窮盡的起伏思維曾經連夜失眠……

「林大哥！」

月英放掉筷子，一隻纖手放在我肩上。

「呃！英妹妳不生氣啦？」

我很不自在地望著月英，寒蘭和玉霜阿姨看我尷尬狀「咭咭」竊笑著。

「為什麼不說話呢？」月英俏意地。

「還是少說好，俗語說，言多必失，說多了，還會……」

「惹我生氣？嘻嘻，不要罵人就好嘛，今天是你的生日，應該快樂才是。」

「是，我很快樂啊，不但很快樂，我非常感激妳們對我這份關愛，說真的，在故鄉時連我自己都會忘記我的生日哪。」

「那麼你要感謝表姑，還不是表姑惦記你的生日，可見表姑多關心你。」

月英這樣說。我感覺她的話鋒並不單純，略帶些妒意。想起前些時日，她和我在公園的一段對話。

「林大哥，你喜歡和我在一起嗎？」

「喜歡。」

「不騙人？」

「真的。」

「那你永遠住在我們家好不好？」

「這……怎麼可能？」

「為什麼不可能，我媽曾說過，要是你永遠不走該多好。」

「妳的意思是……」

「哎呀，這還得說，可是……」

「可是什麼？」

「可是……表姑她……」

「她怎麼啦？妳直說啊。」

「我該怎麼說呢，林大哥，我先問你，你們是什麼關係？」

「這個……為什麼問這……沒什麼嘛，只是從前的老闆娘。」

「你瞎說，祇是老闆娘會對你那麼好，別以為我是小孩子，可以隨便哄哄，我看得出來，你們間一定有特殊的什麼是不是？」

「不要胡猜亂扯，實在沒什麼嘛。」

「你不說也沒有關係，我等著瞧……」

月英對我和寒蘭的關係早已發生疑竇，甚至在她內心也醞釀著幾分嫉妒了。我對她這種不期然的敏感性感到茫然。

「哇！這場雨準連夜了，真是天公不作美。」

寒蘭面有怍色喟道。

「不礙事，電影可以改天看，下雨天，留客天，表姑可以留在這裡，我們換個節目豈不好？」

玉霜阿姨隱秘的目光投向寒蘭說。

「表嫂，妳有啥主意？」

「來個慶祝酒會，更有意思嗎？」

「嗯，有道理，確實好主意。」寒蘭讚聲說。

「討厭！你們酒鬼，滿巧製造機會，愛喝就說，不要美化話兒說什麼慶祝酒會啊，林大哥，你別上當。」

月英氣憤地。我卻無話可說。

「死丫頭，妳這成什麼話，慶祝阿文生日，難道妳不贊成。」

「好嘛好嘛，誰說不贊成……」

月英鼓著嘴兒一副無奈狀，我知道寒蘭和玉霜阿姨染有杯中物的嗜好，自從她的先生因不測的車禍去世後，寒蘭時常探望她倆母女，由於一個是文君新寡，一個是十多年來的怨婦，形成同病相憐一拍即合，她們個性又有極相似的地方，爽朗大方，且具有男性般氣概。可是枯燥乏味沒有愛情的生活，卻常使她們感到精神空虛，無法擺脫生命的孤寂時，就相應借酒澆愁。因為這個緣故，她們姑嫂之間在時間、環境的湊合下，也就促成建立了一種特殊濃厚的感情了。

「幸好，還有一瓶『月桂冠』，我來。」

玉霜阿姨說著，走向廚房拿酒和小杯來。在眾人面前各斟了一杯後慫恿大家說：

「來！為慶祝阿文生日，大家乾杯。」

寒蘭和玉霜阿姨很快喝完了，我和月英還在猶豫未決時，玉霜阿姨催促的口吻說：

「阿文，這是內地來的清酒，酒精度輕得很，喝一點沒有關係。」

「是啊，你是主客，總要喝點意思。」

寒蘭在旁這樣加油。我為了禮貌決意和她們乾這杯。心裡暗付著，雖然沒經驗，難道這一丁點的酒真會醉人不成？於是我閉著眼睛，停止呼吸一口氣把它喝下去。倏地，一道濃烈的味道衝擊鼻孔，一股熱氣闖過喉嚨，侵進五臟六腑，口中喉嚨熱辣辣地，幾乎快要窒息了。我極力忍住氣，不甘在她們面前示弱鬧出笑話來。月英把好奇的眼光投向我問道：

「林大哥，這酒的味道好嗎？」

「好極了，沒有喝過酒的人確實無法體會其中奧妙，難怪有人寧可沒飯吃，不能沒有酒啊。」

不知怎的，我竟信口胡扯這樣的話。

「真的啊，你不騙人？」月英訝異地。

「不信妳試試看。」

「好吧，那我也敬你一杯。」

月英說著，竟一口氣喝完了。

「哎喲……媽啊！」

一聲悲鳴似的哀叫，祗看月英甩下酒杯，兩手緊抱著頭顱，淚水汪汪，鼻嘴撮縮一塊兒，看她樣子滑稽又好笑，但我內心有些微歉意，不好意思笑出聲。

「丫頭，妳怎麼啦？」

玉霜阿姨忍不住笑，逗問月英咕咕地。

「嘻嘻，鬼靈精也上了當啦。」

寒蘭打趣地瞟她一眼，月英更動了火了。

「你們沒有一個好東西，齊來欺負我……」

想不到月英竟大發脾氣，歇斯底里似的哭嚷著，一氣跑進她房間，我看她這樣子，委實感到很難過。

「英妹等著……」

我想要追去向她道歉，沒料到一時無心的惡作劇，竟會害苦了月英，使她這樣生氣，覺得非常懊悔。

「別理她，一會兒就好。」

玉霜阿姨漫不經意地，拿起酒瓶來倒酒。這瓶印有「月桂冠」字樣標籤的日本清酒是容量一升的大號瓶，看她那熟練的斟酒手法實在很佩服。大瓶倒小杯，一點都不漏出杯外，我想很有經驗的過來人都望塵莫及。

「祗有這一瓶，我們把它喝完算啦。」

玉霜阿姨邊說邊喝。寒蘭接著說：

「乾脆換個玻璃杯來，用這種『豬口』（日語：飲酒用的小杯）不夠看。」

她兀自到廚房拿三個大杯子來。戶外的風雨聲仍然不停地響著。

「好一個連夜雨，我今夜留定啦。表嫂，我們換大杯來個痛痛快快……」

第十四章 黑色的陰影

昭和十二年（民國二十六年）七月初七拂曉，蘆溝橋一發鎗聲震醒了「亞洲之睡獅」的昏夢，日本帝國主義軍閥發動侵華戰爭，祖國的軍民堅強地站起來抗禦敵人了。這塊被殖民的孤島上也被捲入戰爭的氣氛中，天天的新聞報導以及間接不斷的電台播送皇軍輝煌戰果，在一片狂熱和興奮中，一些有心的台灣人都為之捶胸扼腕，陷入極端矛盾的無奈之中。

——皇軍所向無敵……

——我忠勇的△△部隊勢如破竹，一舉攻陷○○鎮……

——敵兵聞風逃竄，皇軍如入無人之境……

這些刺眼的鉛字大標題，戰況的詳細報導文字佔遍了整張報紙的篇幅，電台的播音員喊破了喉嚨，不斷地叫嚷著沙啞的聲……

我傷心地哭了。為什麼祖國的軍兵這麼糟？日本鬼兵真的這麼厲害嗎？我不敢相信這是事實，但又何奈，無法忍得住悲憤的眼淚。

各處大小機關、學校為了慶祝皇軍的大捷忙個不停，市鎮的大街小巷為南京陷落舉行萬人大遊行。家家戶戶被迫懸掛血腥的日旗，鳴放爆竹熱鬧一番。此情此景怎叫我不傷心……

「喂！阿文你怎麼啦？」

這是印刷廠工作房的一隅，老闆派我整理趕印好的紅日紙旗，由於戰爭的順利進展，時局給老闆帶來一筆額外生意，大小書店文具行都大售遊行慶祝用的紙製國旗，我們印刷廠也托了戰爭景氣的餘蔭大做生意來了。我瞧見這大堆的紙旗，不覺燃起一把莫名所以的怒火來，一股憤恨之氣無法抑住，驀地發作了歇斯底里般，信手抓來一大把那魔鬼的標誌，狠狠地撕破踩在腳底下去。我這無助的報復行為正被同事的阿德撞見了。

「阿文你……發瘋啦？」

阿德很驚訝地，他的眼神流露著譴責和隱憂的雙重色彩。我默默地注視他，他的表情又起了變化了。

「你這……唉！我不知怎麼說才好，阿文，我了解你的心情，可是……」

「你不要說！」我氣憤地。

「唉！你這真是，又有什麼用呢，萬一……」

「別管我，萬一怎麼樣？哼！萬一被人報警難免被捕、坐牢是不是？」我意氣地反問他。

「就是嘛，萬一吃了虧值得嗎？冷靜點，不要傻啊。」

「我偏要，我不怕坐牢，我憎恨臭狗子的橫虐，我要詛咒魔鬼的勝利。」

我放高嗓門狂喊著。

「這……唉……你……」

阿德沒可奈何似地，嘴角微顫著，發呆了。

「你怕死，你去做你的善良皇民，可是我……絕不能認賊作父，我是台灣人！」

明知阿德對我是出於一片好意，他關心我出了紕漏蒙災，而我的心智已經十分昏亂，竟向他發這麼大的牢騷。

「我知道我知道，好了，你今天心情不大好，早點休息，這裡讓我來做，回去啊。」

阿德低聲地忍讓向我說。

「阿德兄，我一肚子悶氣，知道嗎？我無法忍受……」

我激動地哭著。

「我也明白，侵略者糟蹋祖國的河山，凡有心人誰不痛心浩嘆，但這又能怎麼樣呢？」

為人平實的阿德，在這裡是我資深同事，也是我唯一可以談心的朋友。他一臉露出無奈搖搖頭。

對！徒嘆息又能奈何呢。這時我痛切地感覺到被殖民的同胞是何等的無助，我個人是極其渺小無能。情緒紊亂如麻，我確實無心再工作下去，只好聽從阿德的話早退回家休歇吧。於是我愴悴地離開廠房。

歸途，我的步伐沈重，放眼望去，街面一片戰時氣氛，路上行人有的神氣，有的緊張，一對結雙沿路打哈著的可是日人。

隨著戰場的蔓延擴大，有收音機的店舖住戶都整天開放，時時刻刻播放皇軍捷報，有人沿街散發〇〇陷落的號外新聞。斯情斯景引發我內心無限的悲哀。這些日子，殖民當局好像對台胞的動向特別敏感起來，所加諸於台胞的監視壓力也愈來愈大了。一面加強推行「皇民化運動」，瘋狂地展開種種的同化政策。為要消滅台胞的民族意識，統治者下令不准台胞奉祀祖先牌位，厲鬼惡煞般的日警竟強迫我們燒掉列祖的神位，代之供奉他們神話裡的始祖「天照大神」。這種可恥的偷天換日強壓手段，令人切齒痛恨，但有誰吃豹子膽敢去反抗不從呢。接著又整理全島大小寺廟，凡是跟中國歷史有淵源的神佛像一律被列入整理的範圍之內，無法無天的日寇竟對神佛像幹了集中大屠殺。這是一次神佛界史無前例的大浩劫，由日警帶頭率領一班御用紳士和工作人員，浩浩蕩蕩侵入各地寺廟裡，把所供奉的神佛像搜捕出來，泥塑的由邀功的御用紳士揮斧砍殺毀掉，木刻的命工人集中一起放火焚燒。其狀可謂「慘絕神寰」了。

統治者的肆虐苛政不止於此，為皇民化政策徹底推行，嚴厲執行國語（日語）運動，獎勵「國語家庭」，同時也推行改姓名運動了。為要討好日寇，或抑為了領取和日人同等的家庭配給品，一些無恥的台胞甘心放棄祖先傳下來的語言不講，煞是講著生澀不堪入耳的日語而沾沾自得，聽來真是令人嘔心。還有一些卑賤下流的人，一樣做出數典忘祖的勾當，連源遠流長的祖姓都不要了。於是「中村」啦、「小林」啦、「宮本」啦、「莊田」啦、「柳川」……等等，改冠二字的日姓而顯得十分神氣。日寇壓制台胞的花樣真是無奇不有，一個令人啼笑皆非的纏足解放運動也實施了。一般上了年紀的婦女，尤其是老太婆們所受的災情最慘重了。搖搖擺擺的「三寸金蓮」被迫解下一條長長的裹腳帶，露出一雙奇形怪狀的短足來，教她們穿木屐亦是跣足走路是多麼夠受的罪呢。

無止境的侵略野心使日本軍閥更加瘋狂，不停地叫囂著國家總動員，一方面搜括軍用物資，另方面擴充兵力去應付龐大的戰場需要。徵兵、徵役毫無止境地實施著，台灣青年一批接一批被征用當軍夫，送去大陸第一線為他們侵略魔鬼當砲灰了。

代天行道伐不義
忠勇無雙我皇軍
……………………

……………

歡送出征軍人軍屬的隊伍唱著昂揚的歌聲，朝夕此起彼落在街頭巷尾傳來，或在火車站前一片旗海裡傳響，這是帝國主義軍閥的猖狂吶喚，也是侵略野心的魔鬼張牙舞爪的吼聲。

「林大哥你瞧！」

月英興奮地把當天的報紙展示我。

——精銳的皇軍分三路進擊，粉碎頑拒的敵人……直搗黃龍……武漢三鎮勢所必得，其陷落近在眼前。

多麼令人傷心的字眼，我眼暈暈地瞥見特號鉛字的標題像萬千的魅魍般，在紙上跳躍著。

「英妹，妳看這些報導，心裡有什麼感受？」

我朝著她紅潤的臉頰發問。也許太唐突了，她猶疑不決似地眨眨眼眸。然後支吾地：

「我……唉！我……該怎麼說呢？」

「我是問妳對皇軍的輝煌戰果有何感受嘛？」

我緊迫著追問。

「哎呀……反正許多同學都歡天喜地……有的禁不住拍案叫絕哪，而我……」

月英自我逃避似地這樣回答。她的臉上確實泛出矛盾複雜的神色，我約略看出月英的思想已漸改變中，然而中了愚民教育的毒已深的她，對祖國的觀念上還有點模糊不清的感覺。

「是嘛，那妳呢？」

「我……」月英還是支吾著。

「妳跟同學們不一樣，祇是莫名所以的茫茫然感覺對不對？」

我笑說。月英的小嘴露出一絲苦笑，輕輕點著頭。

「哈哈，料妳遲早變成問題學生，不怕被開除逐出校門。」我逗她說。

「不來啦林大哥，不要嚇唬我。沒那麼嚴重啊。」

「說真的，生在這一代的台灣人實在太不幸了，很多人對祖國的認同感到迷惘，這就是被殖民的民族悲哀。因為統治者不斷地強調內台一體，說什麼內地延長化，其實這些都是他們為了貫徹同化政策的美麗謊言。他們的用意是要台灣人做善良的皇民，屈就他們的高壓統治，效忠他們的天皇陛下而已。可惜大多數台胞不能洞悉這點，尤其像我們年輕一代的人，以為生來就是日本國民……」

「好了林大哥，不再聽你上課啦，這些道理我早明白啦，所以……」

月英不勝其煩地沒等我說完就插嘴說。霍地我自己覺得好笑起來，這些話兒不知對她講過幾遍了。

「好，不說也罷，這堂課算妳結業了就是。但是考分還不夠理想，大大加油。」

「好嘛，一篇神經兮兮的怪道理，可是人家都聽你的，還不滿意……」

月英十足怨尤的口氣，挪動身軀偎近我來。她那嬌柔的姿態像依人的小鳥般非常可愛，她變了。從前被譏笑女暴君的大小姐脾氣都收斂得一乾二淨了。人說女大十八變，月英像打氣的皮球一樣長大起來，在這短短一年之中變成亭亭玉立的大姑娘，而且個性也隨著肢體的成長改變溫柔多了。這種突奇的變化使我感到非常的詭異。

「林大哥，你怎麼啦，不說話，一直瞪視我幹嘛？」

「喔！我……」我一怔道：

「因為……我剛發現英妹長大了。」

「那麼，你不再說我小孩嚕？」

「怎麼會，而且是個大美人兒，剛才被迷住啦。」

我取笑說，其實我哪裡來的閒情逸趣和她聊這……，滿肚子悶悶的悒鬱無地排洩，報紙上的標題、滿目撩亂的戰爭紐司給我無限的疼痛感受，不到一年的光景，祖國大半的山河被敵寇的鐵蹄蹂躪過了，從此下去……啊！不想也罷。

「爛舌，你在談笑我醜，我知道。」月英噘唇說。

「冤枉，從來沒認真去欣賞過，不知道英妹這麼漂亮，現在……」

「啊……不來啦，你要吃人豆腐。」

「不要黑白講，啥人吃你豆腐。」

「不和你頂嘴啦，吃飯去。」

「我不餓，要吃妳去。」

「為什麼？」

「有句話『秀色可餐』，我不吃英妹豆腐，但吃飽了秀色了。」

「哎呀你……」

被我一逗，月英發了嬌嗔，把我的肩背搥搥打打起來。

「唷！怎麼啦，大小姐發脾氣啦。」

那是寒蘭的聲音，我不覺一晃，很尷尬地離開月英。

「表姑，妳來正好，林大哥欺負人，妳替我做主。」

月英走近寒蘭撒嬌訴說。

「呃！妳打人還喚救命。」我說。

「你好壞，你好壞。」

「好啦，阿文怎麼壞妳說，阿姑一定替妳討回公道。」

「林大哥他……他吃人豆腐。」

「喔！真的，怎麼吃法妳說說看。」寒蘭俏意地。

「啊……這……這……」

月英被逗得滿臉通紅，十分羞澀起來。

「怎麼？不說沒辦法，誰也做不了主。」

「哼！表姑故意挖苦人，我早就知道，你們都是一丘之貉，狼狽為奸欺負弱者。」月英兩頰凸嘟嘟地。

「唷！頂到我頭上來了，有名的女暴君什麼時候變成弱者啦，好可憐喔。」

寒蘭泛出一副可憐相訕訕笑說。

「不來啦，不來啦，林大哥壞，表姑更壞……」

月英忍不住氣，竟半嬌半嗔地胡亂打我和寒蘭。一場嘻嘻哈哈的熱鬧聲中，玉霜阿姨由廚房走出來。

「到底怎麼回事呀？」

「喔，表嫂，天下一大事，女暴君被人吃了豆腐呢。」

「啥？喔，我明白啦，死丫頭又調皮……活該。」

玉霜阿姨瞪了月英一眼，笑嘻嘻地。

「媽，妳也說這樣話，嗯！統統奸臣。」

「妳瞧妳……女孩子真不受教……。」

「可是你們沒有一個……」

「好啦，不鬧啦，今天加做一道菜延誤了時間，現在好吃了，蘭姑也一塊來。」

「我用過才來，既然特別做菜，我要妳請酒。」

「好啊，我也正被酒蟲咬得癢癢地，來吧。」

餐廳連在廚房，方形的食桌上排著幾道菜，桌中央處擺著磁製燉壺，玉霜阿姨把蓋子拿掉，一道白煙裊裊昇起。

「表嫂，原來是生燉雞。」

寒蘭伸出筷子挾起一塊問道：

「為什麼搞出這名堂來？」

「沒有特別什麼，這是自家飼養的大公雞，最近時常到鄰家去追母雞，有時候竟連夜不回來，公雞飼大啦，很難看管，所以……」玉霜阿姨幽默地。

「所以乾脆給牠宰啦，來個生燉祭祭齒牙。」

寒蘭搭腔著。

「就是嘛，花了不少功力把牠養到這麼大，萬一走失了多可惜。」

「那麼妳該多吃幾塊肉才是。」

「這倒不必啦，我要阿文多吃些，少年郎吃公雞，好處多多。」

玉霜阿姨嬉笑說，挾起一塊送到我碗裡。

「我自己來嘛。」

我覺得很難為情，又不能隨便婉拒玉霜阿姨的好意。

「媽，那我也應該多吃一點嘛。」

月英邊說邊挾起一大塊送進嘴裡去。

「妳不行！」玉霜阿姨皺眉說。

「為什麼，林大哥吃了有好處，那我不是一樣嗎？」

月英很不平的口吻。寒蘭咭咭地暗笑著。

「妳不是男孩子啊，女孩子不好吃公雞。」

「我不相信，媽騙人。」

「不要囉嗦啦，快吃妳的飯。」

被玉霜阿姨一叱，月英一反往常規矩地默默吃自己的飯了。這時我的心緒很不自在，竟連口飯都嚥不下去。

「阿文，吃呀，這是表嫂特意為你做的補品啊。」

寒蘭一面催促我，一面倒酒。

「是啊，你不吃，難過的不僅是我一個人喔。」

玉霜阿姨搭訕說，我益覺不是滋味。

「表嫂，不要胡扯那……來吧，我們喝酒。」

寒蘭舉杯一飲而乾。

「瞧妳，今天滿有興趣嘛，不怕醉了又不能回家。」

「不回去有什麼關係？」

「今天沒有下雨喔，憑啥藉口向阿明解釋哪？」

「算啦，有此必要嗎？」

「難道妳隔夜空著家，阿明肯任妳這樣放肆？」

「他敢……」

「怎麼不敢，他是妳先生，頭家啊。做丈夫的總有權管束妻子的行為啊。」

「那是當然，可是他有資格嗎？沒有資格做丈夫的人，還敢談什麼權利……那死人啊，不會管束我，還在鼓勵我自由外出散散心。」

「真的有這回事，那麼，今天我們大大痛飲一場，乾杯！」

她倆二人喋喋不休地嘀咕了一陣子後又碰杯。我覺得太無聊了，但月英卻好奇地傾耳暗聽著她們的對話。

「阿文你也來嘛。」

玉霜阿姨在我的杯子斟滿了酒招呼我，瞧她那麼慇懃誠意，我不能推拒拿起酒杯。

「我不能喝多，意思意思陪妳們就是。」

忽地，月英猛捷地把杯子奪過去，大聲嚷道：

「林大哥，你不要喝！」

她這突來的舉措，誰都感到非常意外，尤其我十分訝異，茫然不知所措了。

「唷！妳這……」

玉霜阿姨一時怔住了，但寒蘭的態度卻很鎮靜。她祇瞪著眼，默默地瞥視月英。我看出她的內心感受是另有一番滋味。

「媽！要喝自己喝，不要拖人下水。」月英嗓子高高地。

「唷！死丫頭脾氣可不小哇。幹嘛，阿文是妳先生不成？管這麼多來……真是。」

玉霜阿姨慢條斯理地。被她這麼一逗，害得月英連耳根都熱起來，她顯得無限的嬌羞狀，不敢抬首了。

「嘻嘻，月英假如真的是阿文太太，將來一定是個相夫教子的好賢妻哪。」

寒蘭不知是有心抑亦無意俏然說。

「才怪哩，現在都這麼兇啦，娶了她一定倒楣八百，一輩子縛腳縛手，寸步難行哦。」玉霜阿姨接腔說。

「你們完了沒有，祇會拿人家消遣……」

月英不耐煩似地，高高翹起小唇，一氣之下奔進她的臥房去。「砰」猛力關門的聲音響過來。不由地為她感到委曲，為什麼她倆會這等無聊，喜歡拿月英尋開心，像寒蘭和玉霜阿姨這種女人的心理跟平常人有所不同嗎？

「這回兒可真的生氣啦。」

寒蘭有點不過意似地，把視線轉向月英的房間。

「別理她，我們喝酒，跟我喝醉了，阿明總不會嘀咕什麼吧？」

「表嫂，妳不要介意這些，別說和妳，跟誰也一樣。他絕不牢騷半句。」

「世上真有這種作丈夫的人，天底下第一大傻瓜。」

玉霜阿姨喟然說。

「表嫂，妳說錯了，其實哪，他比誰都聰明。」

「這話怎說？」

「妳想想看，阿明若不對我這樣寬容、開放，到現在還有一個嬌妻？所以說，他是聰明絕頂的人。為了保有我，處處巧用心機，體貼備至，妳說他是愚蠢嗎？」

「原來如此，我懂了，為要保住一個掛名夫妻名分，他不惜付出任何代價，阿明也未免太可憐。」

「妳同情他？那我呢。他這樣講著：我很對不起妳，我辜負了妳一生的青春，虧欠妳太多了，為要彌補妳所應得的快樂，絕不會去管束妳的自由。阿明這樣發誓，而且確實信守諾言。為了他這樣寬大、包容才害慘了我，說真的，這是一種無形的、最殘忍的手段，好像一條罪惡的鎖鍊般把我牢牢困縛住，永不能解脫。」

寒蘭怨尤地娓娓說。

「這麼一說，真正可憐的人是妳啊。」

「他還說，夫妻間最重要的是終身的結合，日常的共同生活是否圓滿，並不是以醜惡的性行為作依據。結婚的真諦是建立在夫妻間精神上的連繫這一點，肉體上的苟合是無關緊要。表嫂，夫妻結合的條件真的這麼單純的一回事嗎？」

玉霜阿姨以搖頭和嘆息替代她的回答。也許，在我面前有所顧忌不敢說吧。我暗忖，王老闆是個殘廢者，不能人道，所以強調精神生活，把缺陷的自己抬到有利的地位，這是一種狡猾的騙人論據，好一個自私的人。寒蘭的處境實在太可憐太悲慘了，我該怎麼辦呢？

陷入極端的悵惘和迷茫裡，我戚戚心虛氣餒。這時不知那家的收音機傳送出來悠揚的音響，這是電台播放愛國歌曲的時間。一陣子熱鬧雄壯的幾支歌曲過後，接著流出憂傷的旋律，也許是我剛才聽了寒蘭的話後，心理有點反常吧。那是一首台灣歌謠「雨夜花」的曲子，可是細聽之下歌詞迥然不同了。

肩揹紅布條　榮譽的軍夫　我們多幸運　生為日本男兒

不是台語的「雨夜花」而是改編日語的愛國軍歌，多麼諷刺，多麼笑談，不！是多麼悲哀的句子噢。「雨夜花」被統治者改成愛國歌曲「榮譽的軍夫」了。軍夫……被侵略者強召去賣命，送到最前線去充當砲灰，這就是「榮譽的軍夫」的命運、台灣青年的劫數了。這個可怕的命運像一道黯影般漸漸地把我籠罩住，遲早我也會有繫著紅布條的一天——

第十五章 再見！吾愛的

狂妄的侵略戰爭進入第二年，日本帝國主義軍閥的頭頭人物，曾大言不慚地要在一百天之內併吞整個大陸。可是中國的人民覺醒了，愛國的青年學生憤怒了，救國的熱血沸騰了。於是發出十萬青年十萬軍，徹底長期抗戰的口號，風雲際會熱烈參加抗戰的行列了。喪失人性的日本軍首腦們一再硬著頭皮大肆咆哮著，三年之中非把這個地廣人多的懦弱大國打垮不可，更加喪心病狂似地動員一切人力物力傾注在這場戰爭裡面去。當局一方面窮兇極惡不擇手段搜括物資供應軍部，另方面強徵本島青年一批接一批送往前線去當軍夫、通譯等。這些無辜的台灣青年一旦離開家鄉，有的從此杳無消息、生死不明永遠失蹤，有的不到三、五個月內就變成一個白木箱作無言的凱旋了。

昭和十三年（民國二十七年）四月，古都台南的陽光令人覺得格外燥熱，晚春的氣色早已消逝了。灼熱的炎陽下，鳳凰樹吐蕊盛開了，一片片叢簇緋紅，有如鮮艷的婦人一般令人賞心悅目，那是過去太平時代的美景。現在望眺之，好像一幅紛亂血腥的地圖，給人徒增悽惻慄寒傷心的感覺。

那天，我下班回來，月英迫不及待的遞給我一封限時信，瞧她緊張的神情，我感到莫名所以的不吉預兆。那是父親託人代寫的家書，除非有什麼緊急事情，家人都很少和我通信，我慌忙拆閱了。

——字付吾兒收知，家況如常，別念。茲同付召集令乙紙，此乃十萬火急事，希見信速回，勿誤。

四月十二日父字

簡潔的中文字句，一看之下我內心不覺怦然。這是遲早的問題，其實我早有心理準備了，不過，來得太突然，令人有措手不及之感。

「林大哥，什麼事啊？」

月英戚戚地注視我，我默默地把淡紅色的令狀扔給她。

「啥？是召集令——四月十六號報到。」

月英唸出聲，唇角微微顫抖著。

「該來的都來啦。」

我坦然說，我心田確實受了不少衝激，但那是一剎那的事，現在情緒已回復平靜了。

「媽！妳來，快來啊。」

月英緊張兮兮地向厨房呼喚。

「什麼事嘛？大驚小怪……」

玉霜阿姨手裡還拿著煎匙，我想一定在炸魚。

「媽，林大哥……」

月英被激情所淹沒，泣不成聲了。

「瞧妳，阿文都很自在，妳在緊張啥事嘛？」

「玉霜阿姨，我的召集令來了，大後天要去報到。」

聽到我的報告，她嚇了一大跳，緊緊抓住我肩膀。

「啥？你講啥……」

「我被徵召啦，當軍夫嘛。」

「哎唷，這怎麼得了，阿文……」

「生在這個年頭，台灣青年是沒法避免的，不足驚奇。阿姨，有啥好緊張呢？」

「這是天大地大的事，怎叫我不緊張。月英，去雜貨店海樹叔那裡借電話，叫蘭姑仔快來，知道嗎？六八七號。」

「我知道。」

月英匆匆地跑出去，玉霜阿姨好像在抑制感情的衝動，緊緊咬著唇角。她無法抑制內心所的焦急和不安，擱在我肩上的手指時時用力抓住。月英鼻息呼呼地回來。

「蘭姑仔說馬上來。」

月英忙急說，平常紅潤的臉色有點青白了。

「還有三天的時間，我想明天回去。」

「林大哥，你真的要去嗎？」月英傻然問。

「不去？這有可能嗎？」我苦笑說。

「也許，這對我來說是一個機會，能得親眼一睹祖國河山的面目。」

我精神嚮往的祖國，衷心懷念的祖國，近百年來，曾被列強欺侮相爭瓜分的「東亞的病夫」懦弱無能的祖國，但我仍然這麼愛它。過去創傷斑斑猶未癒，於今又被東海的豺狼強開血口將要吞噬，在殘暴的日寇鐵蹄蹂躪下，千千萬萬的同胞備嚐敵人的殺戮擄掠遍野哀鴻，多少人遭此浩劫流離顛沛？多少人變成地下冤魂？這種怵目驚心的人間地獄圖一幀幀地浮泛在腦海。

「林大哥，你從軍到中國大陸去，是不是要和中國人打仗？」

月英這一詢問，不由地使我起了無限的矛盾感覺。

「照說是這樣，但我沒這麼想法，台灣人去當軍夫，還沒有資格拿槍打敵人，祇是搬運糧食銃彈而已。」

「那麼你此去會變成怎麼樣？」

月英顯出很不安的眼神直望著我，我不明白她指的什麼意思，便含混地答道：

「很難說，也許很快就變成一撮骨灰裝在白木箱內被送回來，也許，有一天幸運地活著回來見你們。」

「不！我一定要你回來。」月英命令似地。

「但願如此。」

我戚然答。玉霜阿姨一直沈默著，好像千頭萬緒，唯不時地張望戶外，焦急著寒蘭姍姍來遲。西門町距這裡有一段相當的路程，交通工具尚未夠發達的時代，人們出門都是靠雙腿走路，有錢人搭乘人力車（黃包車），遇有急事要請一輛汽車也沒那麼隨便了。

「怎麼搞的，蘭姑仔還未……」

玉霜阿姨一直急著寒蘭，她最清楚寒蘭對我的關愛，面對這個關頭她也不能自主了。

「媽，搭人力車也要跑七、八分鐘，別急嘛。」

「這個壞消息對她是多麼大的打擊，不知她會何等傷心？」

「她傷心，難道別人都不會傷心？」月英不滿地。

「妳小孩子懂些什麼？」

「媽，妳……」

月英好像要抗議她媽似地，正在這時寒蘭匆忙地踏進來。她傍徨失措、芳心寸亂，發狂似地猛抱住我。

「阿文……」

她臉色可怕的蒼白，兩眼堆滿了淚水，像連珠般點點滴下來。

「蘭姊，不要難過。」

在玉霜母女面前，我一向都叫她蘭姊，寒蘭被我一叫更加萬感交集愈傷心了。

「蘭姑仔，不要哭嘛，妳一哭，我也……」

月英紅著眼眶安慰寒蘭，卻禁不住地嗚咽著。

「想不到有這麼一天，死日本仔真是害人不淺。」

玉霜阿姨破口大罵日本人，我想她的丈夫在意外的車禍喪生，後來知道那是被日本憲警謀殺時，也是如同這樣咒罵著。

「玉霜阿姨，妳咒罵他們也於事無補啊。人生的遭遇是不能預料的，尤其是生在這塊可憐的島嶼上。在這個黑暗的時代裡，隨時隨地都會受到命運的考驗。」

我為要減輕她們的傷感，虛心坦懷地說。

「蘭姑仔，阿文講明天回去，妳想怎麼辦？」玉霜阿姨啟口徵求她的意見。

「是嗎，什麼時候報到？」寒蘭轉問我。

「大後天。」

「還有三天的時間，幹嘛急著回去。」

「我想早點回去好，一些零星瑣事要做。」

「好吧，那麼，該為你餞行。」

「不用啦，何必麻煩。」

寒蘭極力抑制著波瀾萬丈的起伏情緒，故作鎮靜地，我由她的神色可以看得出來，若不是在玉霜阿姨母女面前，她更會傷心欲絕狂態百出，甚至弄到精神崩潰的地步，也不一定。

「阿文，說什麼麻煩不麻煩，一個朋友要遠行也該然，況說你……」玉霜阿姨插嘴說。

「那麼，我們在家裡一塊吃一頓飯，另外來一瓶酒我就夠滿足了。」

我建議玉霜阿姨不要鋪張浪費，因我們之間的感情已不再重於形式了。不用說寒蘭，玉霜阿姨都靈犀一通領會這一點，毫無見怪地接納我的要求。

「好吧，就這樣，不過還是讓我來鋪排一些。」

玉霜阿姨說著走進廚房去。

這天月英不再阻止我喝酒，更是搶先拿起酒杯來。

「林大哥，我敬你一杯，祝你『武運長久』。」

「英妹，我不喜歡聽那套帝國主義軍閥的口頭禪。」

「為什麼，我不說國語呀？」月英不解似地。

「是啊，妳用台灣發音說的，可是，這『武運長久』就是日本鬼子的字眼，並不是台灣話，妳曉得嗎？」我說。

「哎唷，那我該怎麼說才對呢？那麼……」

月英很窘地想了好久後，霍地揚起頭來說道：

「我想出來啦，林大哥，祝你早日凱旋……」

「也是不妥。」我搖頭。

「啊……你……是故意挑難我。」

「不！英妹妳誤會啦。我怎麼會……」

「你說，為什麼不妥？」

「凱旋二字指的是戰勝歸來的意思，可是我絕不想要戰勝敵人，因為所謂敵人，就是我們同胞，我是個可憐無助的皇民，並不是忠君愛國的日本臣民啊。」

月英聽我這樣解釋似懂不懂地搔搔首，玉霜阿姨在旁邊咭咭作笑。

「瞧你這樣，怎能當得起日本軍夫，多矛盾。」

玉霜阿姨終於啟齒了。寒蘭像千百斤鉛鐵壓在心頭般默默無言。

「林大哥，乾脆一句，祝你平安！好不好？」

「喔，這就對啦，謝謝……」

我舉杯和月英飲下，她也逞強要乾杯的樣子，我忙急擋住說：

「英妹，妳喝一點意思就行，不要逞強。」

「不，我要乾杯，今天是什麼日子，我要醉，你們三人痛痛快快地喝呀，大家統統醉好啦。」

月英說著，果真把它喝完了。我看她皺眉苦臉，五官緊縮作一團，極力忍住酒精成分的衝擊，其狀怪可憐，也很可笑。但竟沒人去逗笑她，因席間已被一股惆悵的離情侵襲著，很少人說話，祇是舉杯互相招呼大飲特飲了。已是第三瓶的大號清酒，我也隨她們喝了不少杯。月英一杯下肚，已經醺得不知天地早休息去。

雖然喝完了三大瓶的酒，因各人的心緒太沈重，這席餞別會冷冷落落地收場。

「蘭姑仔，妳扶阿文先去休息，這裡讓我來收拾。」

玉霜阿姨有意地催促著寒蘭，她猶豫了一下，然後攜我進入臥房。我走近床邊便坐下來，寒蘭反手把門閂住，仍然倚在門邊佇立不動，許久沈默——她方始微動小唇，卻欲言又止了。

「蘭……」

我情不由己地喊她一聲。這聲好像衝破了她感情的泉源似地，驀地奔向我猛力抱住我的脖子，我本能地捲抱她纖腰。這個世界頓時變成沒有時間和空間的約束，一種悽愴的甜蜜填滿了胸膛。像在夢樣的陶醉裡，我微微地聽到她由靈魂深處發出的嗚咽，我傍徨、驚愕。

「蘭……不要難過，人生悲歡離合，這是造化之神的安排，想躲開也躲不了的，我們要勇敢去面對現實。」

「我早想到，遲早會失去你的，可是，沒想到會是這麼突然。本來，我在想，有一天你有個美好的對象，縱然是你離開我，我也心甘情願來接受，無疑……」

「蘭……不要這麼說，我會心碎的，這些日子妳對我太好了。我虧欠妳太多太多了。我……」

「不！是我害苦了你，我知道，由於我的自私，使你在一個空洞的夢境裡暗中摸索，我早該給你……但我閃爍無定，我是該死的女人。」

寒蘭懊悔、痛苦地說。

「蘭，不要太苛責自己，妳沒有錯，我也是。我很清楚妳的心意，但我未曾改變過我的初衷，決心要永遠和妳在一起。」

「你不恨我？」

「絕不。妳這話使我難過，到現在妳還不相信我。」

「相信絕對相信。聽你這句話，我死而無怨了。」

「蘭，不要說不吉祥的話，等著我，我一定活著回來見妳。」

「你真的會回來嗎？我真的能再看到你嗎？」

「會的，一定會的。」

「可是軍夫有人回來嗎？回來的不是白木箱嗎？」

她的語氣輕微而絕望，她的眼睛雖然睜開著，但眼珠仍然黯淡無光。

「蘭，妳千萬不要這樣想，當軍夫並不是祗死路一條，因為戰爭還未結束，沒有戰死的人還未回來。相信我，我會好好照顧自己，我會珍惜生命，沒那麼傻去為日本天皇陛下賣命。為了妳，我一定要活著回來。」

「阿文，你的話使我生出一線希望，但還是很渺茫。」

「為什麼不信任我，蘭……」

我猛力抱住她，用勁搖她。

「我不信任無情的事實，阿文，別說了，再說一千句、一萬句也是一樣，憑你一句話我就心滿意足了。我……」

她霍地抬起頭來看我，一對炯炯有光的大眼睛發出神秘誘人的色彩，我被迷住了。她擺脫我的手倒退了幾步，靜靜地輕動手臂，身上的軟質遮蓋物一件件輕盈地落下。在十燭光的電燈泡下，她好像一尊愛神的化身，白皙透膩的原始裸像呈顯在眼前。

……………………………………

翌日，我回到故鄉。這個淳樸的村莊素來的寧靜和安適的氣氛被侵略者的瘋狂驅策而消逝無蹤了。一切生活起居都受統治者的控制和約束，諄厚的生意人、辛勤憨直的莊稼漢，連無知的牲畜都過著戰戰兢兢的日子了。

晌午時分，我的行囊一切準備妥當，還有空閒時間好在村中躑躅留連。明天天色一亮，說好聽點就要踏上征塵了。晚上母親為我烹煮一頓豐盛的飯菜，我的心情千頭萬緒，沒有半點餓意，為要減少家人們的煩心，勉強動起筷子吃了一碗飯。

「哥，你要去打仗嗎？」

國小六年級的小弟興奮的口氣問我。

「誰說的，不要瞎問，快吃飯啊。」

我大聲叱喝弟弟。聽起打仗就使我十分嘔心，到底打的是什麼呢？侵略野心滿滿的日本鬼子進攻祖國的一場戰爭，而我……

「不是打仗……那麼，去幹什麼呢？」

弟弟好奇地一再追問。我不睬他，轉眼看見一對老人家沒動筷子，默默地坐在長板凳上，不由地悲從心來。

「阿爸阿娘我真不孝，撫養我這大，還沒有替您做點事……」我垂頭愧疚地。

「說這幹嘛，你阿爸、我都不想要你來孝敬，唯一的願望是你能夠出頭天。其他都無央望什麼。」

連一本「三字經」都沒有唸過，目不識丁的一個愚昧村婦，一輩子為兒女辛勤勞碌，不求任何報酬，只求兒子出人頭地，這是多麼偉大的愛心？父親接著啟口說：

「阿文，我再說也跟你阿娘一樣話。去戰地事事要小心，自己保重身體啊。」

「我知道。阿爸、阿娘，您老人家免掛念好啦。」

母親已經淚水汪汪。平常嫺靜寡言的妹妹從頭至尾沒有說半句話，隨著母親嗚咽著。

「你們慢慢吃，吃飽啦，早點睡覺。」

父親把沒動過的筷子放下，輕輕摸著我頭髮，然後走進房裡去。這頓晚餐在家人離別的哀愁裡匆匆地結束。

第二天早晨，我們一群小伙子在家人陪伴下，集合在郡役所（區公署）前，依序報名，點呼之後便搭乘一輛專用大卡車到台南火車站前的廣場。在這裡再會合來自洲下各郡的戰友們。這天的台南車站異常的熱鬧。站前廣場、候車室、月台到處熙熙攘攘都是來送行的人潮。我一再不要家人來，可是玉霜阿姨和寒蘭早在站前的廣場候著我了。當我發現她們時，寒蘭的目光瞪視我一下後隨即垂下頭去，唯玉霜阿姨高高地揮手向我示意，因為人群擁擠始終無法接近我。由高雄開出的軍用列車到了，我們上了指定的車廂，誰都不明白被送到哪裡去。送行的人群一齊擠進月台來，寒蘭和玉霜阿姨也擠在那人群中，但離我座位的車窗還有一段距離。

「嗚……嗚……」

刺耳的汽笛聲長長地拖著尾鳴響，這隻「文明的黑牛」開始喘息蠕動，當局派出的憲兵、警察也以益加緊張的臉孔在月台裡維持著秩序。

「萬歲！萬歲！」

那裡的憲兵和警察示範似地舉手高呼萬歲，送行的人群也相呼應起來，潮浪般的紙旗不斷地揮動著。我目睹此情此景，心中起了無限的感慨。這一切都是虛偽的做作啊！啟口高呼萬歲，暗吞著流不盡的淚水，誰有真心歡欣送自己的兒子、兄弟、朋友，或愛人到無情的戰場去喪生？人生似戲，這句話說得太確切、太妙了。車站的月台正是一個人生的舞台了，這些人們都是可悲的小丑角色，正在扮演著可悲又可笑的戲呢。

「唧咚咚……唧咚咚……」

隨著噪急的車輪聲，前進的速度逐漸加快起來，寒蘭和玉霜阿姨的臉譜一直離遠去，漸漸地模糊不清了。

搭載我們的列車在台中站和新竹站停靠了兩次，收容更多和我同一命運的年青人，一路驀然直衝前進，到達終點站的基隆已是黃昏的時候。那夜，我們一千個弟兄奉命趕集碼頭，登上一艘御用船「新高丸」。要駛向何方？目的地哪裡？大家都悶在葫蘆裡。那是一個風高月黑的夜晚，除了風浪拍擊船肚聲外，一切黯沈沈、死寂寂。回首一望，港口的漁火依稀點綴著，市街的燈光比天上的稀星更渺茫。我不由地喊出一聲：再見！吾愛的。

第十六章

祖國．同胞

矇矓中醒來時，新高丸在一望無際汪洋大海之中。遙遠的水平線上浮現一輪紅紅的大太陽。一片波光閃爍，藍青海浪濤濤，一群海鳥展翅在天空飛翔，呈現一幅和平安祥的景象。這是大自然美麗的創意、上帝慈悲的期求。可是地球上醜惡的人類為求達到野心的滿足而逞威，在這煦光普照大地的一角落裡，正戰火漫天，違悖人道的姦淫、無情的殺戮、殘忍的擄掠等等，排演著人間最大的罪惡悲劇呢。假如沒有一個萬能的主宰者奇蹟出現，把人類的齷齪慾心滌除淨盡，否則這個世界未來的戰爭是永無止境地繼續發生。將近中午時分，船中發出第一道命令，我們一千個弟兄集合在甲板上排隊，聆聽指揮官的一席訓話。

「……諸君！我們今天成為皇軍的一員，能為天皇陛下捨生效忠是多麼榮幸的事。這是天皇陛下對你們本島人一視同仁的恩澤，願大家要有一死報國的決心……」

指揮官的聲音高傲而昂揚，隊員們個個嚴肅的臉孔，寂然無聲。

「哼！強迫從軍，好一個一視同仁，真是鬼話。」

我齒間覺得癢癢地。這個日人指揮官是陸軍中尉，身子高大、濃眉大眼、鼻樑下生著兩撇八字鬚，冷酷無情形象正象徵著整個殘忍日人的真面目。說話間偶爾撫弄著腰間的軍刀，好像炫耀著他威嚴似地。他續說：

「戰死沙場是帝國男兒的本懷，也是軍人至高的榮譽，為要完成這場聖戰，我們誓為皇國的干城……」

又來一個聖戰……這是日本軍國主義者一套的宣傳口號，這種堂而皇之的美麗謊言，會不知有多少日本青年受騙著了魔似地趕赴戰場，臨死時還撐著最後一口氣高呼「天皇陛下萬歲」呢。厚顏無恥的日本軍閥發動侵略中國的戰爭，竟大肆地狂喚著——為東亞永久和平，這場聖戰非打不可……。如此詭譎狡詐，這樣忝不知恥的東西……我狠狠地掃瞄著指揮官。他更叨叨地一再強調「大和魂」更吭聲誇耀「武士道精神」一番後，略降低嗓門道：

「現在可以明白地告訴你們了。我們這支龐大的隊伍名稱叫做『台灣農業義勇團』，我們的目的地是上海，我們在上海郊外一帶佔領區內，要來開闢一處廣大的軍農場，我們的任務是為前線的將兵提供新鮮的蔬菜，讓他們有足夠的營養糧食，提高他們的戰鬥士氣。我們雖然沒拿起槍桿上前殺敵，但是我們的使命非常重大，我們的一把鋤頭就是槍桿……」

聽了老半天，方得明白一切了。原來我們不是軍夫，不要到前線去運子彈搬糧秣當砲灰，真是謝天謝地，我大大地鬆了口氣。

新高丸緩緩地航行著，到了第三天的中午，大夥兒正在吃飯的時候，船中臨時發出警報，新高丸立即停航了的樣子，傳令兵匆忙跑來大嚷道：

「停止吃飯，全員避入船艙裡。」

究竟發生什麼事？大家都訝然面面相覷。然後一窩蜂跑進艙裡去。我暗忖，這艘運送船沒有兵艦護衛，萬一被敵方探悉受攻擊的話，只有死路一條。為什麼軍部這樣疏忽大意？也許，新高丸滿載的是台籍軍夫，反正日籍軍人沒有幾個，這批死掉了再徵多的是。也許，作戰上的判斷輕視敵方的威力……可是現在已收到警報了。能躲得過這場災厄嗎？

新高丸在茫茫的大海中進不進，退不退，也不拋錠，像失去舵的孤舟般飄泊了一夜，奇怪的在裡頭並沒有半點風吹草動，到了翌日早晨方接到解除警報的電訊，我們的船又啟航了。一股子的悶氣和不安，隨著船首衝浪的聲音一掃而空。我一躍登上甲板上深吸一口海風，這時候真切地體會到「一望無際」「萬里波濤」這些雄壯的字眼給人啟示的力量。自從出娘胎活了二十年，蟄居故鄉癡癡呆呆地虛度歲月，的確，我是井中蛙真不知大海的開闊廣大，自覺可憐又可笑。

經過七日七夜的航程，我們的新高丸終於駛進吳淞港了。停靠在碼頭，一批批下船登陸，我第一步踏上祖國的泥土。噢！祖國喔。我無時無刻嚮往的祖國，我夢裡縈懷的祖國！終於看到您了。剎那間有一股難以言喻的喜悅和自相矛盾的感觸交錯湧上心頭。放眼望去，離碼頭不遠的地方，一尊被炸毀的礮台剩下半截在陽光下黑黑發亮讓人憑吊。那就是聞名的吳淞炮台吧。這一帶沒有看見一個中國老百姓，兵！兵！兵！所有的全是日本士兵，沒有國人的國土，第一眼看見的祖國就是這樣悲戚的現象，不禁心酸了一陣子。

上了軍用大卡車，排成一列長蛇陣向目的地前進，一路上滿目瘡痍，廣披萬里的河山一片蕭條，到處人煙稀疏、田野荒蕪，戰壕、碉堡比比皆是。啊——這就是受難的祖國一幅淒涼圖。

車輛轆轆不知走了多少路程，已經到達了目的地的江灣了。我們的營舍就在轄區內的一個小村莊名叫「夏家塘」。大約三、四十戶的小聚落，弄得面目全非四處殘垣破瓦雜草叢生，大小民房蒙遭砲火的洗禮呈現七零八落，殘骸纍纍，令人不敢卒睹之感。由江灣至大場二鎮之間，一帶平野宛若無人之境，荊草苒苒、茅葦萋萋，顯出荒涼殺伐的景象。也許，這裡的壯丁都為了衛國殺敵上戰場去了。剩下來的婦孺老幼躲避戰火成了難民，不知流落何方。

下車後即時編隊，我屬第一小隊第八班，同班的弟兄都是老同鄉。住進了營舍，這天全員休歇，第二天開始作業。各人拿著大鐮刀向廣漠的荒野進軍。我們這大批的侵略者以新主人的姿態出現，也像拓荒者披荊斬棘，孜孜墾開了一大片土地。一個月後由台灣運來了五十頭耕牛來助陣，「江灣軍農場」於焉形成了。

大陸的初夏北風習習，朝夕還有些微涼意，可是日頭當中的時候，還是酷熱迫人，工作時每每汗流浹背。沒有做過粗活的我來充當莊稼漢的角色，是件很艱苦的差事。不過比起在第一線受砲彈洗禮、和死神搏鬥、不眠不休地搬糧食、搬子彈的軍夫們來算是天大的幸運，而且我這個反叛的小皇民，壓根兒不願為日本天皇陛下效忠，工作不費力，偷偷懶懶地，不知情的弟兄都譏笑我是天生的懶蟲。白天工作，晚上大夥呆在營舍裡頭聊天、下棋，有的玩起撲克牌「打拿破崙」來。這些玩意兒是班裡「小韓信」發明的傑作。「小韓信」的本名叫做莊玉林，他機智且具有小天才，當大伙兒空閒時無所事事，覺得生活枯燥無味，那時候提出棋子教我們消遣的就是他。他撿拾一些磚瓦磨成圓片，上面刻上將、士、象、車、馬、炮字樣，棋子製成後，又在床版上畫個大棋盤讓大夥玩起來。後來為了製作一付撲克牌更費苦心。他拿信箋一張張合糊起來，然後裁成五十四張牌，牌面的圖案畫得精采別緻，牌裡的黑桃、紅心、黑梅、紅磚都且不說，他畫的十八世紀歐洲的國王、皇后、水兵真是維妙維肖，十足發揮他天才的本色。因此我恭送他這個「小韓信」的雅號了。這是引自漢朝名將韓信在軍中設賭振作士氣的故事而來的。莊玉林被叫小韓信笑逐顏開沾沾自得呢。

有一天，友永小隊長帶來了令人興奮的好消息，團本部發令准隊員每逢星期天可以請假外出了。能得去江灣、大場、上海逛逛街了。聽說江灣有酒家，大場的茶館是有名的。上海是國際都市，嫖賭玩樂應有盡有，難怪大夥兒弟兄樂得不可開交，恨不得明天就是星期日，好來擺脫軍中枯燥無味的生活，出去街市遣散無聊、開開眼界。消息發佈後的第一個星期日那天，一大早小隊長室前大排長龍，爭先恐後地請假報名領取一張外出證。江灣、大場可以個人自由行動，但是上海即須團隊有人領班。所以大夥兒弟兄都一窩蜂湧到江灣去了。這個鄰近上海不遠的小鎮江灣——一條彎曲不整的街道，兩旁的人家店舖高矮參差不一，大小房屋傾塌荒廢不堪，偶爾有一、兩家能屹立著，那是稀少的鋼筋水泥造二層樓房。但躲不了戰火的災厄，砲痕纍纍、槍瘡歷歷，足證這裡是上海防衛戰的第一站，曾經發生過何等激烈的戰爭。鎮內處處挖掘了長長的壕溝，佈設碉堡，想起一年前，國軍的健兒們為國家、為生存奮勇抗禦敵人來侵的情形歷歷浮在眼前。這時候，我的思維突然惛惘停頓，感情陷入極度矛盾狀態中。回顧自己身上的日本軍裝，這是一種諷刺，是一種不可原諒的矛盾，心坎裡一股酸澀的無奈感久久不能拂去。

由於日本戰地司令官在佔領區內貼出告示，呼籲善良百姓回來安居樂業，又派出宣撫班到處宣傳，避難流浪四方的住民陸續回到自己的家園來了。幾家破碎不堪的店舖，經主人潦草修整後重新開張，南北貨店、茶肆、理髮鋪等各行各業競相做起生意來。鎮中一家比較完整的水泥建築物早被一個日本浪人佔為私有，略加整頓裝潢後掛出一塊「江灣食堂」的招牌大肆營業。我抱了幾分好奇踏進了這家食堂。寬敞的室內設備非常簡單，長方形的木桌，配以長板凳子，排得整整齊齊。也許是星期天，三排桌都擠得滿滿的，客人清一色的日本士兵，我們農場裡的幾位弟兄也捷足先登混在那裡。使我驚奇的是七、八位中國姑娘輪流地接待著客人。看來年紀很輕，大約十七、八歲左右吧，站在櫃台的會計小姐也是中國女人。她年紀稍長，一對烏溜溜的眼睛甚為迷人。這群服務生一律藍色旗袍，輕妝淡抹沒有半點俗氣，可見是來自鄉下的姑娘。後來聽說，這些姑娘們是被日本浪人老闆強制拉來的。雖然老闆還有一點良心，月支五元的薪金。但誰都很不願意幹這種半妓女生涯。因為這裡的客人統統日本鬼兵，生性殘忍好漁色，一進來就是毛手毛腳、滿口髒話也無人敢去得罪他們，只好笑在嘴裡，苦在心裡，勉強忍耐應付了。幸得憲兵隊有時也派員出來巡邏，雖然飽受輕薄，卻免遭鬼子的強暴就算得不幸中之大幸了。

客人愈來愈多，室內一片嘈雜的嬉笑聲使我無法忍受，把半杯的生啤酒一氣喝完匆匆地走出來。回程走了一段路，倏地想起一件事來。自從踏上祖國的泥土那時候起，都一直想和當地的同胞們多接觸，學習中國話和他們多溝通感情。可是一到營地軍規甚嚴，不許自由行動，沒有機會可來實現我的願望，現在機會有了。要在那鬼食堂嘔氣，倒不如到中國人部落走走，打定主意，步伐自然輕快起來。沿著河邊的小徑不回營舍，朝向大場鎮那邊走十多分鐘路，已至一造小巧的石橋，仔細一看卻刻著「嶺南橋」，斑剝不堪、模糊不清了。曾聽過伙食班長老張說，經過這造橋向南走兩小時就到「八字橋」，離上海閘北不遠，那裡有著宏偉壯麗的「聯義山莊」。所謂山莊者就是墓地，上海人死了，就要購地埋喪，因為這裡沒有公墓，可能全國什麼地方都沒有，這樣落後的社會令人吁嘆不已。上海近郊這門生意一枝獨秀大發利市。

越過石橋，踏著紅色泥土小徑踽踽而行，走了一段路我發現前面有人，一男一女的模樣，好不容易遇到祖國的同胞，碰面時我一定好好跟他打個招呼，這樣想著，加快了步伐向前走去。這時意外的事情發生了，他們一發覺我，好像遇見鬼似地大嚇了一跳，驚惶失措亡命也似地跑入樹林裡去。我非常訝異，這是為什麼呢，等我冷靜思考後得到的結論是，他們以為我是日本軍人。我們外出時嚴令服裝整齊，整套日本軍裝的我在他們的心目中是兇神惡煞，所以慌忙避之三舍呢。難怪中國同胞謂日本兵曰「東洋鬼子」，日寇在中國大陸如何殘虐霸道由此可想而知。

蜿蜒的小徑兩旁樹木密萃，枝葉蒼蒼遮蓋了天空，好像沒有太陽的地方。我抱著一個似惆悵也像惻隱的心走在陰暗的泥土上。沒有時間的辨別，也不知走了多少路，直至路樹中斷了，終於來到聯義山莊的大門前。強烈的陽光一時使我眩暈，我佇立在陌生的鐵門前。抬頭仰望，高聳的牌樓是經石匠雕琢過的石塊砌成的，兩旁連接著磚牆圍繞四周，佔地非常寬闊，幾乎上百甲之譜了。瞭望莊內有涼亭假山、小河石橋，環境優雅，尚有巍峨廟宇隱約可見，極似觀光勝地一般。牌樓下面唯一的出入口處鐵門緊閉著，而且下了個大鎖。這個紅漆鐵門已處處落漆生鏽了。也許，無情的戰火波及，這裡的主人疲於奔命，無人看管任其風雨侵蝕的緣故吧。鐵門上懸掛一塊長木板，寫著「日本人小原榮次郎佔領」。多麼絕！我想這是極惡非道的日本浪人精心的傑作吧。日本軍閥佔領中國的城市鄉鎮，日本浪人竟把這靈魂的安息所「山莊」也給佔領了。日寇的侵略使千千萬萬的生靈塗炭，連無辜的鬼魂都蒙受無限的侵害和困擾，這種無法無天的作為真是令人髮指。

中國人啊，中國人！奮起吧，奮起吧！這麼慘大的國恨家仇無報豈肯干休？

我正在慨嘆呼嘯著，這時對面一家低矮的木造民房裡，傳來沙啞的咳嗽聲。把視線移轉過去，由昏暗的門角裡走出一個人影來。瘦黑的肢軀披著藍色粗布衣，彎腰曲背的矮個子，蓬髮垢面，兩隻低陷的眼眶發出異樣的光芒一直瞪視我。那是充滿了敵意的神情，不由地全身起了慄寒。我聯想起「鐘樓怪人」裡那佝僂來。稍時後，我鼓起勇氣走近老人，十分慇懃地打個招呼。

「老先生您好。」

「……」

佝僂老人本能地倒退了一步，目不轉睛的瞪住我。為要舒解他的敵意，我刻意顯出十分友善的態度裝著笑容。我這番努力沒有奏效，老人仍然無動於衷冷漠漠地。他的眼神籠罩著重重的疑雲，很顯然的存著深刻的憎恨和戒懼。我感到灰心又尷尬。難怪嘛，我這身打扮在他心目中是個可憎的日本兵，是他們不共戴天的可惡敵人。我怔了老半天不知如何是好。

「老先生別怕啊，我不是壞人……」

我恐怕他聽不懂，比手畫腳地。老人仍然三緘其口不吭一聲。我有點急了。

「吔！……不要誤會，我不是東洋鬼子，是……台灣人。」

我索性撿起一支柴枝把台灣人三字寫在地面。老人的臉微動了，他的目光追索著地面的字，終於詫異地顫動唇角輕微地唸出來。

「台……灣……人。」

可是他的發音是「提……喂……菱。」我知道，這是他們的地方鄉音。我忖量著，他已瞭解我是台灣人，並非他們憎惡的日寇，我們可以開懷暢談了。

「是的，我是『提喂菱』，儂明白啦。」

我略鬆口氣移步接近他。但出乎意料之外，令人驚奇的一幕出現了。佝僂老人一瞧我挪動身軀，煞地全身發抖慌忙縮退了幾步，一隻腳已跨過門檻去。

「不要進來……，阿拉家裡沒有姑娘……」

一聲悽叫也似的猛嗅令我怔住了半天。

「老先生我……」

「不……不……阿拉啥東西也沒有，阿拉苦來西啊。」

「老先生……我是……」

我進一大步想和他解釋什麼似地。

「儂……儂……若強進來阿拉就殺……」

那是嚴厲的、悲切的，由肚子裡拚力發出來的絕叫聲。

這像無限的怨懟和抗議的哀號，宛若六月雷霹般重重地震撼我心田。

我思索了好久，終於想通了。

——沒有姑娘……沒有啥東西……原來中國老百姓對日本兵的第一印象就是姦淫和搶劫。中國人痛恨日寇的心亦其來有自，這個怫恙難能拂拭了。凡是大漢子民誰能對日寇的殘暴橫行無不痛心蝕骨同仇敵愾呢。我頭一遭由佝僂人的口裡聽到受盡苦難的同胞發自內心無奈的心聲。

從八字橋回來之後，整個一星期日夜戚戚難安。檢討那天的尷尬場面，被路人視如鬼神般敬而遠之，又遭佝僂老人執惡如仇怒責一場。究其原因實在因我身著軍裝呈現日本軍兵的形象所致，語言未能暢通也是最大原因。基於這點認識，我焦急著學習祖國語言，便托老張到上海書店弄來一本「支那語會話」，認真地研習起來。老張是伙食班長，由於身分特殊趁得領取糧秣的機會順便開溜上海逛逛。這天他更帶回一本書名「未死的兵」的小冊子，是日本名作家石川達三的從軍報導文章，內容大膽地暴露日軍在佔領區內許許多多慘無人道的所作所為，閱後真是感慨萬千。戰爭與姦淫是拆不開的最大罪惡，戰勝軍在佔領區內就是暴君，就是一切的主宰者了。在這裡沒有天理、沒有良心，也沒有法律，更沒有道德可言。「反抗」二字早在他們戰勝者的字典裡被抹煞掉，一切順我者生，逆我者亡的原則支配下，億萬無辜的百姓們為生存只好認命忍辱偷生，苦度暗無天日的日子了。

第十七章　逃亡七十分鐘

軍農場第一期的農作物順利地栽種成功，採收工作將近迫在眼前，大夥兒又再忙碌起來。眼看一大片綠油油的菜圃，一大群弟兄都樂融融喜在眉梢，可是我的心愈沈重，莫名所以的煩躁無地發洩，整天悒悒不寧。身為皇軍的一員，而壓根兒憎恨、詛咒皇軍……被這種矛盾的苦悶熬煎了一陣子後，終於尋到了一種自我解慰了。不知什麼時候起，一些祖國同胞進入我們的生活圈子裡來。那是跑單幫的剃頭匠到營舍來招攬生意，揹個小木箱，挪一架木頭椅，隨時隨地開始營業，理一個平頭兼修臉僅收一毛錢，既省時又便宜，很快地受到大家的歡迎了。跟著亦有兜售日常用品和零食的小販隨之而來，這是件意外的驚喜，我趁機多去和他們接觸，比手畫腳地窮聊起來。

「先生，儂講……台灣人，台灣人跟東洋人（日本人）有啥不同？」

一天中午飯後，剃頭匠老程鄭重地問我。我請他理髮已是第三次了。每次我誠懇地和他交談，所以我們之間已經沒有什麼芥蒂了。

「當然不同啦，台灣人是台灣人，東洋人是東洋人，儂曉得嗎，台灣人也是中國人啊。」

「儂胡說。」

老程以為我在撒謊，睜眼盯住我。

「真的，儂不相信？」

「那麼，儂為啥當東洋兵？」

「我們不是願意當的，是被強制抽來的，沒法子……」

我心裡很納罕，所接觸過的這些中國同胞大多不明白台灣和大陸的血緣關係。也許這裡國民教育落伍，許多鄉下人知識水準太差的緣故。我費盡了一番口舌，講解甲午戰役的歷史故事給老程聽。

「噢，原來是這樣……」

從此老程對我有了信心，一切戒懼都雲消霧散，遂成了我無二的好友。

經過一陣子忙碌採收工作後，本部又發令大放星期假了。這天我報名參加團隊遊覽上海市街。早上八時許，我們分乘由部隊調來的大卡車，經江灣鎮直駛上海市。這輛武裝遊覽車在公路上緩慢地滑進著，開心的隊友們都哼起軍歌，路人皆投以奇異的眼光目送我們。不多久進入市區，在一幢灰白色的水泥建築物前停住了。領隊的友永小隊長令我們下車，這是北四川路日本海軍陸戰隊的本部，屋頂上血腥的太陽旗隨風飄揚著。被皇軍占領下的共同租界，除這北四川路和虹口一帶比較熱鬧外，其他大小馬路都是冷清清靜寂寂地。誰都不敢相信這就是繁華的國際都市上海呢。在友永小隊長的引導下逛了幾條街後到了虹口，這裡是日人集中地，形同日本租界一般。在這界限走動的全是日本軍人、商人、浪人……偶爾看見穿著和服的女人。友永小隊長說要看早場電影，到了一家劇場（戲院）前，看看腕錶正是十點半。我們進入戲院時已在上映著戰爭紐司片了，銀幕上映出皇軍大隊浩浩盪盪地進入一小城，城裡的店舖民房都砲痕斑斑，遠處樓房火煙濛濛。我不忍卒睹祖國這種淒愴的景象，緊閉雙眼沈陷在極端的哀傷裡。倏地，我的悲憤起了一種反抗作用，腦海裡泛出一個異想天開的念頭。記得鄰居朝叔仔有個外甥在上海，何不利用這個機會逃亡尋找他，永遠脫離這鬼皇軍的隊伍……打定主意，我靜靜地離開座位上廁所，在昏暗中轉身溜出戲院外混入馬路的人群裡。心臟像擂鼓般「トト」響個不停，恐懼和不安驅使我的腳向前直奔。沒有事先妥當的安排，剎那間靈機一動的逃亡計劃付諸實行，多麼鹵莽無謀……萬一失敗被抓回去的時候將會變成怎麼樣？這種憂心忡忡的絕望感由心底湧上來。但這是短暫的一刻，隨而一個信心使我忐忑不安的思潮平靜下來。

——奔吧！奔到法國租界霞飛路，朝叔仔的外甥黃永川不是住在那裡嗎，到法租界尋到黃先生就得到自由安全了。可是人地生疏，茫茫大上海，法國租界在哪邊？能否順利地尋到黃先生還是未知之數。反轉起伏的思維使我的步伐緩慢下來。「嘟嘟！」刺耳的汽笛聲驚醒我散漫的精神，原來，我獨自踱步在馬路中央，一部黑色的士及時剎車在我面前。我示意急忙跳上車，司機是漢服的中年人，胸前縫貼著一塊「善良民證」的黃布。他訝異的眼光直視著我，然後很禮貌地啟口了。

「先生要到那兒去？」

司機竟以流利的日語詢問我。

「法蘭士租界。」我急切地答道。

「法蘭士租界？……」司機驚愕的神色反問。

「怎麼？到法租界不行嗎？」

我氣急，竟提高了嗓門使他嚇了一跳。

「行！行！法租界去就是。」

瞧他一副訝異狀，我覺得很不可思議。司機踏油門，車子向前疾走了。我著急了，這不是回原來處嗎？

「喂！喂！我要去法租界，你怎麼搞的……」

我氣急敗壞地怒吐了一聲。

「阿拉曉得啊，先生！」

司機並不在乎我的焦急，慢條斯理地，竟說上海話回答。對司機這種油條，我內心很氣憤，暗忖，我是不是搭上賊船，是不是他已識破我的逃亡行動，要把我送交日本憲兵隊不成？正在疑慮間，車子已到一個交岔路口，一轉彎，再拐一個角後向前直奔了。原來是我過份緊張的猜疑，我暗自失笑。不多時車子已駛近黃浦江畔，隨著速力也緩慢了。

「先生，前面是白渡橋，那邊就是英租界啊。」

司機好像在提醒我什麼似地。

「我要到法租界去，你說英租界幹嘛？」

「是的先生，過英租界便是法蘭士租界呢。」

「喔！是嘛……」

我有點臉紅，一路上頻頻的失態感到慚愧。車子接近橋頭時剎地停了，這裡有日軍的哨崗，四個警備兵荷著槍兇巴巴地把車子包圍起來。我不免嚇了一跳，兩個裹著憲兵腕章的士兵靠近車窗掃瞄我一眼，厲聲喝問。

「哪裡的部隊？」

「花烟部隊熊澤隊。」我喚出所屬部隊名。

「到哪裡去？」
「法蘭士租界。」
「法蘭士租界？」
憲兵又說著，那訝異的表情和剛才的司機一樣。
「到法租界幹什麼？」
「訪友。」
「不行，你不能去。」憲兵很冷漠地。
「請幫幫忙，我是台灣義勇團，有要緊事，請准我去。拜託拜託。」
這時我像熱鍋中的螞蟻，內心非常焦急，無論如何非通過這一關不可，否則一切就完啦。我卑屈地哀求說：
「伍長殿，千萬請准我去一趟，是台灣帶來的重要事情非傳達友人不可，請情開一面准我過去，拜託。」
「這……不是准不准的問題，因為你不明這裡的特殊情形。告訴你，這條河為界，那邊不是皇軍的勢力範圍內，無論英租界、法租界都一樣。現在支那的遊擊隊猖狂，都潛伏在那邊，日本人過橋一步便有生命的危險，尤其你這身軍裝打扮，很難躲過他們的目標，允死無生，明白了嗎？」

這位憲兵伍長改換了幾分溫和的口氣諄諄地說。我一時愕然，原來租界這麼複雜，司機問明我去向時，躊躇訝異的原因就是這點了。我滿頭被潑了霧水般茫茫然，進退兩難不知如何是好。——糟啦，要怎麼辨？我猶豫不決了一會，終於堅定決心再度懇求說：

「伍長殿，我明白了，可是我……真的非去不可，也許有點冒險，但我都不在乎。求求你，請准許我去，事情辦妥我會馬上回來的，拜託您。」

「你這廝……」

這時另一個上等兵不耐煩似地怒喝我一聲。

「吧卡呀囉！真是開玩笑，奇沙馬，活得煩啦，人家是出於一片好意的，混蛋！馬上滾回去！」

上等兵破銅鑼似的粗腔使我茫然自失，一個美麗豪邁的幻想被搞破了。

「識相點，白白去送死是不值得的，回去！這是命令，馬上回本隊去。」

伍長的口氣仍然溫和，但非常嚴肅地說出「命令」二字。

——完啦，既是命令，照軍規絕對沒有反抗的餘地，祇有服從一途，再囉嗦一句反會惹上麻煩了。

「是！我回去。」

我舉手行個軍禮，命司機回頭。像木頭人般呆呆地伺候在駕駛台的司機，方始吁了一口氣問道：

「先生，回那裡去？」

「虹口。」

「虹口啥地方？」

我一時愣住了，因我連那家戲院都搞不清楚，教我怎麼說好呢。

「那……那家上映日本電影的戲院，曉得嗎？」

我籠統地這樣說。司機的嘴角泛出會意的微笑，輕鬆地踏著油門。這時我心急如焚，逃亡的幻想破滅，只有歸隊一途，但若不及時趕回生出破綻，後果是不堪設想的。最輕也會受到無故離隊的處分去嚐嚐「重營倉」的滋味。

「喂！開快一點，火速火速！」

我焦躁地催促著，幸好這個司機好似看出我內心的焦急，加速了馬力很快地送我到戲院來。我感激他的合作，抽出一張五元的軍用票給他。看腕上的錶已是十一時四十五分，這一程往回蹉跎了大約七十分鐘，一場盲目無謀的，幾乎滑稽的逃亡行動就此結束了。

忙急再購一張軍人半票匆匆地滑進戲院裡面，感謝老天庇佑，這場電影尚未映完，我暗中摸索到原座位悄悄坐下來。

「喂！你到那裡去啦，走私？」

我一恍，原來是後排的班長黃子哲，他把我後背輕輕一撞細聲問著。我著慌支吾地撒了個謊。

「沒……沒有啊，上WC嘛。」

「胡說八道，鬼才相信，你一次方便竟逾一個鐘頭。」

我聽班長的語氣有點搭訕的味道，頓時放心了許多。

「弄壞了肚子嘛，而且順便睡了個小覺。」我訕訕地。

「壞話！」

班長輕啐我一句，接著傳來「嘻嘻」的竊笑聲。

抑鬱的日子過得那麼倥偬，終日惘惘不能自拔，農場內一畦畦的菜圃呈現新生蓬勃的氣象，相反地，我內心情緒一直消沈，當大夥兒興高采烈的趕著收成，來自各地駐軍部隊的大卡車來到本部出貨場時，我就感到一股難以言喻的嫉妒和不甘的怨尤。波菜、山東白、紅白蘿蔔、甘藍等，這些新鮮的蔬菜是我們這班台灣青年辛勤流汗的成果，卻眼睜睜看著被地獄派來的鬼卒們一車車地載走……想到這，不由地一口充滿憤忿的血都要噴出來。

前些日子，我為要反抗、不屈服、不妥協的心理作祟，刻意怠工，暗地裡阻礙作業的進展，甚至到各班遊說煽動罷工，這些努力都是枉然。沒有人敢來響應，沒人理睬，空說白話，真是孤掌難鳴。我失望、氣餒了，但又能怪誰呢。說他們沒氣節，個個貪生怕死……也未必是對的，被統治者愚民政策訓育出來的台灣青年有幾個能深明民族大義呢。而且處在嚴格的軍律之下，誰願冒險來幹這滔天大罪的勾當。於是隊友們都異口同聲說我瘋了，瘋人瘋話──沒有人把我當作正經一回事，也正因為如此，也沒有人向上面告發檢舉我，才能得安然無事了。

自從上海逃亡失敗之後，我的日常舉止愈陷消極，我們雖然不是正規軍人，但是名義上仍是皇軍的一員，竟為皇軍賣力作事，這使我如背荷千斤的枷鎖般牢牢壓在心頭。自卑感和強烈的罪惡感交錯盤旋著，逐漸地懷疑自己的存在價值了。精神極度的頹喪墮落，自暴自棄的情緒使我日常一切起了變化，隊友們都以驚奇和藐視的眼光投向我，被指為瘋人、危險人物、狂妄的叛徒……從此一個個一直疏遠我、忌諱我，如見鬼神般極力敬遠我了。

我變成孤獨，變成一個異端者，好像活在世界的末端度著虛無的日子。在這灰心絕望的逆境裡極力掙扎著、苦悶著，有時在夜闌人靜萬籟無聲時自怨自艾著。

——這樣怎麼行，男子漢能屈能伸，難道這些打擊就毀滅你前途嗎？林文啊林文！你未免太懦弱了，振作啊！你豈不是不甘屈服帝國主義者的淫威嗎？你又何不是認歸祖國而來的嗎？瞧！祖國大半河山被敵人鐵騎蹂躪過了，億萬同胞陷入水深火熱的地獄裡了。你雖卑微渺小，不能為祖國獻身幹個轟轟烈烈的事情，總也該替受難的同胞微盡一點心力啊。瞧啊！那麼多被飢寒煎熬過，面青肌黃的老老小小同胞在你身邊蠕動……

不知什麼時候起，農場附近的村落住民趁著我們進餐時刻陸續趕集營舍來。老的、小的，個個衣衫襤褸，身軀瘦弱，顯著極端的營養不良。一瞧便知道他們是從飢餓邊緣掙扎過來的一群。他們手拿不同的簡陋容器，為的是要來乞討殘飯菜湯之類，當初那些鐵石心腸的日人小隊長都執意不准給與，經我幾番懇托，終於勉強准許了。這個消息不徑而傳，各村落的貧民成群結隊蜂湧而至，每當三餐時營舍前就被這群變相的乞丐包圍住，呈現一幅異常熱鬧的景觀。後來狡黠的日人小隊長還不願給這些中國難民佔便宜，便命令伙食班長節省米糧炊飯，結果我們吃飽後所剩無幾了。因此造成供不應求的現象，很多中國同胞又遭三餐難度的厄運。這使我非常痛心與無奈，經過一番深思熟慮後，想出一條彌補的途徑。於是我白天跟隊友們上農場敷衍工作，夜裡等到更深人靜時悄悄地脫離營舍，躡足溜進農場竊取一些菜類帶到附近村落分發給住民，這個秘密工作繼續著。一戶又一戶，一村又一村，輪流分發了一段時間，雖然僅僅一點點小惠，對陷在極端貧窮苦難中的中國同胞而言，是件功德無量的好事。

「林先生，儂真是大好人，謝謝儂！謝謝儂！」

「不要這麼說，我曉得，你們太苦了，這些小小東西別隨便吃掉，曬乾留起來，慢慢用得著……」

「是的，是的，阿拉會……」

看他們真心感激的樣子，這種笑容不知隱藏他們的心坎裏有多久了。我覺得十分安慰，心情也輕鬆了許多。祇要你有心，在這裡要做的事多得很，何必想那無謀的逃亡計劃呢，由這小小行動，我得到了無限的信心，再也不消沈了。

第十八章

小隊長與我

早晨六點起床的號角一響，大夥兒齊由被窩裡溜滑出來。且像電動機器似地有規律捷快整理床鋪，然後洗臉漱口，這些動作僅在五分鐘內完成，而後排隊等候小隊長來點名，這是經過這段時間的軍營生活訓練出來的日常早課。

這天，例行點呼過後，友永小隊長面有慍色地宣佈了本部的訓令，他說：

「現在要報告一件很不愉快的消息。也許諸君都已明白，近來有不法支那人乘夜間侵入農場竊取作物，被害範圍多屬本隊區域內。這種糗事偏偏發生在本隊裡，使我們蒙著一層極不名譽的污點，這是非常遺憾的事情。本部已發出指令，大家詳細聽著……」

小隊長掀開一張令箋朗朗地唸起來。

「即日起各隊應成立警備班，夜間輪流巡邏農場確實戒備，如發現宵小不法之徒一律逮捕送部究辦，倘有循私姑息者，經查出一併同罪論處。再者，各隊每天三餐剩餘食物一概嚴禁給與支那人，並禁止支那人出入營舍，不得與支那人有任何接觸，違者以抗軍令論，嚴究不貸。」

他又補充說：

「從今天起凡是支那人須向特務機關或憲兵隊領帶『善良民証』，還有本部發給的通行証方可自由進入本營區，大家要特別注意，明白了嗎？」

我暗暗發笑，所謂「宵小」「不法支那人」不是我又是誰？我應該及早想到這點，終於有這麼一天。自從農場作物被竊的跡象日漸明顯起來，隊裡各班都七嘴八舌紛紛議論，班長就把被害情形報告小隊長了。在小隊長室裡臨時開了一場會議，除了台灣人籍的第四小隊長李新科始終保持沈默外，其他三個日人小隊長都為因應措施提出很多意見，但感事態嚴重，誰也不敢自作主張，最後還是呈報本部候命處理了。其實我已在幾天前就覺察到出了紕漏，早已收腳斂跡按兵不動了，現在本部才匆促下令巡邏捉賊，能抓到鬼才怪哪。可是令我痛心的是由這事件所引起的不幸後遺症，剩餘食物禁止給與支那人……這無非是對中國難胞一道無情的索命符似地。都是我惹來的禍，我竟弄巧成拙給他們引帶來這麼大的損失和傷害……鼻酸了，心也痛了。因我親眼看到他們將乞討來的殘飯視同命根寶貝般不甘隨便吃掉，還用清水洗開曬乾做飯干保存下來。日後慢慢地再煮成稀粥，一家大小口平分平吃在渡日，目睹這種人間悲慘的生活，任何鐵石心腸的人都會為之一掬同情之淚，何況……但殘忍無人道的日寇狠心地不管中國難民的死活，竟連這點給他們苟喘殘息的機會都給剝奪了。我很自責，我不殺伯仁，伯仁卻為我而死，早知今日何必當初呢。我十分懊悔、慚愧，真是無地自容。於是我決心不惜任何代價，寫一份陳情書呈請本部懇求他們收回成命。內容是把附近一帶中國居民的慘澹生活情形一一陳述外，還提及皇軍聖戰的意義加以檢討，並強調人類共存共榮的真諦和人道精神等等拉拉雜雜寫了一大堆。三天過了，我日夜憂心忡忡期待著有個回響，雖然凶多吉少，我總是期待著。這種坐臥不安的日子真是不好過，那天中午飯後，我獨個人走到營舍外的一棵大樹下翻閱著一本小冊子。那是老張由上海帶回來的「未死的兵」。卷頭序說：這是日本當代名作家石川達三的從軍報告文章。他基於人道主義的立場，將在華中一帶戰場所見所聞的事實一一把它記錄下來。內容包括日本士兵的從軍經驗和在占領區對華人老百姓的所作所為等，完全暴露了日軍的殘忍生性，極盡姦淫、擄掠之能事。本文原刊載於日本權威雜誌「中央公論」，石川因發表這篇文章被日本東京警視廳逮捕定罪下獄云云。讀後我真是感慨萬千，我知道日本當局抓了許多從軍作家寫了一籮筐的聖戰文學，殊不知日本文人中竟有這樣可敬的「大傻瓜」存在。正在喟嘆著，這時友永小隊長無聲無息地走近身邊來。

「林君，你在看書嗎？」

我嚇了一大跳，忙急立正行個禮。

「是的，小隊長殿。」

「不要那麼拘謹，我想跟你聊聊，到小隊長室來。」

他的口氣溫和中帶有壓人的命令句調，看樣子他並不在意我看的什麼書。我略鬆了口氣。這個身材矮小的傢伙生了一對機警而狡猾的鼠眼令人厭惡，平時那氣勢凌人的一派長官臉孔更使人無法忍受。他和我是同郡（北門郡）出身的，在故鄉時，聽說是水利組合的臨時雇員，到這裡來搖身一變當起第一小隊長來了。腰間佩帶的軍刀長過他的下半身，一不小心鞘尾碰撞地面就「卡拉卡拉」作響，卻也十足的威風。

「請吧，你先坐下。」

進入小隊長室，他很和藹地指著壁墻邊的椅子。我覺得非常意外，說要和我聊聊，難道跟陳情書有關？為什麼他這麼友善？我懷疑他另有企圖，所以特別提高警覺。

「謝謝，小隊長殿有何指教？」

「喔，沒有，沒有什麼特別事情，只因為我們是老同鄉嘛，隨便叫你來聊聊。」

「多謝您的關懷。」

「坐啊，這裡沒有別人，不要拘泥什麼，好啦，來，抽支煙。」

我們隊員配給七星牌，他們卻是櫻花牌的上等貨。我不客氣地抽取一支點火。

「櫻花牌果然不錯。」

我吸了一大口這樣說。他苦笑了一下問道：

「怎麼樣，常寫信回去嗎？」

「沒有，很久不寫了。」

「為什麼？是不是有愛人，我檢閱書信時，好像看過你寄回台灣的情書啊，哈哈哈。」

「那是以前……」

被他一提情書，倏地想起寒蘭和玉霜母女，不覺心中起了一縷惆悵的慕情。

「我看你文章寫得相當不錯，在故鄉時是幹什麼的？」

「沒有啊，是一個無業游民。」

「哈哈，你開玩笑，瞧你文質彬彬的，到這裡來，工作覺得很辛苦吧。」

「初來時有點……但是現在習慣些了，不過，過分吃力的工作還是不行。」

「嗯，這倒是實話，說真的，依你日常工作態度看來，實在令人不能滿意，本來嘛，要大大矯正矯正，不過看在同鄉的分上，我常常放你一馬，明白嗎？」

「我明白，謝謝小隊長。」

「沒有關係，不過，這裡工作雖然有點苦，可是你想到前線的將士浴血奮戰的犧牲時，我們這些苦還算什麼。」

「是的，我們還算太幸運了。」

「你有什麼困難嗎？」
「沒有。」
「不要客氣，有的話儘管說，我會儘量幫忙你，老同鄉嘛，一起來到了戰地，我們必需互相照應才對。」
我很清楚這個狡黠的傢伙，口蜜腹劍，不知肚子裡藏什麼鬼胎。
「是是！班裡的弟兄們都齊聲說，幸得我們北門郡出身的有個偉大的小隊長，所以大家沾了不少光呢。」
「哈哈，大家若明白我的心意就好，可是林君，過去好像對我印象不太好，怎麼樣？」
他用那討厭的眼光輕輕掃瞄我，好像在企圖透視我心底般。
「哪兒的話，請您不要誤會，因我不善交際，沒有人緣，以致小隊長您有這麼感覺。請海涵。」
「是嘛……好了，我們來談別的，喔！對了，最近農場發生的事，你作何感想？」
他把話題一轉便推到核心來，我內心暗暗一愕，從容不露聲色。
「小隊長您是說……」
「我說竊菜賊呀。」

「噢，我覺得這事件很有趣，這個賊也未免太無聊了。」

「怎麼說？」

「以常理說，盜竊皇軍的物資這個罪名非同小可，豈然他竟敢冒這大不韙的罪來作賊，為何又這麼小氣呢？據我了解一夜之間失竊的數量是……不過甘藍四、五棵、蘿蔔七、八條……您想想看，要是自己吃嘛，用不著這麼多，要是把它賣了，那又值多少錢？這使人有莫名其妙的感覺，所以我才說是個無聊賊。」

我坦然這樣說。小隊長邊聽邊細察我的表情，他呼了一口氣，然後徐徐地再問我。

「林君，你的分析很對，見解完全和我一致。不過……也許我們這樣分析是不對的，見解也完全錯誤的，你想有這可能嗎？」

他漸漸露出詭譎的真面目來。

「也許可能，比喻說，賊不是單一個人，是四、五個人，各自偷了一點點……」

小隊長不待我說完，哈哈大笑地。

「慢著，你是說支那人成群來作案……不可能吧。因為人多了，目標自然大，被發現的機會也愈多，他們真的這麼傻，連這道理都不曉得嗎？」

「那麼，小隊長您認為是……」

「這個嘛……」

小隊長好像在兜著圈子般，大大吸了一口煙吐了一個大煙圈，慢條斯理地續道：

「依我的判斷賊是一個人，而且竊的東西自己不吃也不賣。」斬釘截鐵似的。

「這……」我暗吃一驚。難道小隊長他已發覺竊賊是我？這傢伙多麼可怕……

「小隊長您的話高深莫測，我好像墮入五里霧中，多神秘。」

「假如我的猜測沒有錯誤的話，這個無聊賊，再也不會出現了。」

「為什麼呢？」我假惺惺地。

「為什麼？哈哈哈，算了，不談這些，我們來聊別的好嗎？」

「還有什麼好談的問題嗎？」

「有啊，和你聊聊夠意思，要談的問題多得是。比方說，對皇軍聖戰的觀感啦、我們義勇團的使命啦，或者對支那人的印象啦，許多的問題都值得我們一談。」

我暗中打個哆嗦，俗話說「言多必失」，我不能再和他饒舌下去，話說多了，萬一不小心出了差錯就完啦。

「很抱歉，恕我愚昧，和小隊長談論要有一套學問才行，我祇唸小學而已，實在不配，還是……」

我有意擺脫他的糾纏，但他絕不放鬆。

「哈哈哈，林君不急嘛，在這裡閒聊不必上工，沒有人會怪你的。」

「這我知道，不過……」

「哈哈，瞧你穩不住腳急要躲避我的樣子，好吧，為了節省時間，咱們打開天窗說亮話。我問你，聽說你很同情支那人是不是？」

「這……小隊長殿，您這是什麼意思？」

我內心有些驚訝，嗓門也略高了些。

「瞧你又誤會我了，林君，我並沒有歪念頭，因為咱們是同鄉，我感覺你和他人有點特殊的地方，特別關心你，亟想了解你的為人啊。」

他說後又是一場哈哈，笑裡藏刀的好傢伙，實在太可怕了。我忖量著，這傢伙到底存什麼心？想要把握証據舉發我，還是……不過他已猜測我是竊菜賊，這是千真萬確的事，假若存心要陷害我也都認命，倒不如霸王硬上弓，斷然不能在這關頭示弱了。打定主意我就說：

「感謝小隊長對我特別關照，那麼，我也真人面前不說假話，我並不是同情支那人，是基於人類的愛心去憐憫無辜受難的人。我向本部提出的陳情書也是強調這一點……」

「唬！那同情與憐憫有什麼不同呢？因為他們支那人被我皇軍打慘了，很多老百姓也跟著蒙受無辜的災殃了，所以說這附近的住民過得很苦，有的三餐都難得餬口是事實嗎？」

小隊長的話語衝刺我的要害，直要把我肚腸扭出來似地緊迫釘人。

「這我不太清楚，我很少接觸支那人嘛，不過，瞧他們那麼多人拚命地來營舍討飯，大概是事實吧。」

我曖昧地回答。

「哈哈！你謙虛說沒有學問，但蠻有說話的藝術嘛。那麼你剛才說過，基於人類的愛心去憐憫人，就是他們受害吃苦，所以義不容辭幫忙他們……是這個道理吧？」

「這……」

「你不能否認了，好！我完全認識你了。」

「小隊長殿，我並不承認幫助他們……憐憫和幫助是兩碼事，請您搞清楚一點。」

「別緊張！不礙事的。我說過，這是屬於閒聊性質的，不要看太認真，我欣賞你的人道主義。」

「謝謝小隊長看得起我……」

「不要客套，同鄉有機會聊得夠爽快，哈哈，真不好意思耽誤你寶貴的休息時間，咱們談話到此為止。能了解你的為人，很難得。」

「不敢當，尚請小隊長多多指教。」

我雖坦然應付他，可是脊樑好像被一陣冷風掠過的感覺，不由地掌心捏一把冷汗。假使他狠心地檢舉我是竊菜賊，被捕接受軍法審判給你戴一個反叛通敵的帽子……我想不會這麼嚴重，那麼擾亂軍心利敵行為？不！該是竊取軍用物資的罪名吧。不論如何一旦事態暴露有夠你受的。

「林君，以後有時間，我想跟你多談一些，不過，看在同鄉分上鄭重警告你，『軍令如山』，記著，別太過分，否則有你瞧的。」

小隊長特別把軍令如山四個字由齒唇間噴出來。他一再提到鄉誼，但最後還是以軍律威脅我，可見他一旦反臉，吃虧在眼前。

「謝謝，小隊長殿，咱們以後相處的日子還長，將來回台見面的機會也多得是。我作人的原則是一向恩怨分明，誓死圖報的。那麼，我也冒昧回敬您一句話，俗話說，人無害虎之意，虎有傷人之心。這個意思您該懂吧？」

這是我以毒攻毒、以牙還牙的攻心戰術，為策安全使出的最後一招。

「什……什麼！你這什麼意思？」

小隊長臉色驟變，幾乎近怒吼般反問我。

「小隊長殿別生氣，沒有惡意的，也許我愚拙用詞不當，算我失言了，也該看在同鄉的分上，請多多包涵。」

「哼！高明！高明！好吧，你這話我會慢慢琢磨琢磨。」

他的臉變成綠豆色，收縮作一團很難看，室內氣氛頓時緊張混濁起來。這時恰巧外邊傳來嘈雜的腳步聲舒解了這令人窒息的空氣。我藉機探出門外，原來是第六班的弟兄押著一個中年支那人朝小隊長室而來。帶頭的卻是第二小隊長石田一郎。

「這個是竊菜賊，被他們抓到了。」

石田一進門馬上向友永報告。我看這被指為竊菜賊的人有幾分面熟，是馬家谷的住民，心裡生起疑竇來。

——怎麼會？他怎麼會是竊菜賊呢，噢！這可憐的代罪羔羊……他一身緊緊地被綑綁著，嚇得臉上全無血色了。再看石田一副蠻橫得意的臉孔，覺得非常噁心。曾聽隊友說過，這傢伙連小學都唸不完，他叔父是來台灣淘金的日本脫褲班，石田是孤兒依賴叔父家，所以就跟著他叔父到台灣來。在台灣因年紀小又不學無術，混了十幾年未能搞出什麼名堂來，不得已在台南一家日人經營的履物屋（木屐店）當學徒，竟也被派來當小隊長。

「是誰抓到的？」

第一小隊長顯得複雜的神色慨慨地發問。

「是我和江清木抓到的。」

一個肥胖的隊友和瘦黑的江清木很得意的嘴臉進來說。

「你叫什麼名字，把經過詳細說一遍。」

「哈！第二小隊第六班陳石獅，同江清木飯後到農場巡邏時，發現這個支那人在菜園鬼鬼崇崇很有可疑，所以我倆就趕上去把他逮住了。」

「這個畜生一看我們二人趕到拔腳就跑，好得我腿長趕得快，否則就被跑掉啦。」

江清木接著這樣補充說明，顯得滿臉神氣，好似這場功勞非他莫屬似的口吻。

「你們看到他偷什麼菜？」

「沒有……」陳石獅支吾地答。

「因為我們趕得太早，所以……他還未動手呢。」

狡猾的江清木忙著補充說。

「小隊長殿，這件事我看有點緊，要慎重調查。」

我插嘴向友永說，他輕輕把我一瞄後轉向疑犯問道：

「奇沙馬，日本話懂嗎？」

這時候他受了驚愕已魂不附體，呆呆地默默不答。

「喂！小隊長先生問你懂不懂日語啊？」

被我提醒了他霍地大嚷起來：

「阿拉不懂！先生，阿拉沒有啊，阿拉沒有做壞事呀！」

「好大的膽子，白天也敢來偷菜。」

友永憤憤地罵道。我遲疑著，難道友永也相信這可憐的中國人是真正竊菜賊嗎。

「儂真的要來偷菜嗎？」

經我一問，他又起惶恐，地雙膝一屈跪在地上。

「先生冤枉啊，阿拉沒有啊，先生饒命啊……」

「那麼，你來農場幹什麼？」友永續問。

「冤枉！阿拉要到江灣走農場旁小路，因為要……要拉尿，他們先生就來……饒命啊。」

「為什麼要跑？」

「他們要抓人，阿拉怕。」

「不要聽他胡說八道，乾脆送本部算了。」

石田一副冷漠無情的臉孔向友永建議。

「石田小隊長殿，請您慎重點好嗎？要送本部很簡單，但是這人命關天的事情，可以這樣草率處理嗎？這完全是一場誤會……」我忍不住石田的蠻橫抗議說。

「住口，林文你……你怎麼知道是誤會？」

「這很簡單，這個中國人停在路邊小解，陳石獅以為要偷菜大步趕去，他一看日軍雄赳赳追來，一時膽怯想跑，這是人之常情，您不明白中國老百姓敬遠日軍的懼怕心理嗎？再說，中國人不可能在大白天敢來偷竊東西，誰不要命做這傻事呢。不能不講道理隨便冤枉一個無辜的人，您這樣作法是會破壞皇軍形象，簡直是暴露日本人的殘虐非人道呢。」

我一氣說完。石田氣得七孔生煙，紅得發紫的臉孔更顯得醜陋可怕。

「可惡你……竟敢袒護敵人。」

「小隊長您說錯了，我是平心論事，沒有袒護任何人。尤其是這些中國的老百姓更不是我們的敵人。」

「你……」

石田躍進一步迫近我，意欲出手打我，卻被友永阻住。

「石田你幹嘛，算了，也許林君說的是對，我也認為這事件是陳石獅他們的草率誤會，支那人是無辜的，把他放了算了。」

友永打圓場這樣說，我覺得很意外，想不到友永也有這種人性的一面。

「友永你怎麼可以……」石田心有未甘似地。

「不要說了，把他放回就是。」

友永堅決的口氣說，石田也噤口不再異議了。我如釋重擔似地鬆了一口氣，目送被解綁的同胞踉踉蹌蹌地踱出門外。灼熱的陽光下，他那驚魂未定的步伐一搖一晃地離去。

第十九章　情報販子

一覺醒來竟是子夜時分，過量的酒精分殘留在腦袋作祟，額角還是微微作痛。直覺告訴我，好像置身一個陌生的地方。這不是我平常起臥那煞風景的營房，什麼時候闖進這芬芳馥郁的女人香閨來，正在遲疑間，耳鼓裡傳來清晰的女人聲。

「唷！你醒啦。」

揉揉眼睛仔細一望，竟是一位妖嬈女人站在床前。白底藍色的日本浴衣，襟口闊朗鬆開著，大膽地裸露雪白的胸前，隆起的雙峰隱約露著一大半截。是日本女人？我不禁打個哆嗦一躍端坐起來。同時我發覺自己全身近乎赤裸著，僅是下部裹著一條「渾叨西」(日語．內褲代用品)而已。上下軍裝和一領襯衣竟拋在床頭邊，一時情急伸手欲將衣褲拉來穿上，卻被她扭住「渾叨西」的一角。

「呃！幹嘛，彆扭？還是想要回去啦？」

女人俏意地唇角露出微笑，我感到非常尷尬無言以答。

「告訴你，現在是三更半夜，乖乖躺在這裡，待天亮才回去。」

「這是妳房間，怎麼可以……」我遲鈍地。

「那有什麼關係，別傻！現在出去不怕碰到麻煩？」

我恍然想到，沒有帶外出證，現在是宵禁時間，萬一碰到巡邏隊或者憲兵就麻煩不少啦。

「對不起，不好意思打擾妳。」

「沒有關係，是我喜歡這樣做的，因為你實在醉了，我才扶你到這裡休息，打烊後我進來，看你睡得很甜，不好意思攪醒你，我到外邊去吹吹涼。」

這個東洋女人很豪爽，口氣俐落親切，我內心輕鬆了許多。

「我一時糊塗暈醉，給你帶來很多麻煩。」

「哪裡，難得有機會和你聊聊，喔，對啦，你的大名好像是……」

「我叫林文，小姐，我還沒有請教芳名。」

「我……叫洪蘭，洪是三點水的洪，是姓，蘭是蘭花的蘭，知道嗎？」

「洪……蘭。」

我驚訝地輕哼了一聲。怎麼會……。

「嘻嘻，姓洪名蘭，是中國人，你感到意外吧？」

「妳在開玩笑，我不相信。」

「真的，呦，你以為我講日語，穿日本衣服就是日人，其實我講上海話也是一樣啊，不信你聽我說……」

她真的說起流利的上海話來，雖然我對上海話還是半路出家沒有多大根基，但聽她一口流利標準的上海腔，使我不能不佩服她，可是我內心仍然存著一點懷疑。

「洪小姐，妳確實是個奇特的人，萬想不到……」

「上海是一個奇特複雜的地方，令人難以想像的事情多得很哪。」

洪蘭滿臉迷人的笑意講著，兀自坐到我身傍來。她這種沒有拘泥的開放作風，倒使我戚戚感到不安。

「洪小姐，我還是……」

她好像看穿我內心的尷尬一般，爽朗地咭咭笑起來。

「瞧你，一個大男人緊張什麼嘛。」

「可是我這樣，未免太沒體統。」

「別介意那些，我又不是高貴的姑娘小姐，瞧你一副聖人君子模樣，我也可以放心交你這個朋友啦。」

「我有那分榮幸嗎？」

「講什麼榮幸，這麼講，你願意和我作朋友？」

「那求之不得，我很願意。」

「好，不過話要講在前，咱們講交朋友就是純粹的朋友，不是交愛人，朋友和愛人兩者不能混為一談，這點要劃清喔。」她鄭重地。

「這……」

我有點迷糊，為什麼她有這樣講法，很難猜測她的用意何在。我暗忖，這種奇特的女人實在很難招架。

「我實在不能了解妳的意思，妳以為我是一匹狼？」

「那我倒不怕，我是怕你犯了年輕人的老毛病啊。」

「年輕人有什麼老毛病，我願洗耳恭聽。」

「好吧，我是說年輕人容易動感情，往往把異性朋友和情人混淆一起看待，製造無謂的煩惱自討苦吃。」

「噢，這我明白了，有道理，真是一語道破夢中人，好在妳提醒我，不然的話，我敢保證遲早我亦會犯這毛病啊。哈哈哈！」

「哎喲，真會說話，聽起來肉麻麻的嘛。千萬別動歪腦筋，不能隨便誘惑我的。」

「我怎敢呢？洪小姐，不要開玩笑了，咱們來談一些正經的好不好？」

「這也是正經的啊，那麼你要談啥，先說呀。」

「我想多認識妳一些事情，既然是朋友，互相要坦白嘛。」我正色地。

「好啊，你想知道什麼，儘管問我。」

洪蘭頓時認真起來，我凝視她暗忖著，真是難以捉摸的女人，說她狡猾並不像，說是詼趣也不盡然，她的存在好像一團霧。

「洪小姐……」

「唉呀，不要開口閉口喊我小姐好嗎？乾脆叫我姊姊就是，這樣不是更親密嗎？」

「好啊，那麼我就叫妳蘭姊。」

無意間嘴裡滑出一句「蘭姊」，猝然激起一股強烈的鄉愁，剎地，寒蘭的影子浮泛在眼前。噢！寒蘭，為什麼杳無訊息，別忘了我啊……感傷的懷念像波浪般，一波又一波襲擊我心坎。這是造化的作孽嗎？我又碰到一個叫蘭姊的女人了。

「怎麼啦？」她不知我內心的悵惘，詭異的眼神炯炯地瞪住我。

「沒……沒有。」

「那就說話啊。」

「蘭姊，我想知道妳跟這間食堂的關係，是老闆？還是……」

「喔，我啊，問這幹嘛？櫃台小姐、會計啊。」

「那麼，老闆是誰？」

「老闆是另有其人，是個日本人，可是他不來，這裡委任我看管。怎麼？你又懷疑我是老闆娘。」

「那麼，那個日人老闆是幹什麼的？妳和他是什麼關係，這麼信任你？」

我看洪蘭是個聰明絕頂的女人，我的機智絕鬥不過她，就開門見山地問道。

「瞧你那麼認真，沒說個明白你也睡不著覺的。他和我嘛，講是朋友吧，至於他……幹的是秘密工作，在虹口，在虹口，好啦，這樣告訴你該滿意了。」

「在虹口……什麼秘密工作？」

「你不能再問下去，明白嗎？」

洪蘭嚴格的口吻拒絕我的詢問，無可奈何的噤住嘴。我心裡揣測著，虹口——秘密工作，也許……特務機關的工作人員吧，我暗吃了一驚。日本軍閥想吞沒中國發動無情的侵略戰爭，而日本人趁機打火劫舍攫取不義之財，個個各顯神通不擇手段，多可惡可憎呢。

「好啦，咱們的話到此為止，我一天沒睡好累喲。改天你再來時我講一個故事，你聽啦，一定覺得有趣。啊——那我睡了。」

洪蘭打了個阿欠「砰」地兩腿伸直倒下床去。她的睡姿大膽而自然，修長的玉腿半露在撇開的裙間，兩臂左右開弓成了八字型，一對靈活眼睛瞇成一條縫，旁若無人似地一動也不動。這是一幅粗獷的睡美人圖，我不敢直視欣賞她，偶爾偷瞟過去。

「你不睡啦？」

洪蘭仍然閉著眼，發出輕柔的聲音問我。

「嗯！」

「真的要坐到天亮。」

「嗯！」

「傻瓜，不睡也要躺下來啊，你害臊不敢嗎？」

「不，躺了大半天，不能再躺了。」

我曖昧地這樣回答，洪蘭嘴裡咭咭地竊笑著。

「不勉強你，那你坐等天亮吧！」

說著，翻個身面向那邊去，一會兒已經呼呼地發出安祥的鼾聲。

這天中午的休憩時間，班長由本部回來。

「哇！台灣的信件。」

有人發出歡呼聲，果然班長拿著一束信封，這群異國的遊子們（雖說從軍，這裡沒有砲聲、沒有廝殺，更沒有衝鋒陷陣的戰鬥場面，我這樣形容）來自台灣的音訊是最大的精神慰藉，我盼望家信，期待寒蘭的來音著實有點焦急了。直至班長唸出我名字時，我心砰地一跳，迫不及待地搶前接過來。只有一封信，熟悉的字跡，一看便知道潭哥寄來的。

「……你的信我用萬分的感懷再三閱讀了。我想，你似在掙扎著什麼，無疑地，正陷在思想的混亂狀態中。吾友！請冷靜接受時代的考驗，稍安勿躁。令尊囑意稟報平安，你家的小豬及時售出，換來一大把鈔票皆大歡喜呢。臨末了，我誠摯的贈你一句期為共勉——青年須有希望與夢，而『能動的』的，在於堅強的意志之上，建立你正確的信心。」

潭哥簡潔的文字充分表露一個殖民地詩人的鬥志和對我無限的關懷。在那段迷惘、悒鬱、孤獨的日子裡，我曾經迂迴委婉地向他傾訴內心的苦悶（因在軍中發信須經嚴格檢查，以致書不盡言，言不盡意），潭哥卻能體會到我徬徨無助的心態，這樣殷實的告誡期勉，使我感到很大的鼓勵和安慰。但是，我心深處的一隅還是好像遺落了什麼似地一道空虛。原因是我日夜期盼著、渴望著那永難忘懷的寒蘭，為什麼？為什麼使我癡癡地等著你的音訊，而次次都使我落空失望。玉霜母女的消息也斷了，難道她們之間發生了什麼重大齟齬？於是終日怏怏難安不能自主了。

那是一個無星的夜晚，我又一次無視軍中戒律，偷偷地溜出營舍，步伐自然朝著江灣而進，洪蘭的食堂酒客稀稀疏疏，靠墻邊的角落裡二個士兵大喝著啤酒。一個軍曹（中士）挽住一個服務生百般調戲著，戰地日本士兵淫穢下流已成了一種不破的定律，我也見怪不怪了。洪蘭一看到我馬上離開櫃台走近來。

「這個時候……又是『無故外出』？」

湊近耳邊細聲問我，我嗯了一聲。

「跟我來。」

洪蘭帶我上二樓的房間，我知道這裡免受巡邏兵的干擾，是唯一安全可靠的地方。

「為什麼這麼晚才來？」

「待在營舍無聊極了。」

「喲！就是無聊才想到我……真是……」

洪蘭噘起嘴唇，狠狠地把我一睨。但我很清楚她並沒有生氣。我故意逗她說：

「不要生氣，我講錯了，說真的，我……」

「好了，不是情人，誰希罕你甜蜜話，喔，對啦，今天晚上老闆來過。」

「那麼，他在這裡過夜了？」

我心裡有點酸澀的感覺。

「說什麼嘛，不會的，不過你不能再醉。」

洪蘭伸出手指把我臉頰輕輕一捋，轉身出去。我在忖度著，既然老闆在，我不該到她房間來，一介台灣軍屬這麼大方登堂入室，萬一被撞見了多麼彆扭。正在躊躇著，洪蘭親自端酒菜進來。盤上兩矸「德利」（日語．溫酒小瓶）另一小皿魷魚絲。

「蘭姊，我想換個地方，到樓下去。」

「哎呀，介意什麼嘛，放心，你喝你的，這裡沒有人管得我來。」

「可是……」我還猶豫不決地。

「可是什麼，我說放心你就放一百個心嘛，老闆是明天有事，提早來的。我的事他不管，也沒有權管我。來！喝啊。」

洪蘭邊說邊斟酒後拿起酒杯來。

「那我只喝一矸，喝完馬上就走。」

「也好，噢！文，我問你，聽說你一向跟中國人打交道，時常到村落去走走，有這回事嗎？」

「妳怎麼知道？」

「這有啥希奇，對農場的人打聽來的，那麼，大場鎮也常去？」

「嗯。」我甚感沒趣，前趟她約我講故事，幹嘛偏問這些？

「真的，你到大場鎮幹什麼？那裡好玩嗎？」

我看洪蘭的臉色有點異樣，心中納罕地。

「妳問這幹嘛？我要妳說故事啊。」

她的神色顯然很不自在，稍會兒降低聲音說：「其實也沒什麼，故事改天吧。不過，你明天不會去吧？」

「明天？」我詫異地。

「對！明天。」

「明天是什麼日子？有什麼特殊意義嗎？」

「沒……沒有啊，可是明天你千萬不要去。」

「為什麼？」

「不為什麼，我說不要去就是啦。」

「奇怪，妳不說我偏要去看看。」

「你……」

為什麼洪蘭說出這樣話來，特別介意明天……這一定有蹊蹺，非弄個明白不可。我撒嬌似地問道：

「蘭姊，妳說個清楚嘛，不然，我真的要去看個究竟，不相信大場鎮是龍潭虎穴，吃人的地方。」

「瞧你，為什麼不聽話。」

「我聽，妳說嘛。」

「像無賴漢一樣，沒你辦法，我說。」

洪蘭皺著眉頭苦笑著，終於說出一件驚人的機密。大意是最近中國的便衣隊在江灣、大場一帶蠢動，擬定明天在大場鎮某茶樓聚會，日本特務機關獲得情報，將動員大批人馬前往圍剿——

「所以說不定會發生一場槍戰，我是耽心你萬一在那裡亂逛遭受無妄之災呢。」

洪蘭這樣結了尾語。真是平地一聲雷，駭人聽聞的事情，我極力壓抑著心裡的恐惶，沈住氣說。

「蘭姊，這話可是真的？」

「我會開這麼大的玩笑？」

看她一副認真的臉色，料不是在撒謊。想起前些日子，在一個更深的夜晚，農場的衛兵逮住了兩個可疑的中國人。初認為是竊菜賊，後來搜身的結果，由他們的大腿股搜出兩把短銃來。由這可以推測便衣隊的存在，其真實性是十分可靠的。

「蘭姊，謝謝妳這麼關心我。」

「算了，我討厭人家俗套，文，我都把這麼重大的機密告訴你了，怎麼？還想要去，你慎重考慮一下，若必需要去的話，你就去吧。」洪蘭心事重重地這樣叮嚀。

「不！我聽妳的，不去。」

「那就好，快喝完這些，回去好好睡覺。」

於是我和洪蘭交杯把二矸酒喝完。

「好走啦。」

洪蘭一手把我推出門外說聲再見。我猛吸了一口冷氣快步走下樓梯，剛才那三個士兵已經不見了。踏出食堂的大門，街路暗淡無光，不知什麼時候颳起風來，敲打著食堂那塊亞鉛板底塗抹油漆的招牌「比拉比拉」地作響。我的步伐急促地邁向歸途路上，但是我的思維仍停留在洪蘭的話裡繞著圜圜。洪蘭真的這樣關心我的安全？雖然認識不久，但她好像對我情有獨鍾……可是這樣重大軍事機密，可能對任何人隨便洩露的嗎？這個消息來源一定由食堂老闆而來，因為他是日本特務機關的工作人員（假使我的判斷正確的話）。那麼洪蘭究竟有何用意？我百思莫解。無論如何這件事情有關祖國同胞直接生命問題。明天一到不知有多少愛國的便衣隊員和無辜的老百姓會遭受一場災厄啊，我該怎麼辦！不能見死不救，何況……十萬火急，不能逡巡的時候，要想辦法把這情報傳遞給他們停止這場聚會，對！就這麼做……打定主意，我的腳飛也似地趕向大場鎮。

大約半個小時的工夫已到了這古老的小鎮。一條鋪了紅磚的街路歷盡歲月的風霜坎坷不平，兩旁店鋪參差不一，大多是半世紀以前的陳舊建築。這裡雖也受過戰火的洗禮，卻比江灣的災情輕微。各行各業一如江灣，別說這小小街坊，這裡大小茶館特別多，規模較大的是二樓木造建築，除泡茗茶外兼營南方小吃，這可謂大場的一大特色了。幸好茶館還未打烊，我走進第一家茶樓，裡面六、七人在那裡品茗閒聊著，雖是中國人模樣，誰敢保證那不是日本特務化裝的呢。我提高警覺走近櫃台，有個夥計顯出卑微的笑容向我打招呼。

「先生這邊坐，要來什麼？」

我不理他，直接向櫃台索取紙筆匆忙地寫著「明天鬼子要來」，然後腔調高高地問道：

「我要這個，有沒有？」

櫃台的夥計一瞧紙面，頓時臉色變了，支支吾吾地。

「沒……沒有！」

「沒有不行，明天一定給我備好，曉得嗎？」我怒喝。

「曉得！曉得！」

夥計連忙點頭，並伸出微顫的手把紙條收藏起來。店裡的茶客個個把詫異的眼光投向我，他們都是感到有點莫名其妙吧。好！這場小戲算演完了，還有第二場、第三……於是我轉身溜出，接著一間又一間趁著尚未打烊的茶館如法泡製留著字條。我這樣做實難預測會發生多大作用，但願上蒼庇佑，這群面臨生死邊緣的人們能夠躲過鬼寇的魔掌吧。

第二十章　長期假日

義勇團的本部設在「廣肇山莊」裡面一幢平階的大屋子，這是從前山莊主人居住的地方，距離我們營舍大約兩公里左右，雖然短短路程我卻很少到這裡來。一大早友永小隊長親自來找我，直覺地這不是尋常事了。

「林文，隊長叫你去本部。」

我一愣，心想這一定凶多吉少，準是出了紕漏無疑了。也許友永把那天約談的結果報上去，抑或石田那傢伙恨透我告上一狀，還是大場那件機密暴露了，不可能吧，我自覺演得那麼天衣無縫，鬼才曉得……管他！反正不至於槍斃。似乎一種自暴自棄的心情，同時也像樂觀的諦念生上心頭，從容自在地跟友永上路。出了營舍步上一條沙礫小徑，兩旁是綠油油的菜圃，一畦畦的蘿蔔淡青的長葉生氣蓬勃地迎接著和煦的晨光。雪白的莖首略浮出地面，快接近收成時期了。這時我心緒略微平靜，把煩瑣拋開漫步欣賞這大自然的景象。藍色的天空、飄泊的白色浮雲、九月秋風習習地吹著，大陸的氣候跟台灣不一樣，寒氣襲人，不禁疑是冬天了。藍碧的上空一隻似鳶非鳶的大鳥旋回飛翔著，那麼悠揚——

不多時到了廣肇山莊，入口的大門是石塊砌成的牌樓，頂方橫額是上海市長吳鐵城先生的題字。這裡沒有八字橋聯義山莊那樣宏偉壯麗，卻也另有一番氣派。看來規模不小，可惜沒有圍牆，一片青塚墳丘觸目皆是。本來整修得井井有條的墓園小徑，現在處處雜草叢生，呈顯十分荒涼。跟著友永進入本部辦公室，我們的隊長津田儼然坐在那裡，他的臉孔有點慍色，我怯懦地走近他面前。

「報告，林文帶到了。」

友永向隊長報告後退到一旁伺候著。因為時間還早，偌大的室內只有我們三個人。

「林文。」隊長開腔叫我。

「哈！」我已習慣軍隊的應答不再說「哈伊」了。

「為什麼到這裡來，你心裡明白嗎？」

隊長緩慢的口氣這樣詢問我，他的聲音沈重而低調，我察覺到事情的嚴重性，這是他激怒前慣有的假鎮靜習性，像暴風雨來臨前那一刻的平靜。隊長確實十分惱怒著，我預期著將要接受的嚴厲處罰。

「報告隊長，我不明白什麼事情。」

「真的不明白？」

「是。」

「好！現在教你明白。」

說著，挺起魁偉的軀體移步走近我身旁。

「把牙關咬住。」

這是日本軍官要整人時發出的第一句命令。我認了，緊緊地咬住牙關等待他的鐵拳落下。

「摑」——左頰猛受一擊，兩眼冒出金星，搖搖晃晃地斜退了二、三步。

「明白了嗎？」

接著一聲怒吼，我覺得面頰一直發燒，痲痲痺痺真不知如何回答。這一擊實在太兇了，假如沒有事先咬緊牙根，說不定已咬斷舌頭，否則整排牙齒都被打掉了。

「怎麼樣，仔細想想看。」

他緩和了腔調回到座椅去，我一時不敢輕率回答什麼，因為我犯的戒條太多了。

「報告隊長，實在想不出自己犯了什麼錯。」

我一口咬定裝個莫名其妙的樣兒。

「巴卡呀囉！你想狡賴。」

隊長把桌上猛地一拍，雄威地站起來。

「好小子，你犯的罪條多得是，怠工、無故外出，還有，膽敢提出這樣東西到本部來，真是……」

他厲聲俱下，掀起桌上一束信箋。我恍然一悟，那是日前提出的那份陳情書。

「報告隊長，我明白了，是我那份『陳情書』冒犯了軍部的禁忌……」我說。

他拍案怒道：「混蛋！你鬼扯這……算是帝國臣民嗎？你有皇軍的資格嗎？可惡！你想本部能容許你說這些廢話嗎？」

「隊長殿，我一向尊敬您是個開明進步很講道義的長官，難道您也認為那是廢話嗎？」

「不是廢話？你說，是啥？」

「哈！請恕我大膽冒昧，那是正義、真理，是人性的發露、良心的呼聲。我真想不通，為何口呼正義之師的皇軍竟然犯了這麼大的錯誤呢？」

「什麼錯誤，你說下去。」

隊長的口氣已經緩和了許多，我竟幾分放膽起來。

「是。依愚見凡在中國大陸作戰的皇軍應該認清敵人，比方說，無力作對反抗皇軍的老百姓豈能加以殘殺，一般軟弱的婦女焉能加以凌辱，例如南京十萬大屠殺這樣慘無人道的作為是有悖聖戰的真義，倘若這樣我們雖然戰勝了敵人、佔領了土地卻不能收服人心，可惜付出了龐大的犧牲代價，所換來的卻是到處哀鴻遍野怨聲載道，人神共憤的不義之名了。」

這時我已不計後果先吐為快地滔滔說。在這段軍農場生活中，我已略些看出津田隊長的為人，雖然他難免有些暴躁之氣，這是大多日本軍人通盤的毛病，但在我和他幾次的接觸中，卻能感受到他是位嚴格、正派，而帶有人情味的長官。

「再說下去。」

隊長吸了一口煙，慢慢地吐出來。

「哈！所以我認為本部此一措施是大大的錯誤，無異打了一場敗仗，農場附近的支那居民因戰禍所及，棲身的房子被燒毀了，單靠耕作維生的田地被佔領了，在避難流浪中能得活命回來，家園破碎變成一無所有，無奈過著乞丐的非人生活，在這極端悲慘情況下煎熬掙扎求生存，他們是何等無助悲哀呢，然而我們不但沒有同情他們，反而加以欺凌苛待……」

「林文！你太放肆！」

友永由旁邊插嘴叱責我。

「友永！沒你的事，讓他說。」隊長說。

「可是我們農場沒有人欺負支那人。」小隊長不滿地。

「小隊長殿，您還記得吧，當我們初進駐這裡的時候，他們支那人幾乎沒有仇視我們，天天都有一大群老百姓到營舍來乞討殘飯，那時候他們得到了一丁點殘飯菜湯都感激涕淚，以為這是皇軍的慈悲施捨，後來本部竟把這都禁止了，自那天起我們狠狠地驅散求討的難民，且把食後剩餘的飯菜通通倒到泥溝裡去，無情地把他們最後一線生機都斷絕了。為什麼我們……」

「好了林文，你要說的我大致明白了，可是林文，你要明白一點，你太用感情，想法未免太過天真。別忘了，我們在打仗啊，本部這樣做是基於作戰上的要求，萬不得已的。對支那難民來說，確實有點殘忍無人道，但你有沒有考慮到一件最嚴重的問題呢？現在敵人的便衣游擊隊格外猖狂，在佔領區內到處幹起破壞、暗殺的勾當，對皇軍以及所有在大陸的日本人造成一大威脅，假使敵方游擊隊混雜在難民中，時常出入我們營舍裡頭的話，你想，會招來什麼樣後果。所以我們不能掉以輕心不提防了，知道嗎？」

隊長的口氣略些溫和，卻似訓令般儼然不失長官的格調。聽他一番話覺得有點道理，但醞釀在我心底的一股悲憤仍然不能抵消，大膽地反唇再說：

「隊長殿，為了顧全大局這樣做也許是對的，可是目睹一大群無辜的老百姓被迫瀕臨死亡的邊緣於心何忍呢？」

「笨蛋！寧可犧牲一千個一萬個的敵人，不能犧牲我們一個，這就是戰爭的原則呀。」

「但是中國的老百姓不是我們的敵人。」

「奇沙馬！」

隊長出我意料之外怒喝了一聲。

「太放肆了，真是無可救藥，再多說也枉然。你的腦筋有問題，思想偏激，連一點日本精神都沒有。」

隊長表情突然冷漠起來，在軍中反嘴等於抗令，單這一點已夠構成違反軍紀了，何況……

「你配不上當帝國皇軍，你必需有一段時間冷靜的反省，改造改造你的腦筋，我給你一個長期假日。」

隊長道出一句最後的命令，這是宣判，長期假日就是禁錮。我早有心理準備並沒有驚愕，反而坦然接受他的裁決。

「隊長殿，我該說的都說完了，無論任何處罰都很願意接受，謝謝隊長您的寬宏雅量。」

「嗯，友永！」

呆呆地站在一邊的小隊長像觸了電似地嚇了一跳，立即僵直身子應聲。

「哈！」

「帶他去。」

「哈！。」友永必恭必敬地挺身立正舉手敬禮。
「林文你來。」

營倉（軍中監禁室）設在本部後方不遠的地方。一間磚造堅固的小屋，大概是山莊從前的雜物倉庫改造的。沒有窗戶，由鐵柵門的縫隙望過去，裡面昏暗得很，這扇鐵門是重新架設的，因有了這扇鐵門，原來的倉庫也昇格成為牢房了。
友永小隊長令衛兵打開門鎖，我自動地闖進去。
「喲！來得正好，歡迎歡迎。」
突然裡面角落有人發出招呼聲。我冷不防地嚇了一跳，沒想到這裡已有先客了。我仔細端詳對方，在微淡的光線下浮顯出一張陌生的臉孔，微露笑容躺在那兒。他像要表示歡迎般急忙端坐起來。
「林文，你多忍耐幾天，我會向隊長說情。」
友永靠近鐵門這樣安慰我。哼！貓哭老鼠假好心，不禁一股憎恨油然而生，我默默不理他，友永看我有些敵意也就匆匆地走了。
「喂！你幾天啊？」

那個先客操著流利的日語問我。我再詳細把他一瞄，五官十分清秀，卻滿頰鬍鬚。我暗忖，難道他是日人？

「不要講國語（日語），你不會說台語嗎？」

我故意說台語意欲試探他是何許人。

「噢，失禮失禮，我福佬話……講𣍐好。」

果然生硬的閩南口音，我立時察覺到這位仁兄是客家人。

「原來你是客家人啊，我以為你是日人，因為你國語說得太好。」

「豈敢，你客氣啦，請問你是哪一隊？」

「台南。」

「我新竹……是中壢客庄，你哪？」

「我佳里。」

「噢！嘉義我知影，小都市。」

「不是嘉義，佳……里……是鄉村啊。」

「失禮，我聽錯啦，是佳……里喔。哈哈，我姓吳，吳瑞坤，你是林桑，剛才那個小隊長喊你，我聽到啦。」

「嗯，我姓林不錯，吳桑，你進來多久啦？」

「剛來過了一夜，獨個人在這裡過夜實在不是滋味啊。」

吳瑞坤邊說邊搖頭。聽他的口氣很和善，好像善於交際的人。稍一會，因為視線適應環境了，他的臉孔清晰地看得出來。一副端正瀟灑的臉被太陽曬黑，是個標準的鬍鬚哥，極像日本九州人的相貌。

「林桑，既來之即安之，咱們坐下來慢慢談嘛。」

我竟忘記自己一直站立著。

「好啊。」

我應聲屈膝面對他坐下，地板是粗糙冰涼的，我想這裡的日子一定不好過了。再度輕瞄室內四周，除壁牆邊放著毛毯外空洞洞地，連一盞燈光的設備都沒有。在黑黝黝的夜裡獨個人捱熬的味兒，只想著都會悚然。

「吳桑，你昨夜過得怎麼樣？」

「哎呀甭說啦，好像身陷黑地獄般，午夜過後睡也睡不著，煩都煩死啦。尤其是不知從哪裡傳來的鬼叫聲，不覺全身發出疙瘩來。」

「不會吧，是你神經過敏作祟的，哪兒來的鬼叫聲呢？」

我笑著說，他卻一副認真的臉色。

「真的啦。三更半夜亦遠亦近有怪聲哪。你忘記了這裡是山莊啊，墓仔埔當然有鬼，沒有才怪呢。」

「哈哈，那麼今天晚上不睡覺，見識見識那鬼叫聲是怎麼回事。」

「林桑你不怕鬼？」

「我不曾見過鬼，不怕。」我拍拍胸膛。

「你有膽量，佩服你。」

吳瑞坤和我一見如故，從此轉換話題喋喋不休地，他說起他的家庭狀況以及從軍以來種種的感受給我聽。他還說：

「我唸過高等科（日制初中程度），他媽的，狗仔還是輕視我們本島人。我隊裡的日人小隊長連一份報告書都寫不來，真是豈有此理，在台灣對我們差別待遇，到戰地還是一樣，怎教人心服呢。像我們那小隊長，在台灣時是個賣豆腐的乾癟阿三，到這裡來搖身一變當小隊長，若看到他威風凜凜氣勢凌人那傲慢鬼臉孔，恨不得一手把他整掉。」

吳瑞坤恨透入骨似地握緊拳頭發牢騷。

「吳桑，不說也罷，我們隊裡豈不是這樣，哈哈，想不到竟在這裡遇到你這樣有骨氣的人。」

「哎呀，咱們不要桑來桑去，這樣稱呼太俗套，咱們已成為知己啦，你叫我小吳好了。」

「好啊，那麼我就是小林，不！小林是日人姓，叫老林。」

「哈哈，林兄，瞧你也是……」

「我啊，哈哈，實不瞞你，我正是不折不扣的他們所謂『非國民』，知道嗎？」

「哇！不得了，真是有眼不識泰山。失敬失敬。」

吳瑞坤張大眼睛重新盯視我。

「我的故事慢慢才來說，先聽你被送進這裡的經過，就是你看小隊長不順眼，反抗他，結果……」

「就是嘛，我看他時常揍人，苦無一個機會出氣，偏巧昨天早上，正是冤家路窄，我們碰面了。」

「你就挑釁跟他打架？」

「機會難逢嘛，我正好挑著水桶向菜圃走去，偏巧他迎面而來，我視若無睹不向他敬禮，他就惱怒了。」

「奇沙馬！」

「幹你娘！」

「就這樣一言不合打起來。我被他使上一記背上摔栽了個跟斗，可是我猛然騰起身擊出一拳打中狗鼻子，雙孔鼻血滾滾流出來了，我一看他臉色鐵青，不敢再使出狠手，恐怕真的鬧出人命……」

吳瑞坤說得有板有眼好神氣，我翹起大拇指讚許他。

「幹得好，替被欺侮的台灣弟兄出了一口氣，『讚！』」

我在想，天底下傻瓜不只我一個，像吳瑞坤他……明知不可為而為這種勇氣，我暗暗佩服他。同時總感覺到自己的懦弱無能而羞慚。從來沒有一次採取積極的行動，只是無病呻吟般發發牢騷有什麼用……有時候很無助地抱著天高皇帝遠的無奈感，頹喪、落寞，無從地唏噓徒嘆，這是何等卑鄙小人行為，自少抱著永遠不妥協不低頭，誓為統治者的叛徒，到如今遠不如一個吳瑞坤，他多麼剛強，多麼勇敢，一行動就把日人打得鼻破血流，而我究竟做些什麼？想著想著內心十分慚愧覺得很見不得人。

「小吳，你確實很了不起，我望塵莫及。」

「林兄，不要取笑我，其實這是鵝卵碰石頭，傻人傻事，你瞧，到頭來還不是這個下場。監禁一星期……」

吳瑞坤苦笑說。他的神色沒有絲毫氣餒，反而有點自豪得意，我很羨慕地說：

「整一個日本長官換來幾天監禁，這很划得來嘛，早知如此，誰都敢幹。」

「老實說，我覺得意外的輕罰，往後有機會我要再來，可是第二次恐怕沒那麼便宜呢，哈哈哈。」

吳瑞坤詼趣地發出笑聲。

「克啦！肅靜點，你們講完了沒有？」

倏地一聲怒號，房外的衛兵一副不耐煩狀站在鐵門邊。吳瑞坤和我談得起勁一時糊塗竟忘記他的存在了。他是由部隊調派來的正規軍人，是本部的守備兵，必要時派來營倉當看守的。

「說話要小聲點，這裡是營倉，不是公園，明白嗎？」

幸好這個看守性情溫和沒有發脾氣，令人出乎意外。

「是，說話要小聲點，知道啦，謝謝。」

我看衛兵一副無聊的臉孔，暗忖，他也是無助的。

第二十一章 難兄難弟

捱過一個黑夜，迎接一個新的晨光就在地板上重重地用指甲畫條線痕，很快已是第六條線了。不見天日的禁房生活也度過一百四十小時了。本來是度日如年難捱的日子，幸好有個難友吳瑞坤為伴，我倆一見如故即成為知己，他時用日語時用福佬話滔滔不倦地和我聊天，我倆互相傾吐內心的抑鬱，不滿日人對台灣同胞藐視欺凌的作風，發出抗議的心聲。正因為有了個志同道合的摯友相互鼓勵安慰，竟不覺時光的流逝，也忘記了身繫囹圄，更沒有感覺失去自由的痛苦。在這短暫的相處中，我發現他是個外表純真謙虛的人，但具有先天性的剛毅進取的精神，反抗異族的情懷果敢激烈，足證他內在的民族意識格外濃厚了。因此我由衷地佩服他，也喜愛他，頗有相見恨晚的感覺。

這天，是吳瑞坤七天刑期屆滿的日子。他將要回復自由別我而去，而我仍然杳杳無期。

「小吳，恭喜你度過這一個星期，能得認識你這個朋友我感到驕傲，真的，你很有骨氣，假如我們義勇團的台灣弟兄多些像你這樣的人，那麼我們……」

我面向將要離去的朋友慨嘆地說。

「林兄，你的心情我清楚，所有的台灣青年都是痛恨統治者的無理壓迫，祇是敢怒不敢言而已。因為我們沒有適當的領導者，而且日寇的控制太嚴，很難有發揮力量的機會。本島人好像一盤散沙。」

吳瑞坤喟嘆說。

「你說得對，許多人太自私了。你瞧，有些人只顧自身安全和利益，只會逢迎阿諛拍馬屁，真令人嘔氣。」

我憤憤說。

「說的也是，還有，我們隊裡一些喪心病狂似的人，自詡為皇軍的一員，狐假虎威到處濫來，真是該死的傢伙，我若看到這些人不禁拳頭都一直癢起來。」

吳瑞坤說著，摩拳擦掌，似乎異常憤慨。

「好啦小吳，不要發火啦，那些人是中了日寇愚民教育的毒太深，已經喪失了祖國觀念……」

「認賊作父忝不知恥的窩囊包。」

「不要氣憤，這種人需要有人好好給他開導，或許有一天會醒悟，血濃於水嘛，他們也是炎黃的子孫啊。」

「但願如此。」

吳瑞坤點點頭，把一股氣忿平息下來。

「喔，快八點了，怎麼還沒來放你。」

我看腕上的錶說。

「管他來不來，反正我不想出去啦。」

「不要說傻話，咱們再碰面的機會多得是。」

我很了解吳瑞坤的心情，我們講得太投機，他捨不得離開我。

「林兄，哎！我不知該怎麼說……今天我走了，以後你……」他難過似地。

「噢！你在擔心我，沒有關係，不論多久一點都不在乎，只是刑期沒有明朗，其實最多也不會超過三個月嘛。」

我爽朗地說。

「你怎麼知道？」

「我已經打聽過了，當我被傳到本部時，就覺悟到最惡的後果，想不到事情竟這麼簡單，來個重營倉，哈哈，小兒科，算我運氣還好。」

「連刑期都弄不清楚，你還說小兒科。」

吳瑞坤皺起眉頭凝視著我。

「是啊，我已說過，最多也是九十天，你瞧一個星期很快地這樣過了。假使被送軍審就很難說嚕。」

我雖坦然這麼說，但內心有些微戚戚然。他走後獨剩我一個人在這昏沈沈的冷房裡，一天捱過一天，一夜熬過一夜，會是多麼無聊寂寞，這是可以想見的。

「嘎嘎！」外面守衛室前傳來鈍重的軍鞋聲，那是接班的守衛兵，同時送我們的早飯來。

「便當少了一個啦，誰是吳瑞坤？」

衛兵站在鐵門前這樣嚷著。吳瑞坤向我露著一種複雜的神情，默默地。

「喂！誰是吳瑞坤，你們聾子嗎？」

「是我。」

吳瑞坤悻悻地回答。

「你……不喜歡出去？是不是！」

「是又怎麼樣？」

「巴卡呀囉！你被關得發瘋啦。」

衛兵被吳瑞坤這樣的冷漠應付感到無限的訝異，不明就裡地罵了一句，打開鐵門說：

「瘋人，快出來。」

我怕吳瑞坤為此惹出麻煩，忙急向他說：

「小吳，恭喜你回復自由啦。」

邊說邊推著他的肩膀走向鐵門。

「林兄，暫時告別了，多保重。」

吳瑞坤回首向我道別，眼眶紅潤著。

「你也是……」

我有說不出的感慨，目送吳瑞坤的背影悄悄地離去。

「喂！你不想出去？」

衛兵逗問我。我苦笑不答。這個衛兵是輪班新來，所以並不相識。

「你來多久了？」

「六天。」

「那……他呢？」

「他，一個星期。」

「那麼，你明天就出去啦。」
「還不知道。」
「你不是也一個星期嗎？」
「不是。」
「十天嗎？」
「不是。」
「二十天？」
「不是。」
「算了，開玩笑。那麼你是無期徒囚？」
「也許……」
「廢話！瞧你瀟灑地一點也不煩的樣子，這裡日子好過嗎？」
「馬馬虎虎，過一天算一天嘛。」
「嘿！瞧你多頑皮，你到底犯了那條？」
衛兵一直問個不休，我覺得有些不耐煩了。但冷靜一想，這個時候不應得罪他，未來孤寂暗淡的日子裡，偶爾和他嘀咕幾句也是一種消遣時間的好辦法。何況他是監房的衛兵，權在手，好歹都要看他眼色的。

「我犯的多得很哪。打架、怠工、無故外出，還有……應有盡有，難以數起啊。」我半打趣似地。

「唬！果然十足的壞蛋，佩服，佩服！難怪無期徒……這遭夠你的啦。」

衛兵睜圓眼，露出一副歪澀的笑容。看他性情並不兇，我略鬆了口氣。瞧他濃黑的脛毛像隻熊。

「咎由自取，沒有辦法。」

我作個無奈狀，他哈哈大笑起來。

「男子漢敢作敢當，好吧，這裡當作修行的道場。願你早日悟道成佛，阿彌陀佛！」

衛兵發出豪爽的笑聲，一轉身回到崗位去。我失去了講話的對象一時默然，禁房回復平靜了，一陣冷清孤獨的陰影輕輕地圍繞著我，漸漸地墮入沈思。沈思紛亂而嘈雜，終於喚起我遺忘的鄉愁。故土、家鄉……父母、弟妹……朋友……愛人，無止境的懷念接二連三地湧上心頭。

孤寂無聊的時光緩慢地蹁蹁溜過去，這山莊特殊小天地的禁房生活也過慣了。縱令兇悍的衛兵顯出冷漠的眼光在鏡門外睨視我，或是無情的夜幕黝黝地包圍我，卻也不再感到畏怯或者寂寞了。

多情的吳瑞坤終于打通了當值的衛兵來探視我。

「林兄有消息嗎？」

他為我的刑期格外操心。

「沒有，別介意，不會多久的，反正這裡的生活都能適應過去了，唯一的遺憾是沒有書好看，算了，那是奢望啊。」我苦笑說。

「要是有燈光，我可以送幾本來，可惜……林兄，你已經來四個星期了，你記得嗎？」

「噢，是嗎？我倒不覺得來這麼久了，這些天，連在地板上畫條線都懶得不做啦。時間觀念對我來說，已經有點麻木了。」

「那是你磊落不羈的個性使然的。否則……」

「不，我也是個平凡的俗子啊，你瞧！當初我還一天畫一條線作日子的記錄，連續畫了這麼多……」

我指著地板上一簇不規則的條紋，吳瑞坤苦笑著。

「林兄，你瘦啦。」

「會嗎？我一向很好啊。」

「我帶些吃的來，可是那鬼子蠻不講理，沒收了。」

「別這樣做，白費心機，大多的狗子是不通情的。好了，小吳，多謝你來看我，祇要有這份友情我就十分感激你了。」

「別這麼說，我們是難兄難弟嘛。」

「說的也是，多難得的難兄難弟，哈哈哈！」

我不經意地笑出聲，也許我的笑聲惹煩了衛兵了，他走近怒喝道：

「喂！你們講完了沒有，回去！這是俺特別通融讓你們面會……這麼大意，回去回去！」

「是，謝謝你，那麼林兄，我走了，你珍重。」

吳瑞坤看衛兵的臉色不友善，識相地不以為忤悄悄回去了。不料隔了兩天友永小隊長出現鐵門前，輪值的衛兵竟是那個「熊」。

「喲！你修成正果了嗎？」

衛兵一面逗我一面開了鐵鎖。

「林文，恭喜你，你自由啦。」

友永伸出手臂和我握手。

「謝謝小隊長的關照。」

「喂！回隊後千萬要乖乖啊，別讓我再看到你。」衛兵好意地叮囑我一句。

「是，沙喲那拉！」

跟著友永小隊長到了本部接受一場訓誡後，拖著疲倦的步伐回到隊裡。已是中午時分，隊友們都停止作業回舍了。看到隔別一個月的營舍、平板的床鋪、大夥兒弟兄，為什麼感覺得非常陌生？班長黃子哲輕輕向我打個招呼匆匆而去。其他夥伴都以冷漠的視線覬覦著我。最接近的同班弟兄對我如同新來的客人一般，那麼小心客氣起來。我心理上覺得有點駭異，僅僅四個星期的分離，竟發生了這麼大的齟齬？這是令人驚奇不已的疏離感，不由地感到萬分困惑。

也許，他們在下意識裡「營倉」就是監獄，由這裡走出來的人便是前科犯，所以沒有人喜歡和一個犯罪服役過的人打交道，基于這種偏狹的歧視，誰都不歡迎我，好像一碰到我就倒楣，馬上就被我姦玷似地，一直躲避著我哩。想著想著，終于覺得好笑也好氣。好一個勢利與自私的現實主義，人情冷暖，世態炎涼，一點都說得不錯，多麼齷齪醜陋的人生噢……

又一次陷入冷清孤獨的世界，好像在廣闊的沙漠裡獨自徬徨漂泊的旅人般，我的心靈無助地在空虛中飄搖無定。在這苦悶的日子裡小吳突然來訪，那是一個悶熱的星期天，他的出現使我一度死去的靈魂再度復活起來，三步併作兩步上前迎接他。

「林兄恭喜你。」

小吳臉上顯露無比的喜悅，伸出兩隻手臂抱住我，好像久別重逢的情人般久久不放。我被他這份真摯的友情深深地感動了，不覺眼眶熱紅，喉嚨被感情的熱潮堵塞著，一句話兒都說不出來。

「太好了，太好了，我一直在擔心……剛到本部去看你，才知道你已回來了。」

小吳興奮地這樣說。

「對不起，本應去找你的，因為回來時周遭變化得太多，我一直消沈下去。」

因心理上的衝激太大，竟忘記一個摯友的存在，我慚愧地向他這樣解釋。

「不行啊林兄，咱們該高興才是，我以為你不能隨便……」小吳眨眨眼，但唇角卻露出滿懷的喜悅。

「謝了小吳，你是在擔心最長的三個月。」

「可不是嗎？你的罪名、刑期都一直未知之數，真叫人急死啦。」

「但我不是好好地出來了嗎。真是意料之外，我們的津田隊長竟也大發慈悲，來個特赦……」我半譏諷地。

「有教養的日人，還有點良心。」小吳說。

「這也未必，在台灣你不曾看過，為人師表的老師、校長，還有郡守、警察課長之流豈不是有相當程度的學識教養嗎，可是他們不都對台灣人一向殘忍無人道，像魔鬼般喜歡整人嗎？」

「這我同感，不過，以這次的經驗來說，他們還有些良心，否則咱們一定更吃了很多苦頭。」

「也許……，我倒想起一個特殊的日本人，我唸國校時代有個叫田中先生的，他一點都沒有歧視台灣人，相反地排斥自己同族，甚至憎惡在台的一般日人。」

我愴然想起被調遣到南洋塞班島去的田中老師來。倏地一股慕情油然湧上心頭。不知老師無恙否。

「真的有那樣的日人？」

小吳猶疑地問。

「真的，他是我生涯中唯一敬愛的日人，他那偉大的博愛精神感召我，使我的生命有光明而增加信心，他啟蒙我意識到民族的自尊，培植我對統治者的反抗心態了。」

我感慨地說。

「你很幸運，能遇到這樣的奇人。」

「是的，假使沒有田中老師的啟示，說不定我也是個愚昧無知的善良日本皇民啦。可是現在……竟成為一個不倫不類的叛徒，哈哈哈。」

說完，由內心發出無助自嘲的笑聲。

「不倫不類的叛徒？呵呵，有意思，那我也是……瞧瞧這班狗仔威風到那裡去。」

小吳重新下定決心似地，兩隻拳頭緊緊地握著，俊長的眉毛下一對烏大的眼珠閃閃發光。

「我相信你夠氣魄，但這可不是好玩的，傻人傻事，好處沒有，苦水永遠吃不盡。」我說。

「我知道，我不作聰明人。」

小吳肯定地這樣說。他的口氣充滿毅然的決心似地。我想，假使台灣青年能有吳瑞坤這種精神和魄力，不！就只有一半就夠，大家若能覺醒來努力奮鬥，台灣未來的命運一定有所改觀，自由平等的光榮日子將會來臨。難道這是空中樓閣？祇是一個夢嗎？

「好吧小吳，我們盡力而為，永不妥協，不作統治者的二等皇民。」

「對！絕不低頭，反抗到底，走！咱們喝酒去，來個慶祝新的開始。」

小吳緊緊握著我的手，一股熱流傳遍我的五內。

「到那裡去？」

「江灣。」

血氣方剛的小吳說出便不罷休的氣勢，正邁開腳步，使我不能推拒的，也沒有考慮的餘地，踉蹌地被他牽著走了。在半路上我搭訕地說：

「咱們又觸犯軍規了。」

「犯就犯嘛，怕什麼？」

小吳回過頭來拍著胸膛，看樣子一點也不在乎「重營倉」的苦頭。也許，他覺得這種藐視軍律的行動就是反抗的第一步驟吧。他的臉上浮泛著沾沾得意的神采，充滿了激奮的眼光，意氣甚是昂揚。

因是星期日，江灣食堂的長板桌已坐滿客人，和往常一樣大多是日本士兵，還有沒有軍階的義勇團員也占了一大把位子，七、八個中國姑娘穿梭其間各獻慇懃接待著。一個好色的鬼子正逗著小琪強拉不放，我看在眼裡，一股無名火沖燒起來，正想衝過去時，小吳竟把我扭住了。

「不要衝動，他們鬼子這麼多人……」

小吳用台語提醒我，我暗地裡佩服他沈著細算，這個場合於我不利，寡不敵眾是自明之理啊。我沈住了氣，很快的小琪發現我們，藉口擺脫了那鬼子的毛手走過來。

「林先生好久不來啦。」

「忙嘛。」我隨便地。

「星期天很擠，請到這邊來。」

隨著小琪進入三號客室，小吳在門前一愣趦趄著。眼線盯著門板上那塊「士官專用」的告示牌。

「喂，進來嘛。」我催促他一聲。

「行嗎？我們……」

小吳還是猶豫不決地躊躇著。

「不是閻羅殿，你怕什麼嘛？請！」

小琪調皮地，伸手把小吳強拖進來。

「你什麼時候榮獲士官待遇啦？」

小吳仍然奇訝的口吻。

「管他士官個屁，反正這裡我有守護神，絕對保平安就是。」我訕訕地。

「守護神？」

「是啊，我們福子大姊就是林先生的守護神，她有絕對權力，連日本軍官都沒人敢吭她一聲。」

小琪得意地向小吳說。我感到訝異，福子大姊……難道小琪說的不是指洪蘭？可是還有誰呢？

「小琪，你說福子，她是誰呀？」

「噯喲，林先生別裝蒜好不好，還有誰哪，是我們這裡的代理老闆、櫃台小姐，還有……是您的……嘻嘻嘻，我不說啦。」

小琪俏皮地白我一眼。我暗忖，原來洪蘭還有一個日本名字「福子」，從來都未曾聽說過，據我所知她一直是中國人洪蘭，是不是她故弄玄虛，還是……

「小琪，福子大姊是不是日本人？」

「那當然啊，林先生您今天怎麼啦？」

小琪訝異地盯視我，好似我問這是有點脫軌了。

「沒有，我……哈，太糊塗了，噢，對，快拿啤酒來。」

我很周章地吩附小琪出去，頓時萌生了好大的疑問使我非常納罕，情緒有些紛亂了。福子……洪蘭……真難以捉摸，謎樣的女人，我的思索墮入五里霧中。

第二十二章

沒有國籍的女人

小琪出去後室內呈著霎時的靜寂，我在沈思，而吳瑞坤一頭霧水般默然盯住我。

「到底怎麼回事，都把我搞糊塗了，林兄，真的沒有問題嗎？」

吳瑞坤仍是戚戚不安地，介意闖進士官室的樣子。

「你當搭乘了大船，可放一百個心。」

我借一句日本俚言安慰他，吳瑞坤還是疑信參半的表情，小琪很快地拿酒來。

「林先生，你們不該這個時候來，星期天特別忙，福子大姊沒有空陪您啊。」

「沒有關係，忙她的好了。」

「不過，還不會讓您寂寞的。」

小琪那嬌小可愛的臉龐微露笑容，我暗吃一驚，在這種地方混不多久，這小丫頭竟老成了。

「你這丫頭，不該說這種話。」

我點著她額頭輕責著。

「那我該說什麼啊？」小琪俏皮地反問我。

「小孩子要說正經話。」

「那我就不正經啦？」

「不是說妳不正經，我是說……」

「什麼正經不正經……」

不期然地洪蘭出現了。

「沒有啦，福子大姊。」

小琪看到洪蘭十分窘迫，不由地臉紅起來。

「好啦小琪，妳替我看櫃台去。」

遣走小琪後洪蘭拿起酒瓶來斟滿了杯子，向著吳瑞坤略施一躬問道：

「這位是……」

「喔，我給妳介紹，他是我好友吳瑞坤君，小吳，這位就是福子大姊。」

我故意把福子二字明晰地唸出來，洪蘭霍地吃了一驚眨眨眼，旋即回復平靜了。

「幸會，我叫……福子，吳先生我敬您一杯。」

吳瑞坤一時受寵若驚似地慌忙站起來。

「這……那受當得起呢？」
「吳先生不要客氣，我跟阿文是很熟的朋友。」
洪蘭把我一瞄說。
「那麼，恭敬不如從命，謝謝。」
說著一飲而盡一大杯。
「吳先生真是海量，阿文不行。」
「我怎麼不行？」我不服氣地。
「唷！別挺強啦，你行嗎？好吧，那麼為你壓驚，我們也來一杯。」洪蘭微笑說。
我一恍，原來她已知道我被關進營倉的事了。我暗地裡佩服她消息這麼靈通。
「謝謝福子大姊。」
我故意逗她再叫一聲福子大姊，試看她的反應如何。
「阿文，別叫我福子好不好？我是洪蘭！我要你叫洪蘭！」
「為什麼？難道你不是福子。」
「我不否認，我確實叫福子，這世界的人都叫我福子，沒有人認識洪蘭，祗有你……」
「我不明白。」我搖頭。

「真的。阿文，你記得嗎？我說，要講一個故事給你聽，你是在想我捉弄你、騙你，是嗎？你若聽我講完故事後，就能相信我沒有玩弄你，就明白我對你另有一番心意。」

「那妳說。」

「好吧，不怕吳先生笑話，你們慢慢聽我道來。」

洪蘭說著，把雙眸合攏起來，似乎在追尋著遺失的回憶般，沈思了一會兒後啟唇說出驚人駭聞的語句。

「我是個沒有國籍的女人……」

「什麼？」我和吳瑞坤異口同聲地。

「你們靜靜聽我說，我的母親是日本東京市人，大約三十年前，跟家人移住上海虹口，那兒是日人最初聚集居住的地方。不久家裡遭到一場意外的災變，父母雙雙俱亡。那時候我的母親還是個女兒家，個性倔強不願接受外人施捨幫助，為要清還父親遺下的債務，不得已墮落紅塵謀生了。在歌台舞榭裡混了幾年，有一天在偶然的機會裡認識了一位風度翩翩的當地大學生，他們由相識而發生戀愛，而後同居。兩口子汝儂我儂的過了一段甜蜜美滿的生活。誰知好景不常，命運之神卻給他們一對情人帶來一樁最不幸的事件來。那是二十五年前的事。民國三年日本出兵攻占青島，提出無理苛酷的二十一條件，引起中國人的激憤，我父親是道道地地的中國人，而且是個激進的愛國學生，他憎恨日本的侵略野心，同時恨透了所有的日本人，因此動輒和母親鬧意見衝突失和了。在愛情與祖國雙邊觀念煎熬下，父親苦悶了一段時間，最後選擇自己的國家，無情地把恩愛的日本妻子拋棄了。那時我還在母親的腹中，待我呱呱墮地來到這世界時，父親早已一去不返杳如黃鶴了。可是我母親始終念念不忘，為要紀念父親把我取名蘭子，因為我父親的名字叫洪蘭洲呢。」

洪蘭說到這裡略停了停，她的聲腔帶著悽愴的哀韻，不禁為之一掬同情淚。她的故事太動聽了，實在太富戲劇性了。吳瑞坤和我很感動地盯著她那悲憫的秀容，一直期待她再說下去。

「阿文，你能相信這是事實嗎？」

洪蘭輕輕抹了抹眼角的淚珠問我。

「絕對相信，自從認識妳，我就覺得妳是個神秘的人，想不到你有這樣悲涼的身世，蘭姊，那你是中國人一點都不錯嗎？」我喟嘆說。

「可是沒有人知道這個秘密，除了你和這位吳先生。」

「為什麼你肯把這重大的秘密告訴我們呢？」

「這……也許，我認為你是我真正的朋友，也許你是特殊的台灣人。」

「台灣人有什麼不同嗎？」

「這是我個人的感覺，你不是道地的日本人，也不算做中國人，所以我偏愛你。」

洪蘭這樣解釋說，我不能完全清楚她的真意，只急著她故事並未講完，亟希望她再說下文。

「喔，這倒使我受寵若驚了，蘭姊，我們姑且不論這些，我很想聽妳說故事的連續。」

「你覺得有趣嗎？」

「不是覺得有趣，是出于一片關心。」

「謝啦。好吧，可憐的母親被遺棄後，不但沒有怨恨無情的丈夫，還是癡癡地等待有一天他會想念妻兒回來……」

她似乎極力壓抑激情的衝動般，深深地吸了口氣繼續說：「等待！等待！一直等了二十年……一切變成空遺恨。我出世就沒有爸爸，我母親含辛茹苦把我撫養長大，在人海茫茫的異國裡舉目無親，我們母女相依為命，為要活下去，母女兩人面對殘酷的人生，無時無刻和窮與苦搏鬥，捱過了一段漫長的辛酸歲月，可憐的母親終于在悲憤的絕望中與世長辭了。」

洪蘭眼眶盈滿了淚珠，吳瑞坤哭了，我不覺心中一陣痠痛。

「真好笑，我五年來第一次流出眼淚，自從母親去世變成孤兒後，我就很堅強地活過來呢。也許我不該說這些掃興的話，來！大家喝酒。」

洪蘭苦笑著，鷹揚地拿起酒杯。

「好呀，我們邊喝邊談。」

吳瑞坤和我跟著她舉杯，她一口呷了半杯後徐徐續說：

「還是讓我說完吧。母親到臨終前仍然慇慇地囑咐我說：不要怨恨父親，他是沒有錯的，你父親把愛惜妻子那份感情轉向去愛自己的國家了，這種熱烈的愛國情操，我們母女應引以為傲，可憐的母親苦等了二十年，到最後一刻間還是愛著父親，敬佩父親的作為……」

「很了不起，妳的母親非常偉大。」

吳瑞坤感嘆地說。

「蘭姊，這樣妳恨不恨你父親？」

「我……恨！母親雖然那麼說，也許我的感受和母親不一樣，父親的絕情負心使我成為可恥的私生子，害我變成沒有國籍的人，他對我心靈上的傷害這麼大，我怎麼不恨？」

「為什麼呢？縱令不是中國國籍，妳也該是日本人籍啊。」吳瑞坤奇訝地問。

「這嘛，因為我是在那種情形之下出生的，在這上海裡頭沒有申報戶籍也不算怎麼回事啊。」

「這倒是事實，在僑居地不比國內有戶政機關嚴格管理著，所以蘭姊就糊裡糊塗地變成沒有國籍的女人。」

「不是糊裡糊塗，是那個不負責任的父親害的……」

洪蘭反駁我說，聽她口氣好像對她生父的氣恨很深。

「可是福子大姊，在妳心理上或者精神上總有一個認同呀，中國抑或日本？」

吳瑞坤仍然喚她福子是有意的，洪蘭被這一問臉上明顯地浮泛著尷尬的神色，她一時不回答，把視線轉向我。

「阿文，你要知道我這五年來幹什麼的……」

「福子大姊，妳還沒回答我啊？」

吳瑞坤緊追不捨地急欲明瞭洪蘭的心態。

「吳先生你真會挖苦我，老實說，因我恨我父親，也痛恨中國人。也許我的遭遇太悲慘，打擊夠大了，以致心胸狹隘，所以我一直以日本人自居。」

「這就怪了，蘭姊，妳頭一遭和我見面時，豈不是說你是中國人？」我插嘴詢問她。

「那是另一回事，要來解釋這些，不如聽我講故事的收場。」

「好啊，願洗耳恭聽。」

「自我母親別世後，我的生活更自由、放浪，十里洋場大上海所有歌台舞榭沒有我沒闖過的地方，見過了很多不同人種的達官權貴、富商巨賈……」

「唬！就是名噪一時的名交際花嚕。」我喟嘆說。

「不要打岔，就在這個時候虹口的日本特務機關看上了我的特殊環境，刻意安排利用我。因此……」

洪蘭說到這裡略頓了頓，眉宇間有了說不出的痛苦般。

「在極端的心理矛盾衝擊之下，我還是應諾他們的要求完成了一些任務。」

「情報工作？」我發出驚訝聲。

「蘭姊，妳真的幹這傻事……」

「不幹又能怎麼樣呢？」

洪蘭一副無奈的神色。

「妳真傻，妳不念父親也不應該出賣全中國人，甘心助紂為虐替野心的魔鬼作事。蘭姊妳這於心何忍呢？」

我略帶責難的口吻說，洪蘭不經心地悠然說：

「不念父親……我已說過，那時候我還在痛恨無情的父親當兒，那麼做是以牙還牙的報復心理，是人之常情啊。你說我傻嗎？」

「妳的個性未免太固執頑強了，妳對父親的仇念太深了。我敢說，妳犯了倫理上最大的錯誤，為什麼妳不能寬恕妳父親呢。因為妳父親那份愛國的情操是值得令人欽佩的，雖然對妳母女倆有點虧欠，可是他寧願犧牲愛情、骨肉去奉獻自己的國家，這是一個忠心勇者的表現，有這麼偉大的父親你該引以為榮，妳說是不？」我激動地。

「好了阿文，你別衝動，聽我說完。那段時光裡，我確實為他們做了一些傻事，可是我內心……雖然得到一點報復的愉悅感，然後接踵而來的是一片空虛和自責。但那都成過去了，在心理上一再反覆的矛盾使我戚戚不能自安，直至這次事變發生，日軍占領上海之後，目睹他們的橫虐迫害中國人民的種種醜陋行為，方得喚醒我埋沒已久的良心，毅然脫離他們的關係，恢復我個人自主的權利了。」

我不覺鬆了口氣，對她一切疑慮責難都像六月雪般溶解了。

「也許，這是人家所說的『血濃於水』的道理吧，現在我能夠肯定自己身上所循環的是中國人的血了。」

「是的，蘭姊，妳這樣肯定自己是對的，妳的靈魂甦醒了，妳的理性復活了。」

我喜形於色地緊握她的手臂。

「蘭姊，我太高興了，祝妳前途光明。」

吳瑞坤興奮地拿起酒杯說。

「謝謝二位。」

洪蘭臉上的愁雲飛散了，她已恢復本來明媚清朗的面目了。

「所以我一直尋覓贖罪的機會，阿文，現在你一定想得出來。」

洪蘭意味深長地把我一瞥，我愣住了——尋覓贖罪的機會？………我想得出來？暗地裡反覆思索了良久，我終于想到了大場鎮那件事來。對！絕對錯不了的，但我不形於色，裝傻地反問她：

「蘭姊，別把我搞糊塗了，叫我想些什麼呢？我倒要問你一件事哪。」

「問什麼？你說。」

「大場鎮那樁事啊！我倒沒聽說過有啥重大事情發生，究竟結果怎麼樣呢？」我假惺惺地。

「那呀，告訴你，因為事前有人走漏風聲，結果大多數人都跑掉了，遲來的措手不及完全落網，那是少數人，其中還有一些無辜的老百姓蒙受池魚之殃。」

洪蘭神秘兮兮地這樣說。自從大場圍捕事件發生之後，我一直耿耿於懷，但未曾聽到任何消息，現在由她這麼說來，心裡總算感覺有點安慰了，雖然未臻拯救全部游擊戰士，卻也沒有白跑一趟，但對那些被捕犧牲的同胞感到萬分的悲戚。

「呢！你們在說什麼？我一點都聽不懂啊。」

吳瑞坤莫名其妙地。

「吳君，別躁氣，這事我會慢慢告訴你，不慌，喝酒吧。」

我笑著說，其實內心暗暗佩服洪蘭的機智，她利用反心理作用，故意透露消息叫我不要去大場，而我完全被利用跑去通風報信，達成她「贖罪」的願望了。

「蘭姊，妳好厲害，令人佩服，我敬你一杯。」

「不要這麼說，其實你也很了不起，我該敬你。吳先生，為敬一個無名英雄，大家乾！」

洪蘭舉杯招呼吳瑞坤，他頓時發出叫聲。

「哇！我想通了，這應該的，無名英雄不但是一個，是兩個……我該喝兩杯。」

他接連喝完了兩杯。洪蘭和他乾杯後說：

「吳先生真是海量，性情又是這麼痛快，我很高興多認識一個朋友，今天我作東，大家來開懷痛飲一場。」

「不，蘭姊，誠意心領了，改天吧，因為我們『無故外出』的呀，不能耽擱過久……」

「是啊，來日方長，機會有的是，今天不早啦，我們該回隊啦。」隨著吳瑞坤我這樣說，站起來表示歸意。

「既然你們這麼說，好吧，改天請個假早點來。」

辭別洪蘭走出江灣食堂，落日的餘暉紅紅地映照著我倆的臉上。我和吳瑞坤滿懷的愜意，步伐也特別輕鬆捷快，到了一帶民房密集的地方，劫後餘生的人們陸續回到自己的家園。初來時那種荒涼的感覺已經一掃而空，處處呈顯出新生的氣象了。在一片廢墟的角落，一群赤足破衣的孩童無心地玩耍著，彷彿間隨風傳來歌唱聲。那是「蘇武牧羊」的曲調。

……八一三，東洋兵，闖進閘北來，有錢出錢去呀，有力出力去……

那群無心的孩童們合唱的歌聲，深深地打動我的心坎，吳瑞坤也有所感動似地回首對視我，露出會心的微笑。不由地想起台灣的由「雨夜花」曲調改編的「榮譽的軍夫」這首歌來。對比起來這是何等的諷刺，不勝感慨萬千。

第二十三章　江灣春日遲

昭和十四年（民國二十八年）春初，這裡江灣的氣候猶如台灣的冬天，偶有清麗陽光煦照，但陣陣的冷風拂面而過，仍覺得利刀刺骨般難受。眺望磑磑的河面好像是一條燦爛的白銀彎彎無盡處，陸地總覺得有萬種愁緒湧上心頭。快一年了，遠離故鄉僕僕風塵從軍到這裡來，幸得所屬的是後方的農業義勇團，不像一般軍夫隨軍轉戰，在前線搬運軍火糧秣無時無刻把生命暴露在危險之中。這三百多天的日子，雖然吃了不少的苦頭，在日常生活中，卻也點綴著些值得懷念的瑣事，至少免受砲彈的洗禮而帶來死亡威脅就算不幸中之幸了。

這天，一大早天氣就很不開朗，連日來的陰鬱氣候不風不雨，真令人煩躁納悶。中午飯前，班長依例由本部拿回一束信封來分發了。父親來信說弟弟被徵去當海軍工員遣送至內地橫須賀海軍基地了。驀地我好像被雷劈著似的心裡起了一陣震盪，一時心跳幾乎停止了。橫暴瘋狂的日本軍閥像是要把台灣青少年趕盡殺絕似地，竟連剛國校畢業的弟弟都不肯放過，由父親的手裡奪走了。我傷心、憤恨，緊緊咬著牙關。早些時日就有消息傳來，當局在台灣一批接一批地徵召少年工員到橫須賀、高座等海軍基地去，現在事實已經證明了。這就是日本軍閥正在刻意擴充海軍軍力哩。難道龐大的陸軍征服大陸的美夢破碎了，要來一次陸海總動員的大作戰？抑或另有企圖再發動一場別開生面的大戰爭呢。

一年前我被強召到大陸來，歸期茫茫未定，如今唯一的弟弟也難逃劫數，迢迢遠去日本內地了，變成膝下無依的年邁雙親會是怎樣傷心難過呢。想至此不覺黯然悱惻痛不欲生。霍地，我的心靈好似被一陣暴風掠過起了莫大的變化，許久隱藏在內心深處那個無謂的「英雄夢」——相機脫離日寇的魔掌投奔祖國參加抗戰行列的夢開始動搖，甚至完全破碎了。

——我必需活著回去奉養爹娘，為人子止於孝，絕不能使一對窮困的父母過著無依的日子，自古以來忠孝都是不能兩全的……

我這樣自語著，或許，這是我對祖國忠心不堅的卑鄙藉詞，但我確實如此想。想念父母的情愫愈來愈深，珍惜生命的本能油然抬頭起來，使我變成個貪生怕死的懦夫。

「喂！好消息，天大的好消息！」

一個星期假日的早上，班裡的軍師莊玉林由外邊跑回來大叫大嚷著。正在無聊納悶的大夥兒弟兄一愰緊張起來。急性子的楊新發迫不及待的發問道：

「軍師，啥好消息快說呀？」

「你們知道不知道，江灣鎮開設『慰安所』了。」

莊玉林把慰安所三字特別有節奏地提高嗓音說。

「慰安所？喂！軍師，慰安所是搞什麼鬼把戲的地方啊？」

楊新發奇異不解的眼神直盯著軍師，不但楊新發不解這個新名詞，所有在場的人都莫名其妙地晃著腦袋。

「幹！你們真是沒學問，連慰安所都不懂呀，告訴你們，就是軍中妓女戶，懂了吧？」

莊玉林說著，露出得意的微笑。

「真的有這回事？你是班裡的軍師，可不能隨便撒謊喔。」

在班裡年紀最大的邱大海沈不住氣責難似地面對莊玉林。也許對這突如其來的消息最感興趣的是他吧，在許多弟兄們裡，他是唯一的已婚者，聽說有個三歲大的男孩。

「喲，邱老大請你別急，我明白你飢渴得太久了，這會兒可樂死你了。」

莊玉林調侃地。

「軍師，不要賣關子乾脆說個清楚好不好？」

壞脾氣的呂護不耐煩似地瞥視莊玉林問。

「好，我說我說，江灣街尾日前豎起一塊嶄新的招牌，名曰『皇軍慰安所』，開始營業啦，裡面滿是鶯鶯燕燕，中國姑娘、朝鮮婆仔，還有日本婆仔隨主適客……」

「哇！太棒啦，到底要不要錢？」

楊新發不等他說完，興沖沖地打岔問道。

「你這個阿木林，天底下哪裡有這便宜事。」

莊玉林摩挲著他的臉頰譏笑說，陡然引起大夥兒的一陣哄笑聲。

「當然要錢，公定價格，不論將校士兵軍屬一律兩塊錢，但是一回交易三十分鐘為限。」

「兩塊錢呀，這個價錢很公道嘛。」

楊新發已經躍躍欲試的口吻。

「幹！薄利多賣主義嘛。」

這是邱老大的腔門。

「此時此地做這種生意來一定門庭若市，別小看區區兩塊錢，她們日以繼夜賺起來，收入是相當可觀的嚕。」

不愧老邱年紀高，懂世故，亟像識途老馬似的口氣。

「那是她們家的事，以我們站在消費者的立場來說，兩塊錢確實便宜嘛。」

平常隱重老實的曾煥彩也這樣說。

「喂！咱們姑且不論這些，到底有沒有這回事，吔！軍師，你這消息可靠嗎？」

楊新發還是疑信參半似地。

「人格擔保，絕對不是亂蓋的，不相信的話我敢和你們打賭。」莊玉林自信滿滿的口氣。

「怎麼打賭法？」楊新發問。

「現在我帶你們去實地鑑查，果真有慰安所你們共同請客，我若撒謊被罰一打啤酒。」

「有理！一言為定。喂！誰有興趣參加突擊行動，有志者舉手。」

楊新發和莊玉林約定後，便向眾人招募同志了。

「我參加。」邱大海毫不猶豫地舉起雙手。

「我也要。」

「我也……」

頓時有三人志願者出現，五人突擊隊馬上成立了。

「哈哈！假使要請客，我們各分攤五毛錢，一度銷魂兩塊五，還划得來嘛。走！我們申請外出證去。」

楊新發爽朗地笑著說，他們五人小組一窩蜂直衝小隊長室去，其他的弟兄都七嘴八舌地嘀咕了一陣後，各自找消遣去了。舍內返回平靜，同班的只剩下我和班長黃子哲兩人。他近來對我有點友善了，時間沖淡了他對我的顧忌，恢復同鄉同班的感情。也許，我已不像以前那樣狂妄放肆了，因我的日常比較規矩起來，使他鬆弛了對我的戒懼之心罷。

「林文，你怎麼不參加突擊隊？」

班長顯得親切友好的態度詢問我。

「沒興趣，班長你呢？」

「我……」

他被我反問好像有點尷尬了。

「哈哈，我知道班長是個正人君子，不會隨便涉足那種地方。」

「話不是這樣說，既是正當交易亦無不可之理啊，有需要時調劑調劑也是應該的。」

「班長也有這種想法？」

「人嘛，孔子說『食色性也』，聖賢都這樣說著，我也不能否認人類本能的一大慾啊。」

班長一本正經地這樣說，他把解決性慾說作調劑，我覺得是很有趣的比喻。

「這倒是真心話，那麼我等待班長有需要時，奉陪去調劑調劑……」

「你這個壞蛋，逗我……」

班長輕點著我額頭爽朗地笑起來。

「林文，咱們到酒保（軍中福利社）去，假日呆在營舍裡多笨，我請你吃鳳梨罐頭，台灣來的，吃那甜甜酸酸的水果就想起故鄉，也好像回到台灣的感覺。」

「懷鄉病。」我說。

「不錯，是懷鄉病，會想吃鳳梨，難道你不想？」

被他提及故鄉，撩起我內心許許多多的感傷，陡然引起無限的鄉愁。蒼老的父親、慈祥的阿娘、嫺靜乖巧的妹妹、千里迢迢渡洋在日本的弟弟……還有台南的玉霜阿姨、月英……不要再想了，依然想起她——寒蘭……一年前，當離別之夜的繾綣纏綿，到如今為什麼音訊杳然，為什麼呢？索詢玉霜阿姨，據她說，自從台南車站一別，爾後芳蹤無定，甚難見面云云……究竟發生什麼變故呢？真令人費疑猜測，急死人了。關山遠隔，地北天南，身繫軍旅不能自由奔回探望，感慨無奈，夢轂空回徒增惆悵而已。

「怎麼啦？」

班長奇訝地盯視著我。

「沒……沒有，」我訕訕地。

「是不是想起故鄉的愛人啦？」

班長顯出柔和的微笑。

「別扯臊，走！吃鳳梨去。」

莊玉林所帶來的好消息很快地傳遍了全隊，這個發現對枯燥乏味的軍中捱日子的弟兄們來說，正像沙漠中的綠洲一般，真是驚喜若狂。大夥兒趨之若鶩，天天有人不惜冒犯軍中戒律無斷外出去嚐試「突擊」的痛快味道回來。尤其星期假日，這間慰安所門前可說車水馬龍，嫖客絡驛不絕熱鬧非常了。駐軍部隊另派警備隊出來維持秩序，隨之我們農場的各小隊長也出動干涉取締隊員了。一些火氣旺盛的「突擊勇士」們被小隊長逮住，有的當場被毆辱，有的被令中途退陣，這些不講道理的行為已到使人無法忍受的地步了。原來軍部准許開設慰安所的目的是為要減少皇軍對中國婦女的強暴事件發生，它的對象固然是戰地軍人和軍屬，然而依照「陸軍娛樂所規則」第一條即明文規定「本慰安所除陸軍軍人軍屬（軍夫除外）之外不許入場」。照理說，我們非是軍人便是軍屬，這是一般的常識，連她們慰安婦都自詡為軍屬呢。所以我們進出慰安所警備隊也不加以禁止取締，慰安所的婆娘們也樂於招呼接待了。唯獨我們農場的小隊長們依據「軍夫除外」為由嚴格取締起來。台灣青年被軍部徵召為皇軍賣命還不算是軍屬，這種歧視和差別待遇真令人氣憤極了。由於這個殘酷無情的事實擺在眼前，而許多弟兄們都切身地嚐試到他們的欺凌毆辱，大大地有所覺醒了，台灣青年的怒憤沸騰了，全隊到處醞釀著一股不滿之氣，對這些日人小隊長大起憎恨反感蠢蠢欲動了。我不能輕放這個機會，穿梭各營舍間大肆渲染一場，煽起反抗日人的火燄，終於激發了一次不滿份子襲擊小隊長室的事件。

那天下午六點許，第十二班的楊丙丁因故被友永小隊長傳到小隊長室來。恰巧第二小隊長也在場，這傢伙的蠻橫是隊裡有名的，於是他大展雄威欺辱楊丙丁了，可是楊丙丁一反往常態度，強硬的不甘心受辱了。

「你這野郎！膽敢反抗長官。」

「畜生！我揍死你！」

兩個倭鬼的怒吼聲，聯手猛揍楊丙丁，霎時楊的臉頰紅腫，鼻血滾滾流下來。這時楊丙丁已忍無可忍勇敢地出手還擊了。

「好膽大的傢伙，竟敢打上司！你活得不耐煩啦？」

第二小隊長的吼叫聲震動了四周的空氣，大夥兒弟兄不約而同跑過去圍觀了。五個……十個……二十……轉瞬間把小隊長室團團圍住了。

「大家還在呆看什麼！把楊丙丁救出來！」

我大聲叫喚著。

「對！不要讓四腳仔得逞。」

「打！打死四腳仔。」

「蕃薯仔（謂台灣人）不是那麼好欺負的，給他顏色看看。」

「打呀！衝呀！」

……一人開腔萬人呼應，群情譁然一窩蜂衝進去了。

「幹你娘！再敢欺負台灣人……」

「賣木屐的威風什麼？」

「不要留他狗命……」

怒罵……叫號……拳打、腳踢交加的嘈雜聲，整個小隊長室一片紛亂騷然，一會兒兩個小隊長被整得遍體鱗傷龜縮作一團了。

「他媽的，看我的……」

這時體壯力大的周時運揮腳踢下去。

「哎……喲……呀……」

友永小隊長被他一踢發出有氣無力的哀號聲。我急忙攔住老周的第二招說：

「住手，不要再打啦，我瞧差不多夠啦。」

「不行！你讓開，今天不打死這個臭狗仔，我永遠恨不消。」

楊丙丁怒氣沖沖地向我抗議。

「不要鹵莽，再打下去會鬧出人命，大家冷靜想一想，真的打死一隻狗仔來，我們就要賠幾條命，值得嗎？已經出一口氣就行，大家散開，散開！」

經我這樣勸導大夥兒一時愣住了，盲目的氣憤衝動過後大家都想到事後的嚴重性來似地，面顯不安和恐懼的神情，驟然冷寂無聲了。

「大家退散，這裡由我來負責處理，散開。」

於是大夥兒個個頷首點頭各自散去了，剩下來祇有我和蹲在地上的兩位小隊長，還有關心後果的隊友不願離開，佇立在窗外注視著我們。我心裡忖量著，事件未發生前，祇是憑著意氣用事，一味要報復雪恨不計後果，但現在果然發生了，方才考慮到這個事件的嚴重性。在軍中反抗長官，施展暴力行為罪同造反，假使他們認真究辦起來將是怎麼樣結果呢？想到這，不禁一陣慄寒掠過背脊。

「小隊長殿，您們沒事吧？」

我蹲下去把他們兩人扶起來。友永晃晃身子倚著桌子坐下去，第二小隊長比較受點輕傷，一副傲岸的嘴臉，充滿敵意的眼光盯視我。

「真是意外，差點兒鬧出大事情來。」

我故作有點歉色這樣說。

「什麼！你還說這是小事情……」

第二小隊長狠狠地叱責我。

「我不是這個意思，我是說……」

「好了，林文，現在不是討論問題大小的時候，緊要的是要怎樣來處理這件問題，是不？」

友永截住我的話這麼說。

「是的，請問小隊長殿，您要如何善後呢？」

「這……你說該怎麼處理？」

友永反問我。我很納罕，為什麼他不說，偏要問我意見，這是善意？還是故意刁難？

「我……小隊長殿，這那有我插嘴的份兒……」

我支吾著。

「不，我倒很想聽你的意見，說真的，今天若沒有你，咱們二人早就被擺平了，我還沒向你道謝呢。」

「那裡……那麼，恕我冒昧說些淺見作為你們參考，今天陡然發生這樣不幸事件是由來已久事出有因的。」

「事出有因？什麼因？你說個明白。」暴躁的第二小隊長急促地追問我。

「因為過去你們的……」

「不妨，你坦白地說下去。」友永催促著。

「過去你們給一般隊友們的印象不太好，尤其最近對於江灣外出的取締太嚴格了些，以致他們有所怨尤，這都是造成不滿反抗的最大原因。」

「嗯，這點我也大略明白一點，所以說，今天這件事就是隊員的具體抗議行動了。」友永有所了悟似地。

「是的，所以小隊長殿，對於這件事的處理必需慎重考慮，來日方長，不能使他日再有第二次這類事件發生。」

「你的意思是……」

「我誠願小隊長您們能以德服人的胸懷來解決事情，固然他們這種不遜的行為，實罪無可赦的餘地，但為要息事寧人，使他們心服口服，尚請小隊長殿寬大為懷從輕發落了結此事。」

「不行！這群可惡的傢伙，斷然不能輕饒。」

第二小隊長叫囂著。

「送本部經憲兵隊處決，個個銃殺。」

「石田，不要衝動，銃殺這些人你有啥好處，別躁氣，委任我設法。」

同是小隊長，但友永具有中學畢業的學歷，平常隊長器重他，所以石田也禮讓三分不敢強硬反對他。

「林文，你的意思我明白，那麼，該怎麼處理好？」

「我想，叫挑事者出來自首，由小隊長向隊長報告是一場誤會引起的，懇求隊長從輕發落，您以為怎樣？」

「嗯，可以這麼做，但是挑事者是誰，你知道嗎？」

「楊丙丁以外還有……不過我會調查出來，萬一沒有人敢出來承擔，那時我可以和楊丙丁來負責一切。」

「這怎麼行，你是被隊長注目的人物，涉及這件事總不太好吧？」

意外，想不到這個狡獪的友永小隊長竟說出這樣體貼我的話兒來，這個傢伙到底存什麼心，真令人難以猜測。

「謝謝，我很感激您的關愛。我是說萬一……」

「好了，你馬上去辦，五、六個人總沒有問題吧？」

友永這樣說，我愣然愣住了。

「小隊長殿，您既然有寬宏的器量，就不該讓那麼多人去受罪啊，再說，有這麼多挑事者，要說是一場誤會恐怕很難說得過去啊，最好的辦法還是由兩個人承擔最恰當不過了。」

「兩個人……只兩個人嗎？」

「是的，兩個人，這樣做會有很多人感激您們的寬宏大量，往後相處的日子會帶來更多的和氣和快樂了。小隊長殿，您是聰明人，這點您應該想得到的。」

「我若不答應會得罪更多的隊員，你是這個意思？」友永說後沈思了一會，終於採納我的建議。我回到營舍對隊友們報告始末，大家協議的結果，楊丙丁以外周時運自告奮勇出面自首，兩人獲得額外開恩被禁兩個星期的重營倉了事了。

兩星期後的那天，是楊周二人被釋放的日子。早上剛上農場作業，我忙著整土工作時霍地被人叫著。抬頭望去，原來是身材魁梧的津田隊長，一副冷漠威嚴的臉孔，炯炯的眼光睥睨著我。我有點膽怯，即時放下鍬頭立正行個軍禮。

「林文，跟我來。」

「哈！」

我應聲跟著隊長走了一段田埂路後，來到營舍前的小河邊。結冰的河面由於晨光的反射閃閃發亮著。隊長回首望我一眼，然後儼然發令了。

「止步……立正，開步走……」

我依令前進，走進河溝裡了，河面的一層薄冰被我划破了，一陣沁心蝕骨的寒氣侵襲全身，前進，再前進，到河中央了，河冰沒過肚臍上了，突然再一聲「止步」，我觸了電似地僵直站住了。一分鐘……兩分鐘……五分鐘……一刻鐘都過去了，不知有多久了，我的知覺漸漸消失，全身發抖了，在半昏迷狀態中忽聽到隊長的高嗓門「起來」，我下意識地傾盡最大的力氣回頭爬上岸來。

為什麼津田隊長命我在結冰的河溝裡罰站？他沒有宣佈我的罪名，但我自己心裡有數，該向他感謝對我格外開恩才是。

第二十四章　歸鄉・失落及摸索

不久，友隊的台北、新竹、台中、高雄等各隊裡也瀕傳發生反抗日人毆打小隊長的類似事件。因在各隊的日人小隊長對台胞隊員的欺凌苛虐是並無二致的，所以大多數的隊友對他們嫉惡如仇，不滿情緒都普遍很強烈，祇因在一種習性、無奈的屈從心理支配下，不敢妄動積極反抗而已。然而我們台南隊的襲擊事件可謂突破這個心理枷鎖，把台灣青年健強不屈的意志表露出來了。而結果對挑事者的制裁竟如此忍讓寬大，於是大家開竅了。窮兇極惡的日寇不過是一隻嚇人的紙老虎而已，無甚畏懼可怕的，從而大家都鼓起勇氣和信心不再卑屈懦弱了。在各隊裡燃起雪恥復仇的火燄，彼此呼應造成一股洶濤濤的浪潮來。於是乎今天這隊，明天那隊，日人小隊長被整砸的消息不徑而走了。本部的「大人們」為這瀕發的意外事件周章狼狽大傷腦筋了。忙急開會討論查究原因和對策，會上強硬派主張不能姑息要徹底嚴辦，把不逞份子全部逮捕移送憲兵隊處理。但是幾位溫和派的隊長卻認為此策不當極力反對了。理由是隊員有一千人之多，在這種不穩空氣彌漫了全隊，縱令把這少數的反動份子徹底究辦了，反之益加激起大多數的不滿情緒，正如火中加油般很容易引起公憤，萬一這一千個台人隊員一齊呼應起來反抗，會造成不可收拾的嚴重事件，為要顧全大局還是忍讓從輕議處才是上策。經過一番激烈的討論結果，終于眾議一致採取後者了。

也許，他們認為這場侵略戰爭所期的勝算逐漸感到渺茫，抑或感覺到戰爭必定轉入長期化，所以不能輕忽台灣青年往後的利用價值吧。本部的隊長們雖然心有不甘，倒也用心良苦地就這樣決議了。這是統治者一次破天荒的寬容，實使人感到非常意外。後來竟有提早遣回我們這批問題隊伍，更換第二批新員來接班之議了。

打從這事件過後，農場裡的空氣煥然一新，日常生活好像輕鬆得多了。其實我們苛累的工作並沒有減輕，相反地，由于趕夏季的大量收成終日忙得團團轉，加之天氣也一天比一天的熱起來，每天一出門便汗流浹背真是難熬極了。當然這是一種心靈上的感受吧，那是因為天天接觸的上司小隊長們那傲慢不可一世的猙獰臉孔收斂了，偶而有些過失犯規也不加嚴格取締，過去動輒藉故制裁隊員的無理行為也很少發生了。基于這種種跡象顯示，這班日寇的態度已徹底軟化了，堆積在心頭上的壓迫感自然而然化消了。

入秋——天氣轉涼了，隊裡傳來令人興奮不已的風聞：在台灣已經徵召第二批的農義團要接替我們。退伍的消息雖然沒有人敢作肯定的證實，但人人都抱著欣慰的心情寄以無限的期盼，但願不是空穴來風的無稽謠言。

昭和十四年（民國二十八年）八月下旬，團本部發出一道令人驚喜的消息，第一期農業義勇團要解除退伍，第二期的新隊已經出發離台了，一俟他們到達接班我們就可返回台灣了。大夥兒沈醉在一片喜氣洋洋極度的興奮中，唯獨我墮入莫可言狀的迷惘裡，能夠無恙重回故鄉固然是件大大的喜事，可是眼看這遍地瘡痍的祖國河山，水深火熱中的同胞……從此訣別了，不禁萌生了一種無助的眷戀和哀愁。

「哇！這……不是在作夢嗎？實在難以相信。」

「怎麼搞的，真的提早解隊了？」

「誰要你們這群不忠不義的問題隊伍啊？」

「我們這樣賣命賣力，還說沒有忠君愛國的精神嗎？」

「鬼曉得，皇軍不要我們再效勞這是事實啦。」

「萬歲……」

「萬歲……」

弟兄們都互擁起來雀躍歡騰，但我的心緒始終有些迷惘複雜，不能和他們一起來手舞足蹈了。第二天起下令停止作業準備歸程，但是什麼時候上船猶屬軍中機密沒有公佈。那天下午我到江灣食堂找洪蘭道別去。

「想不到這麼快就要和妳離別了。」我惆悵地。

「我早已知道了，我不知該怎麼說才好，祇覺得有些惋惜、悲哀……除此無他可言。」

洪蘭濕潤的眼眸凝視我，好像有千萬衷情要說一般。

「我也是，本來我想能結識你這一個奇女子，我的人生會有變化，活得更有意義，也許會做些什麼來，蘭姊，真的，我一直這樣想著。」

「我相信，我也看你是一個特殊的人，真心交你做朋友，可惜時間倉促……」

「蘭姊，我可以不回去，留在這裡和妳患難相處。」

「這怎麼行……你不是說過，家裡有年邁的雙親，唯一的弟弟也被徵去內地了，你若不回去，他們老人家會是怎樣傷心，不要說傻話，你的爸媽在故鄉倚門等待著你平安回去啊，你忍心讓他們老人家失望嗎？」

「…………」

我心酸了，一時喉也鯁住了。

「阿文，你該回去安慰一對父母，你有奉養父母的責任，日後倘有機會還可以再來，知道嗎？」

洪蘭諄諄地向我說。

「若有緣的話，不論何時何地我們還有見面的一天，我也盼望著有那一天的來臨。」

她的聲音多麼真摰熱情，我好像得到了什麼暗示似地慨然點頭。

「那麼，多珍重。」

「妳也珍重。」

我用力握著她的手，洪蘭在我的臉頰回報一個熱吻，從此一別山川遠隔，何時再相逢呢？

「沙喲那拉！」

「沙喲那拉！」

九月初的一天，我們重新踏上訣別一年四個月的故土，我回到可愛的老家。一年多不見的父親頭髮添了幾根白毛，阿娘也瘦了。妹妹已經長得亭亭玉立變成美麗的村姑。一切變了，自己的親人變，故鄉一切的景物都變了。隨著時代的要求，戰時生活一切以簡潔樸素為主，令人感到驚奇的是村中部落道路整頓得井井有條，宛然都市化了。我——在村中的泥土小徑，一時忘記自我，好像一個外鄉人用陌生的眼光瞭望自己故鄉的景象。正浸淫在無限的感慨裡，倏地，想起寒蘭，我心起了一陣酸痛。噢！寒蘭，你到哪裡去了，為什麼台南一別爾後消息杳然呢？日頭已下了半晡，我迫不及待的趕車到台南。當我出現在玉霜阿姨家時，她們母女同時發出驚訝的叫聲。

「阿文……」

「林大哥……林大哥！」

月英連連喚我幾聲，驀地走近來抱住我。

「玉霜阿姨、英妹，我回來了。」

玉霜阿姨好像萬感交集般，一時茫然說不出話來。

「林大哥，你什麼時候回來的？我好想念你。」

月英滿眼淚水，面露極端喜悅的神色。

「剛回到故鄉，稍後馬上來看妳們。」我說。

「真的，林大哥，你和一年前一樣……可是膚色變那麼黑。」

她放開我，從頭部至腳尖反覆端詳一番。這時玉霜阿姨已經定了神似地徐徐開口了。

「阿文，你真的平安回來了？」

「是，我平安回來，玉霜阿姨妳怎麼啦？」

我看她臉色有點異常，心裡忡忡不安。

「遲啦，現在回來……」

玉霜阿姨的口吻有點怨懟和失望，她傷心地用指頭擦著鼻樑。

「玉霜阿姨，蘭姊她……呢？」

我已有一種不測的預感，猛抓住她的肩膀直搖著。

「她……阿文，你冷靜聽我從頭說起……去年那天我們在火車站送別你回來後，蘭姑一直沒有回去西門町，獨個人深鎖在你房間裡，終日失魂落魄似地茫然失措，有時啜泣，有時嘆息，看她那絕望癡呆的眼神，簡直是個瘋人。我不忍心，儘情勸慰、激勵她，叫她勇敢接受命運的考驗，不久的一天……唉！我說得口乾舌爛她都仍然無動於衷，號啕大哭說：完啦，日本仔搶奪我最後一個心，我什麼都沒有啦。阿文，蘭姑仔不幸的婚姻，過著長期缺陷的無助生活中，你是她唯一的精神支柱，失去了你，這是何等殘酷的打擊，叫她怎麼不崩潰呢？」

「可是我……我是被徵召從軍去，不是有意……」

「這還用說，這年頭被日本仔徵召送往大陸的台灣青年有幾個活著回來，莫怪蘭姑她……老實說，我剛看到你時，好像在作夢般，疑是你的鬼魂回來呀。」

玉霜阿姨帶些幾分怨尤很傷感地說。

「然後呢？」

「然後……」

玉霜阿姨緊閉雙眸，極力壓抑著感情的氾濫似地稍後再說：

「大約一星期後阿明找上來了，這一趟阿明已到忍無可忍的地步，不再忍讓，以丈夫的立場嚴厲痛責蘭姑仔的脫軌行為，一場嚷嚷吵吵之後，把蘭姑仔強拉回去。聽說蘭姑仔回去了後不久就告失蹤，我央人四處打探都全沒消息，直至月前……」

「月前怎樣？」我急著追問。

「蘭姑仔她……終於選擇她喜愛的運河……」

玉霜阿姨不忍把話說完，壓不住內心悲傷放聲號啕。月英情不自禁地竟忘記少女的矜持，猛力抱住我嗚咽起來。我全身虛脫失神似地癱倒下去。直至月英竭聲叫醒我。

「為什麼要這麼做？為什麼……」

滿腹的悽愴悲惻發出來的卻是怒號，無盡的傷心填滿了胸腔，不知怎的一點滴的淚水都滴不出來。

一個多情體貼的女人、一個難以捉摸的女人、一個像是情婦而始終保持著聖女的潔白的她，現在我確切地認清她的實體了。在那離別之夜，寒蘭坦然毫不保留地把一切獻給我了。她給我的是最初的，也是最後的，那不是一具庸俗的肉體，而是最神聖高潔的靈魂，她認為今生今世不能結合，而將生命轉為冀求來世的永恆吧！

「真是一場孽緣，蘭姑仔為你殉情了，而你卻仍然平安地活著回來……」

玉霜阿姨無助地長嘆一聲。

「是的，她確為我而死了，我真不應該回來，回來有什麼意義呢？」

「阿文，不要說這傻話，誠然蘭姑仔萬想不到你有回來的一天，可是你有幸活著，何嘗不是件大喜的事，蘭姑仔地下有知，也會感到心滿意足了。為要報答蘭姑仔這份情，你要堅強的活下去。」

「我不能，我沒有勇氣，還是……」

「不行！我不許你想傻事，我明白你現在想些什麼，那是最愚蠢的行為啊，蘭姑仔在天之靈也不會寬恕你啊。」

她的口氣很儼烈，我六神無主似地被懾服了。

如今寒蘭走了。我卑微無助的生命變成空幻飄搖無定了。在這暗淡虛渺的日子裡默默地摸索、掙扎著，漸漸地我孵育出一個信心。我不向命運低頭，為要酬償寒蘭生前對我的期盼必須堅強地站起來。沒有寒蘭的愛護和鼓勵了，我要獨自尋覓一個新的路程，縱使這條路多麼崎嶇坎坷，有如刀山劍石般寸步難行，但我仍是非走不可了。

生的欲望沖淡了許多惆悵，時間驅散了傷心的回憶，也遺忘了一切哀愁。我的心田漸漸恢復平靜了，蟄居在自己的小天地裡看書、學習寫作，累了，漫無目的地的躑躅村外田間小徑。這種悠閒生活醫癒了心靈上好多創傷，卻引起外界的側目與批評了。我這不事生產的荒唐行徑令父母憂心蹙眉，給村人們譏笑卑視了。瘋人……浪子……狂漢……廢人……等等恥笑譏諷的字眼集中於一身，但聽久了神經也麻木了，村裡人的謾罵嘲笑聲對我也是隔靴搔賽毫無作用了。正在村裡盛傳我的什麼當兒，有一天警察課的「大人」突然來訪了。其實早在我由上海回來之後，派出所的巡察都輪流駕臨寒舍，問這問那地糾纏不清。

「請坐，您是……」

「喔，對不起，我是……」

這個私服日警忙急抽出一張名片給我。我輕輕一瞄，紙上印著：

台南州北門郡役所警察課
高等特務刑事
猿尾勇吉

「原來是猿尾大人，有什麼貴幹嗎？」我慢條斯理地。

「沒有，沒有特別事情，因為你是凱旋的榮譽軍屬，早該來拜訪的。」

啟口便很客氣，且一副狡獪的臉孔故作滿臉笑容。

「不敢當。」

「林桑是義勇團吧，工作辛苦嗎？」

「不算什麼，得過且過。」

「去了多久？」

「一年四個月。」

「喔！不算長，也不算短啊，在戰地看到了許多事情吧？」

他的眼神閃了一閃瞄對我，我覺察到他來訪的目的了。

「我們是到占領區的後方，不在第一線，沒有看到皇軍勇敢的作戰，遺憾得很。」

「喔，是這樣嗎？那麼，戰敗的支那人很可憐吧！他們對皇軍的印象如何？」

「我很少接觸支那人，不得而知。」

「請問林桑，你親歷戰地回來，對皇軍聖戰有何觀感？」

「對不起，我學識有限，不能給您滿意的答覆。」

「你是從軍戰士，總有一些感想啊？」

「我覺得為要建立大東亞的和平共榮，動機是神聖的、理想是遠大的，能為天皇陛下效勞是光榮的事。」

我敷衍著說。

「你真的這樣想嗎？難得你愛國心這麼強烈。」

霍地，我想起學童時代被校長辱罵一句「非國民」，這時我有意調侃他。

「那當然啦，沒有愛國心的人便是『非國民』嘛。」

「哈哈！跟你交談很痛快，我們以後做個朋友，可以嗎？」

「那是求之不得，能夠交猿尾大人做朋友，甚感榮幸了。」

「好，我還有事，不打擾了，有空我會常找你聊聊，失陪！」

這樣結束了訪問，他回去了，我很清楚他的用意和目的，說穿了，就是思想測驗，日警是慣用這一套的。

一星期後又來了一個台籍的，也是特務人員，他自我介紹說叫呂水吉。一個台灣人能被提昇當特務刑事，必定有相當的功績，為日寇建立了不少汗馬功勞，不曉得荼毒了多少同胞的生命財產，可謂正牌的漢奸、走狗、民族的罪人呢。內心一股無名火油然而生，我狠狠地盯視他。呂水吉大方地自坐下來，把室內掃瞄一周後，視線轉移到書架上去。

「林桑好像對文學有特別興趣？」

他開腔第一句這樣問道。

「是的，自小就喜歡看小說。」

「我也是，踏入警察界以前我也一向愛好文學，菊池寬的小說我看很多哩，他的作品中我最欣賞的是『二度吻』，還有一篇叫……什麼『吾輩是貓』，聽說這本評價最高……」

「嗯……是吧。」

我強要噴出來，「貓族」是夏目漱石寫的，這個「博」刑事竟扯到人氣作家菊池寬的頭上去。也許，為要拉攏我打開話匣子投其所好地亂蓋一場，真是用心良苦。

「林桑是讀書人、知識份子，當對文學以外的政治、經濟……也有相當的造就才是。」

「那兒的話，說什麼知識份子實在不敢當。我唸的是公學校而已，要讀完一本小說都費九牛二虎之力啦，甭說政治嚕、經濟嚕，其他一切我一竅不通啊。」

「林桑你太客氣……」

「真的，呂大人您別費心機，對一個不學無術的草地青年絕對談不出什麼『大道理』來的。對不起呂大人，我今天和朋友有約，沒有時間奉陪。」

我下了逐客令。他已覺察到我不歡迎他，甚至看穿了我內心敵視他，唇角微顯一絲苦笑快然說：「噢：是嗎？那我打擾你寶貴的時間了。」

從此我一直受到這一日一台的特務警察輪流來干擾和監視了。為什麼對我這樣糾纏不清，對一個名不見經傳的無名小卒加以頻繁的監視呢。難道我少年時代的不良記錄，以及這次在江灣的農場裡所發生的行徑也一一被打報告回來嗎？剛醫好了失去寒蘭的創傷，而今又遭到這種無謂的困惱，心靈上一陣子的迷惘惆悵沒有安甯的日子了。

「我要求一個平靜的日子！不要擾我！你們滾！滾！」

有一天，我終於發狂似地大叫大嚷著。這個無恥的走狗呂大人驚訝地睜大了眼睛。

「你發瘋……」

口裡嘀咕了一聲，稍後轉身悻悻地離去。我在門口瞧他那搖搖擺擺仍然不失威風的背影，不由地呸他一口口沫。日正當中，但臘冬的陽光是灰黃暗淡的。

章外追記

現在我很自責，也非常感到歉疚。打從開始誠不該敘出這些無聊事來，我很清楚少表明自己才是聰明，但我仍犯了這個錯。也許，我生來就是個愚蠢的人，竟叨叨地道出這二十來個年頭的傻事來獻醜了。生在被殖民的不幸土地裡，稍懂事後執拗地不滿異族的統治，在心理上作了永遠的反抗、行為上表現些不低頭主義，不過因自己的無能和懦弱始終不成氣候，無非是藉此無助的、可笑的小小掙扎，來發洩內心無奈的憤懣而已。

日寇用惡毒的愚民教育強迫台胞認同他們的國家，徹底推行皇民化政策，雖然他鬼計多端、無所不用其極地軟硬兼施，除能籠絡一些御用紳士和一班無恥的民族敗類之外，却永遠「化」不了我成為忠君愛國的「皇民」。我甘受辱罵「非國民」「清國奴」，做了帝國的叛徒，矢志懷想祖國，虔誠地冀望有一天重回祖國的懷抱。悠悠二十六年苦難忍辱的歲月像一場夢，八年抗戰勝利，民國三十四年八月十五日正午，侵略魔鬼的至尊昭和天皇向日本軍民播送全面停戰無條件投降了。那歷史性的重大一刻瞬間造成了全世界的大震撼，日本軍民聽之愴然失色號啕大哭，昏厥倒地者不計其數。而我一時驚喜若狂不知所措，竟也潸潸淚下了。台灣的光復使六百萬台胞擺脫統治者的桎梏，錦繡河山還我自由，人人手躍足舞歡天喜地、家家張燈結綵鳴炮慶祝一番。及至十月二十四日陳儀長官由重慶搭專機蒞台主政，下機後隨即發表一篇廣播演講，他說：

本人此次不是為了做官，而是為台灣服務而來的。一方面為人民謀福利，另方面即為國家求建設，這就是本人最大的心願。本人做事及勗勉部屬素來奉行六大信條，即一不撒謊、二不偷懶、三不揩油、四榮譽心、五愛國心、六責任心……希望同胞們多多合作，努力建設新台灣。

好一個偉大英明負責的長官，同時並聲言以上六條信念就是他自重慶帶來的禮物。於是全島各地無論城市鄉鎮，每一個角落都建起歡迎門，感激涕淚迎接這位長官和來台接收的大小官員了。處在這劃時代的大變動中，有才有能的賢者都懂得順時而謀，活躍四面八方，當官的當官、發財的發財，唯獨我這愚昧的小丑顧自狂喜光復之外，依然故我措手無策獨自徬徨。無知與愚蠢逼迫我落拓天涯，畢生盼望台灣光復，但它所帶來新的社會結構更無容許我插身立足之地，流浪顛沛無語問蒼天。直至浪子回頭返歸故里破舊的老家時，已是身心麻木疲憊不堪垂暮之年了。

時乎？命乎？呼呼唏噓！

「臺南作家作品集」第八輯01
太陽旗下的小子

作　　者／林清文
校　　編／李若鶯
總　　監／葉澤山
編輯委員／李若鶯、陳昌明、陳萬益、張良澤、廖振富
行政編輯／何宜芳、申國艷
社　　長／林宜澐
總 編 輯／廖志墭
編輯協力／林韋聿、謝佩璇
企　　劃／彭雅倫
封面設計／黃子欽
內文排版／藍天圖物宣字社

出　　版／蔚藍文化出版股份有限公司
地址：10667 臺北市大安區復興南路二段 237 號 13 樓
電話：02-22431897
臉書：https://www.facebook.com/AZUREPUBLISH/
讀者服務信箱：azurebks@gmail.com

臺南市政府文化局
地址：
永華市政中心：70801 臺南市安平區永華路 2 段 6 號 13 樓
民治市政中心：73049 臺南市新營區中正路 23 號
電話：06-6324453
網址：http：// culture.tainan.gov.tw

總 經 銷／大和書報圖書股份有限公司
地址：24890 新北市新莊區五工五路 2 號
電話：02-8990-2588

法律顧問／眾律國際法律事務所　著作權律師／范國華律師
電話：02-2759-5585　網站：www.zoomlaw.net

印　　刷／世和印製企業有限公司
定　　價／新臺幣 380 元
初版一刷／ 2019 年 11 月

ISBN 978-986-98090-1-6
GPN 1010801491
臺南文學叢書 L112 ｜局總號 2019-496 ｜臺南作家作品集 48

國家圖書館出版品預行編目（CIP）資料

太陽旗下的小子 / 林清文著 . -- 初版 . -- 臺北市 : 蔚藍文化 ; 臺南市 : 南市文化局 , 2019.11
面；　公分 . --（臺南作家作品集 . 第 8 輯 ; 1）
ISBN 978-986-98090-1-6（平裝）

863.57　　108014802

臺南作家作品集　全書目

● 第一輯				
1	我們	・黃吉川 著	100.12	180 元
2	莫有無一心情三印一	・白聆 著	100.12	180 元
3	英雄淚一周定邦布袋戲劇本集	・周定邦 著	100.12	240 元
4	春日地圖	・陳金順 著	100.12	180 元
5	葉笛及其現代詩研究	・郭倍甄 著	100.12	250 元
6	府城詩篇	・林宗源 著	100.12	180 元
7	走揣臺灣的記持	・藍淑貞 著	100.12	180 元
● 第二輯				
8	趙雲文選	・趙雲 著 ・陳昌明 主編	102.03	250 元
9	人猿之死一林佛兒短篇小說選	・林佛兒 著	102.03	300 元
10	詩歌聲裡	・胡民祥 著	102.03	250 元
11	白髮記	・陳正雄 著	102.03	200 元
12	南鵲是我，我是南鵲	・謝孟宗 著	102.03	200 元
13	周嘯虹短篇小說選	・周嘯虹 著	102.03	200 元
14	紫夢春迴雪蝶醉	・柯勃臣 著	102.03	220 元
15	鹽分地帶文藝營研究	・康詠琪 著	102.03	300 元
● 第三輯				
16	許地山作品選	・許地山 著 ・陳萬益 編著	103.02	250 元
17	漁父編年詩文集	・王三慶 著	103.02	250 元
18	烏腳病庄	・楊青矗 著	103.02	250 元
19	渡鳥一黃文博臺語詩集 1	・黃文博 著	103.02	300 元
20	噍吧哖兒女	・楊寶山 著	103.02	250 元
21	如果・曾經	・林娟娟 著	103.02	200 元
22	對邊緣到多元中心：台語文學 ê 主體建構	・方耀乾 著	103.02	300 元
23	遠方的回聲	・李昭鈴 著	103.02	200 元
● 第四輯				
24	臺南作家評論選集	・廖淑芳 主編	104.03	280 元
25	何瑞雄詩選	・何瑞雄 著	104.03	250 元
26	足跡	・李鑫益 著	104.03	220 元

27	爺爺與孫子	・丘榮襄 著	104.03	220 元
28	笑指白雲去來	・陳丁林 著	104.03	220 元
29	網內夢外一臺語詩集	・藍淑貞 著	104.03	200 元

第五輯

30	自己做陀螺一薛林詩選	・薛林 著 ・龔華 主編	105.04	300 元
31	舊府城・新傳講一歷史都心文化園區傳講人之訪談札記	・蔡蕙如 著	105.04	250 元
32	戰後臺灣詩史「反抗敘事」的建構	・陳瀅州 著	105.04	350 元
33	對戲，入戲	・陳崇民 著	105.04	250 元

第六輯

34	漂泊的民族一王育德選集	・王育德 原著 ・呂美親 編譯	106.02	380 元
35	洪鐵濤文集	・洪鐵濤 原著 ・陳曉怡 編	106.02	300 元
36	袖海集	・吳榮富 著	106.02	320 元
37	黑盒本事	・林信宏 著	106.02	250 元
38	愛河夜遊想當年	・許正勳 著	106.02	250 元
39	台灣母語文學：少數文學史書寫理論	・方耀乾 著	106.02	300 元

第七輯

40	府城今昔	・龔顯宗 著	106.12	300 元
41	台灣鄉土傳奇 二集	・黃勁連 編著	106.12	300 元
42	眠夢南瀛	・陳正雄 著	106.12	250 元
43	記憶的盒子	・周梅春 著	106.12	250 元
44	阿立祖回家	・楊寶山 著	106.12	250 元
45	顏色	・邱致清 著	106.12	250 元
46	築劇	・陸昕慈 著	106.12	300 元
47	夜空恬靜一流星 台語文學評論	・陳金順 著	106.12	300 元

第八輯

48	太陽旗下的小子	・林清文 著	108.11	380 元
49	落花時節：葉笛詩文集	・葉笛 著 ・葉蓁蓁、葉瓊霞 編	108.11	360 元
50	許達然散文集	・許達然 著 ・莊永清 編	108.11	420 元
51	陳玉珠的童話花園	・陳玉珠 著	108.11	300 元
52	和風 人隨行	・陳志良 著	108.11	320 元
53	臺南映象	・謝振宗 著	108.11	360 元
54	天光雲影【籤詩現代版】	・林柏維 著	108.11	300 元